明菲

著

女法医

温柔的解剖

U0781486

台海出版社

图书在版编目（CIP）数据

女法医：温柔的解剖 / 明菲著. —北京：台海出

版社，2018.7（2025.3重印）

ISBN 978-7-5168-1946-3

Ⅰ.①女… Ⅱ.①明… Ⅲ.①长篇小说–中国–当代

Ⅳ.①I247.5

中国版本图书馆CIP数据核字（2018）第111951号

女法医：温柔的解剖

著　　者：明　菲

责任编辑：王　艳　　　　　　　装帧设计：仙　境

出版发行：台海出版社

地　　址：北京市东城区景山东街20号　　邮政编码：100009

电　　话：010-64041652（发行，邮购）

传　　真：010-84045799（总编室）

网　　址：www.taimeng.org.cn/thcbs/default.htm

E-mail：thcbs@126.com

经　　销：全国各地新华书店

印　　刷：三河市嘉科万达彩色印刷有限公司

本书如有破损、缺页、装订错误，请与本社联系调换

开　　本：710mm×1000mm　　　1/16

字　　数：228千字　　　　　　　印　　张：15.25

版　　次：2018年7月第1版　　　印　　次：2025年3月第2次印刷

书　　号：ISBN 978-7-5168-1946-3

定　　价：69.80元

目 录

▶▶ CONTENTS

第一案　鱼塘谜案　　　　　　1

第二案　带血的赔偿金　　　　28

第三案　被估价的青春　　　　56

第四案　致命的一刀　　　　　82

第五案　陨落的少年　　　　　108

第六案　复仇的树林　　　　　131

第七案　孽恋迷情　　　　　　158

第八案　隐秘的杀手　　　　　191

第一案
鱼塘谜案

　　秋天是荆安最美的季节，在荆安这个现代化大都市的一角，在高耸的楼群和熙攘的人流中，豁然出现一座20世纪90年代建造的四层小楼，楼门附近挂着一个小牌子"实验楼"，楼顶上四个红色大字"法医中心"异常醒目。夜幕降临时，几个大字内部的LED灯管发出明亮的光，隔着很远就可以看见这四个血红的大字。结合人们对"法医"二字的独特理解，让人有种毛骨悚然的感觉。

　　小楼的北面是一栋造型较为独特的楼房，楼门口矗立着一座高约两米的石碑，上面刻着红色的"魂安"二字，让人心生敬畏。是的，这里就是带给人无限恐怖想象的法医病理学解剖楼。实验楼、解剖楼和其他楼宇之间蜿蜒的小路以及路边金黄夺目的银杏树构成了法医中心的"独立小院"。把守森严的铁栅栏门以及时不时进出的殡仪馆车辆都为小院蒙上了一层神秘诡异的气息。周围的百姓虽然经常从这里经过，但是很多人在附近居住多年都没有走进去一探究竟的勇气，他们总是自动过滤掉一些令人不舒服的想象，对这里敬而远之。

　　保安拦住门口一个姑娘问道："您什么事儿？"

　　姑娘说："我是来报到的，您看这是我的介绍信。"

"这都几点了，您可真够不着急的！"保安指着实验楼的方向，"一直走，看见那个水池子了吗？那儿就是门，直接上三楼！"

女孩儿名叫林蕾，24岁，是华西医科大学病理学专业硕士，今天是她第一次走进法医中心大门。

林蕾来到三楼的会议室门口，里面正在开会。只见一个身材高大，四肢健壮，面庞黝黑，30岁出头的男人正在介绍案情，他就是重案队的侦查员董浩楠。他边播放幻灯片边介绍："三个失踪的出租车司机都是在光天化日之下，正常载客过程中，突然消失！与亲属失联六到十二小时后，都是亲属报的案。不同的派出所连续上报的人车走失案件已经引起出租车行业从业人员和家属群众的不安。第一个失踪的司机叫郑爱华，28岁，失踪前给新婚妻子打了电话，两人要庆祝结婚满月，约好一起吃晚饭，但是妻子在饭店等了他四个小时也没有见人来，然后就是手机联系不上了；失踪的第二个司机，叫汪国云，45岁，最后一次出现是在工商银行的闭路电视中，当天下午她曾经在成府路工商银行取过钱；第三个司机叫陈晓伟，32岁，是个新晋奶爸，当天在妇产医院见过自己的大胖儿子之后，他奉老婆之令回家取东西，从此人车走失。"

这时候，董浩楠看见一脸懵懂的林蕾在会议室门口探头探脑，他大声问道："您找谁啊？"

林蕾好像被案情介绍吸引住了，呆呆地站在那里，过了几秒才回答"老师好！"鞠了一个躬，"老师好，各位老师好，我，我是新来的，今天报到！"

会议室全体人员齐刷刷地把头转向她，投去打探的目光，林蕾不知道是受惊还是不小心，手里抱着的东西哗的一声撒了一地。她面红耳赤，赶紧蹲下来收拾。

坐在角落里的法医病理室主任安喆，瞥了一眼这边的情况，默默地低下头，摆弄着手里的派克钢笔。

这时候，电台传来总队指挥中心出现场的指令："密云一养鱼场发现情况，法医即刻出现场！"

声音未落，会议室全体成员走出了会议室，鱼贯似的经过林蕾身边，只把她留在了原地。林蕾正不知所措的时候，只见一个中等身材，戴着眼镜，自带威严的男性长者掉头回到距离林蕾不远的走廊上，回头叫道："安喆，安喆，你小子给我回来，把你徒弟领走！"

然后，男性长者扭过头来，挤出一个笑脸对林蕾说："跟着他走，以后你就跟着他！"这人就是法医中心的主任齐大红，全国著名的法医学专家。

已经冲出去很远的安喆慢吞吞地走回来，看见毛手毛脚的林蕾，静静地站在那里凝视着眼前的一切，突然猛地转身走到齐大红的办公室，啪的一声关上了门："什么情况啊，主任？不是说给个男的吗？怎么又是一个女的？"

"给你个人就不错了，还挑肥拣瘦的！"齐大红说。

"那，我怎么办，我这马上要出现场了？"安喆反问道。

"人以后就跟着你，你看着办！"齐大红说。

安喆出了办公室，对仍然一动不动站在原地林蕾说："走，跟我出现场！"然后扭头快步走了。

林蕾一路小跑地跟着安喆，嘴里不停地唠叨："老师好，老师好，以后请您多关照，我叫林蕾，森林的林，花蕾的蕾！"

安喆没有回答，一路将林蕾带到了法医病理办公室，指着一张办公桌说："以后这就是你的办公桌，柜子里有勘查服和勘查箱，现在你立即换好勘查服，三分钟后，咱们楼下见，先说下你的手机号码。"

"1860121××××……"林蕾话音刚落，安喆人已经走开了。

林蕾迅速地打开柜子，开始换衣服。楼道里都能听见房间里噼里啪啦的声音，由于动作太快，她一会儿手撞到柜子上，一会儿胳膊撞到门上。勉强把衣服穿好，发现还有帽子，一看表已经过去七分钟了。她大呼一声打算冲出门去，结果拉了几次门都没有开。低头一看，才发现是自己反锁上了……

等林蕾站到走廊上，又蒙了，她忘记自己是怎么从楼外面进到这间办公室的了！她顺着走廊往外走，看见两扇一模一样的玻璃门，都有通往下面的楼梯。她推了其中一扇，半天没有推动，拉也拉不动。

这时候，只见安喆穿着一身勘查服，身上别着电台，从另一扇玻璃门探出头来说："干吗呢，你跟那个门有仇吗？这边来。"

林蕾赶紧跑过来，跟着安喆快速下楼。跟在安喆身后时，她偷偷打量着前面这个男人，年龄30岁出头，身高180厘米左右，勘查服穿得笔挺整齐，后背几个大白字"现场勘查"更增加一种威严和神秘感，裤脚整齐地掖在齐踝的勘查靴里，细长的腿把这身制服穿得星味十足。

林蕾心中有些窃喜，没想到还遇到个长腿欧巴！正在出神地想着，到了楼下最后一道玻璃门，安喆出门为她扶着门，林蕾迅速通过，嘴里不停地说，"谢谢老师！"

安喆跑到楼前，只见几辆警车排列整齐，都无声地闪着警灯，已经整装待发。安喆迅速钻进了一辆警车，林蕾也赶紧钻进副驾驶位。院子的栅栏门开启，车队出发，一切都衔接紧密，默默无声地进行。

现场已经拉起了警戒线，中心现场是一个养鱼塘，当地派出所的民警已经等在那里，向法医介绍了情况。村民中有个叫赵二的，夜里跑到这里想偷鱼解解馋，结果看见一辆小面包车载着一大包东西来到这里，他看到从车后备厢门里伸出两只人脚一样的东西，吓得赶紧跑回家，想了一夜，越想越害怕，一大早就报警了。

安喆围着鱼塘走了一圈，看了看周边的环境。他发现鱼塘是在村子最深处，一个养鱼池、一间小房子就是全部的建筑物。小房子里有两个房间，一个房间放着鱼饲料加工的粉碎机和一些杂物；另一个房间有一张桌子，一张单人床，房子边上拴着几只凶神恶煞的大狗。

林蕾拖着一个大约26寸的勘查箱磕磕绊绊地一直跟在安喆身后。安喆开始勘查现场，林蕾也打开勘查箱，第一次看见了真正出现场用的器材。林蕾对里面大部分的物品并不陌生，瓶瓶罐罐上面都标着名称，很多都是医学院里用过的东西，大概也就知道用途了。

林蕾看见安喆从房间开始，一点点地察看，她很好奇，这种没有尸体的现场法医来能干什么？殊不知，这种现场对于法医来说才是最考验本领的。

林蕾看见安喆在屋子里一会儿蹲、一会儿趴、一会儿站地勘查着，全神贯注、心无旁骛。此时的安喆并不知道林蕾正在观察着自己的一举一动，他只是竭尽全力地寻找着蛛丝马迹——一枚指纹、一根毛发，哪怕是一点点人体组织，任何有可能指向凶案的物证都有可能是解开谜团的钥匙。

林蕾不知道自己能干点什么，也不敢进去问不苟言笑的安喆，她只能在院子里徘徊，四下张望，也煞有介事地到处查找。突然院子中大狗压抑在喉咙中的愤怒低吼吸引了她的注意。

林蕾小心翼翼地走过去，身后的响动引得她回过头来，她发现鱼塘上漂起了几只小船，同样身穿着现场勘查服的同事们正拿着长长的捞网，奋力一下一下地从池底往上捞着，他们仔细地看着网兜里的东西，大声喊着："没有什么啊！"

林蕾有些失落，觉得自己一点儿都没有用武之地，无聊地拿脚踢了几下土地，一颗小石子滚了出去，林蕾低呼，千万别惊扰了怒目相视的大狗。

小石子停了下来，顺着它的方向，林蕾看见几坨粗大的粪便，那当然是狗的粪便。但是，里面有几块发白的东西莫名地吸引了她的视线。她顺手捡起了一根枯树枝，捏着鼻子拨弄了几下，那发白的东西里竟然有一片粉粉的半透明的东西，鬼使神差般地，她伸出手指头对着那片东西比画了比画，别说，有自己的指甲盖那么大，已经变了形，看不出本来的形状。可是林蕾就是觉得这块东西非常可疑，她若有所思地从勘查箱里拿出了透明的袋子，上面印着"物证检材包装袋"，她谨慎地将地上所有的粪便都装了进去。

安喆瞥了一眼蹲在地上，扒拉着狗屎的林蕾，皱了皱眉头，默默地掏出放大镜，仔细观察着一台加工鱼饲料的粉碎机。粉碎机机身很旧，但是出乎意料的是，能看得出来刚刚被人精心打扫过，地面也都被仔细清扫过，这与环境的脏乱差有些违和。安喆检查了扔在桌子上的抹布，小心地剪下了一角，封在了物证袋内。

勘查痕迹的同志们也在现场忙忙碌碌地工作着，他们从房子外面伸向村口的小路上提取到了清晰的车辙印记，轮胎印记与报案人说的面包车的确是同一种。

太阳渐渐向西边移去，院子里强烈的光线也逐渐微弱下去，一行人几乎将这个不大的院子地毯式地勘查一遍，这才宣布现场勘查完毕。

返程的路上，安喆问坐在身边的林蕾："第一次出现场吗？"

林蕾明显心不在焉，嘴上却依旧十分客气："嗯？嗯！是的，您多指点。"

安喆正想要找个话题，却突然闻到一股怪味。他看了一下林蕾，十分确定那味道就是从她举在面前的物证袋里发出的。

"这是什么？"安喆问。

林蕾仿佛一直在神游太空，直到安喆说话时才回到地球。她举起塑料袋，往安喆的眼睛处比画，"您不知道这是什么？"

安喆正在开车，嫌弃地向反方向躲了躲："我知道那是狗的粪便！我是问你提这个干吗？"

"我觉得这个粪便很可疑。"林蕾看着安喆一脸的嫌弃，把塑料袋收回到自己的鼻子下，耸着鼻子闻了下，觉得安喆太大惊小怪了，这个味道并没有多夸张啊。

安喆闻言，只是默默地摸了下鼻子，继而面无表情地目视前方认真开车。

法医中心的栅栏门慢慢关闭，车辆停在实验楼下，安喆清理出需要送检的物证交给林蕾："送到DNA实验室去，我已经把情况都跟他们说了。"

林蕾立刻想起出现场时自己找不到门的情况，有些着急，"几楼呀？找谁啊？他们不认识我怎么办？……"不料安喆已经开着车子往停车场方向驶去了，完全没有答复她的意思。

林蕾无可奈何地进了实验楼，楼道里一个人都没有，特别安静。这时候大约是下午五点钟了，夕阳透过窗户照进楼道里，真是太安静了。她一路看着办公室的牌子找寻着。这时候透过窗子，她看见后面解剖楼奇怪的造型，目光落在那座楼前的大石碑上，上面红色的大字分外狰狞，"鬼安"两个字跳进她的眼底，挑逗着她已经紧绷的神经！

"啊？！这怎么立着这么个牌子！什么意思啊？莫非这个院子闹鬼？"林蕾心里开始咚咚咚地跳起来，"也是啊，如果这个世界上有鬼，那在这里出现是再合适不过的了！"虽然学医多年，各种惊悚传说、夜间故事都听过，但是没有人承认这个世界上有鬼啊，这里竟然堂而皇之地写着"鬼安"！我的妈呀！这时候，她只觉得有人拍了她肩膀一下。"啊！"林蕾大吼一声，浑身颤抖。

"哎呀妈呀！姑娘，你干吗呢？吓死我了你这一嗓子！"身后传来的是一个女人温柔但是坚定的声音，林蕾惊慌地转过身，只见一个40岁上下的女人身穿白大褂，长相清秀，气质温柔，正好奇地望着她。

林蕾惊魂未定，一时不知道说点什么好了。大姐看她手里拿着许多物证袋，开口道："你是不是安主任说的那个女徒弟？"

"啊，啊，对，我叫林蕾，森林的林，花蕾的蕾，老师您多关照！"

"我是物证室的吴怡，等你半天了，原来你在这儿发呆呢！"吴怡笑了笑，接过林蕾手中的物证袋走向实验室。

林蕾也不敢跟着去，跟吴怡说了声再见，掉头就往回走。刚走到一楼，就看见安喆正在楼外面等着她，她的心平静了一些。

一路上，她默不作声地跟着。安喆觉得奇怪，因为从一见面，安喆已经给她这个徒弟诊断过了——话癌晚期！当时心里还在想："以后身边就得像跟着一群蜜蜂一样啦！"可是这会儿她怎么没动静了，他回头探究似的看了看林蕾。

林蕾下了很大的决心似的，大声地发问："安老师，我有个问题，一个问题……"

"说！"

"就是，就是，这院子闹鬼吗？"

"啊？你是不是学医的？你见过鬼吗？长什么样子？"安喆满脸狐疑地问道，不知道林蕾是认真的，还是开玩笑。

"可是，可是，为啥有座石碑上写着'鬼安'呢？不是闹鬼为啥这么写？"

安喆停了几秒钟，眼睛直直地盯着林蕾，也许是强忍着笑搞得他面部直抽搐，然后又很快地恢复了正常，默默地走在前面。

林蕾默默地跟在后面，为自己问出这样的问题后悔，可是不问实在憋得难受。

突然，安喆停住了脚步，指着一座石碑说，"你是说这儿吗？"

"嗯，对，就是这个！"林蕾抬头看，上面红红的两个大字"鬼安"迎着夕阳闪闪发光。

安喆转到她身后，一点一点把她往前推，慢慢地石碑上的字发生了变化，一个云字旁变魔术似的露了出来，原来写的是"魂安"两字，只不过字是刻在一块原生态的大石头上，自然的角度使云字旁藏了起来，只有正对着石碑时才能看见，而顺着道路的角度是看不到的，站在对面实验楼里也是一样。

"哈哈！这也太神奇了，下次我得让我同学来看看，吓吓他们！"林蕾心情放松又觉得大出意外，肆无忌惮地大笑起来。正准备掏出手机录下这惊人的变化，安喆已经走向解剖楼了，她不得不作罢，小步跑着追了上去。

安喆带着林蕾径直上到三楼，指着一间房间说："这是你的宿舍，4 天一个夜班，你跟我对班儿，值班当日 24 小时待命！"说着，他递过来一个警员胸卡，"这是你的胸卡，必须全天不离身地携带，进入办公区域、试验区域以及解剖室都必须实名身份认证，同时这也是你就餐的餐卡，食堂门口刷卡就餐。你先自己收拾下，今天就是咱们的夜班，一会儿我带你去食堂吃饭，你还有问题吗？"

林蕾看着胸卡上自己那张拍得特别二的照片咕哝着说："怎么是这张照片啊，这摄影师简直令人发指，毁了我的一世美貌，能不能换一张啊？这张太难看了！"她抬起头时，安喆已经下楼了，楼道里传来他的脚步声，空旷、清晰、阴森的脚步声，特别配合这幢楼的整体气质。

林蕾脑子里忽然想明白了这幢楼的格局，一楼是解剖室，二楼是人类病理学标本实验室，三楼是法医宿舍！这也太太太重口味了吧，这真的能睡得着觉吗？

林蕾转身望向宿舍内部，白墙，雪白雪白的墙，反着冷光；三张单人床，三个备装柜，屋子中间是一张长形桌子，桌子边上三把椅子，简洁得如同医院病房，干净锃亮如同楼下闪闪反光的解剖台。

林蕾不觉打了一个寒战，耳边又响起妈妈的碎碎念："当个医生多好，一个女孩子非要当什么法医，我听着都觉得瘆得慌，要知道你是这个打算，当初不会让你去学医的……"

"没关系，一会儿我就让这里充满卡哇伊的女性气息！"林蕾心里好像和谁较劲儿似的想到。

也不知道是这一天太兴奋了，还是出现场、收拾房间折腾累了，林蕾晚饭也没吃就在床上睡着了，而且并没有出现她想象的失眠问题，还异乎寻常的睡得好，睡得安稳，连梦都没有做。她完全忘记了安喆一起晚餐的邀请，就这样一直睡到了深夜。

甜甜的美容觉被刺耳的手机铃声吵醒了，林蕾腾地坐起来，看着宿舍的一切，恍如隔世，不知道自己身处何处，刺耳的铃声打断她的遐想，抓起手机，怨气十足地问："谁呀，你！知道现在几点钟吗？"

那边一个低沉的男声幽幽地说："我看看啊，嗯，凌晨2点43分！你宿舍墙上不是有钟表吗？"

"我，我，哦，哦，安老师，安老师好，您找我有什么事情吗？"林蕾终于想起来自己在哪里了。

"赶紧下楼，出现场！"安喆收起不慌不忙的口气，命令道。

"这个时候？现在？"林蕾简直不敢相信自己的耳朵，那边已经挂断电话，紧接着又是一阵子稀里哗啦的物品落地和碰撞家具的声音……

中心现场在城郊森山公路边的山崖下，只见有一辆面包车冲下公路，卡在石头和树干的缝隙中，车辆已经严重损毁变形了，而且有明显的燃烧痕迹。

方向盘上趴着一团焦黑的物体，已经看不出人形，因为露在外面的头发已经全烧没了，头皮像是黑色的硬纸壳裂成一块儿一块儿的。从头下伸出的左手已经变成了一个黑黑的球状物，根本看不出手指头的形状。右手因为压在头下，所以还保留着手指部分原来的样子。林蕾走近了观察，最终才确定那是一个人。

勘查痕迹的同志表示该处理的都处理完了，法医就将车辆拖拉到相对安全的地方开始勘查车内情况。

林蕾按照安喆的交代拿起相机，对着车里的人形一通按快门，离得近了，突然一股烤肉混合着汽油的味道扑面而来，林蕾感到胃里一阵翻腾，赶快向后跑远了几步，也不顾大家投来探究的目光，从兜里掏出口罩把自己的口鼻罩了个严严实实。

看着林蕾试着一边靠近，一边深吸气的样子，安喆的目光里透出几丝不耐烦的神情，却也没有说什么，只是把戴着手套的手附在那个黑黢黢的烧焦的头颅上，按压了几下，便说道："死者头部有明显变形，应该是钝器连续打击造成的外伤；燃烧伤口处没有生活反应，应该是死后焚烧留下的伤痕；尸体运回中心，进行进一步解剖。"

林蕾听到指令后，冲口答道："是！"

这时候安喆的手机响起，只听他说："车牌号？多少？你说，我在听着！荆 QB4589！好的，收到！"

他退到车后，车上并没有车牌子，他打开车的后备厢，一副拆下来的车牌号码已经烧得焦黑，他拿出纱布擦拭着，慢慢露出"BQ4589"，再往前擦了擦，"荆"字也露了出来。安喆陷入了沉思。

解剖台上，安喆手持手术刀，从死者的右耳上方经过头顶到左耳上方利落地划下了一条直线，然后手指头扣着被切开头皮的边缘，顺势向上一翻，只听"嗤"的一声，头皮就被翻到了死者的面部，露出已经碎成好多块的头骨。

"怎么跟剥柚子一样？！"林蕾透过口罩，瓮声瓮气地感叹着，医学院的做法是提着一边的头皮慢慢地用刀分离，这种干净利落的手法太让林蕾惊诧了。

安喆白了她一眼，"记一下！左侧顶部可见挫裂创多处融合，创腔内可见颅骨粉碎性骨折，脑组织外溢，推测致伤物为钝器，排除因尸体随车辆翻滚造成的损伤。"

安喆的语速很快，林蕾飞快地记录着，记录完后赶紧挤过来探察着这一切。

"全身皮肤可见广泛烧灼痕迹，但未见生活反应，说明火是在死者死后烧起来的。"

安喆突然举起死者的右手，用镊子指着指甲甲垢说："这里的 DNA 提取没有？"

林蕾一脸茫然地说："没有，这里需要提吗？"

"马上提，马上送！"安喆果断命令道。

这时候，DNA室的吴怡推门进来，对着这对师徒笑着说："那坨狗的粪便是怎么回事？"

安喆指了指站在身边的林蕾，一脸无奈地说道："那您得问问这位同学！"

"我，我，我就是有些疑问，所以……"林蕾挠挠头，表情十分尴尬，"不好意思，吴老师，给您添麻烦了！"

"我跑过来就是告诉你们，鱼塘现场带回来的物证中，只有在狗屎检材中发现了人体组织，应该是人的手指头经过狗的消化道消化后剩下的未消化部分，我们连夜查资料、做实验，竟然成功地分离出人类的DNA了！"

"怎么样？怎么样！"林蕾手舞足蹈起来，"我就觉得那坨狗的粪便不正常，但是没想到真的有这么重大发现！吴老师，您快说对上了吗？"

吴怡笑着说："你这小丫头是福星，我们上网一比对，你猜怎么着？"

林蕾已经兴奋得满脸通红，使劲抓着吴怡的胳膊不撒手，"怎么样？怎么样？"

吴怡慢条斯理地说："竟然是三个失踪司机中的第三人。"

安喆有点吃惊地看着林蕾，又转向吴怡，"真的是那坨狗屎？"

吴怡肯定地点了点头。

"陈晓伟！那个新晋奶爸？"安喆有点惋惜地说，"唉，对上了虽然是好事情，可是这也确定了陈晓伟的死讯啊。"

林蕾茫然地看着吴怡说："可是死者的DNA怎么会出现在狗的粪便中呢？"

安喆说："看来犯罪嫌疑人杀害了陈晓伟，为了毁尸灭迹，有可能是将肢体处理后喂狗……"

林蕾眼前闪过昨天她站在会议室门口看到的陈晓伟的生活照，那样阳光帅气的男孩，而且又刚刚有了大胖儿子，生活本该是多么幸福美满啊！林蕾又开始悲伤起来。

"赶紧反馈给董浩楠吧，第三个失踪司机找到了。"安喆好像想起什么事情似的，脱下手套，拿出相机回看，一张是在密云鱼塘边的土地上的车辙印记，而另一张正是今天掉下山崖的面包车的轮胎花纹照片，两者明显一致！

林蕾探过头去，也发现两张照片上的轮胎花纹惊人的一致，恍然大悟道："这辆车就是运送尸体到鱼塘的面包车！可是这个死者又是谁呢？凶手死了？！"

安喆重新戴上手套，回到解剖台边道："那就让死者来告诉我们吧！"他转身看向林蕾，"做过没？"

林蕾猛点头，读研究生的时候医院里病理科的尸体检验她是参与过很多次的。

"刑案？"安喆露在口罩外面的眉毛挑了挑。

林蕾猛摇头，刚才瞬间扬起的自信又变得有些底气不足了，"那倒没有，不过我大病理做过的呀，应该差不多吧？"林蕾觉得不能让老师觉得自己白读了个研究生，看见安喆怀疑探究的眼神，她开始掰着手指头说，"我做过三个应激性溃疡死的，还做过6个脑出血死的，还有……"

"行，算你有点基础，但是刑事案件和大病理的解剖还是有很大区别的，可以说有时候比大病理复杂得多，你先过来边看边学吧！"

"哦，哦！好的！"林蕾赶紧点头，这可是自打她来安老师的话里第一次流露出愿意教她的意思。她有些激动，赶紧努力地凑过来，挨着安喆，伸着脑袋看。

安喆抬起头来，支起胳膊肘，推着林蕾往后退了一小步，"挤什么挤，站远点！你是不是医学院围观挤惯了？"

林蕾刚才心里还想呢，可能是自己误解安喆了，他应该是个好老师，可是这想法不过三秒，就被安喆一盆冷水泼了过来。她不情愿地噘了噘嘴，又往后退了一步。

"头部的损伤记完了吧？"安喆问。

"嗯嗯，您继续说！"林蕾紧紧地攥着笔，表情既兴奋又凝重，一副随时准备开写的样子。

"死者颈部没有见到损伤，双侧肋缘下可见皮下出血，应该是被人打的。右手、双侧前臂可见皮下出血多处，林蕾，这说明了什么？"

"说明什么？"林蕾在旁边一边复述安喆的话，差点把安喆突然发问的这句话也记下来，突然明白了这是在问她，赶紧接话道："哦，说明这里也被打啦！"

"怎么被打的？"安喆追问。

林蕾有点蒙，在自己身上比画着和死者同样的受伤位置，心里有些茅塞顿开的感觉，却又不知道如何表述。无奈，她按着自己的想象一会儿伸出手臂，一会儿扭动身体，嘴里还"嘿哈，啊啊！"发出声音，自带音效地还原起打斗场面来。

安喆简直哭笑不得，大大地翻了个白眼，翻完了才意识到这是自己多少年没有做过的表情了，眼球转动得有些干涩啊！"上帝派你来是搞笑的吧？这叫抵抗伤，自己揣摩去。"

"哦……"林蕾如梦方醒，她把手举过头顶，也不管一手拿笔、一手拿着记录本，又把双臂屈着夹在身体两侧，刚好和肋缘重叠，做出护住躯干，用手臂接招的样子！嘴里继续"哎哟，啊！"地配着音。

"安老师，你看是这样不？是不？有人打他，他就这么挡着头，或者这么挡着身子，被打的时候胳臂和手也就都被打了。说明当时死者在反抗，不对，只能说在挨揍，是吧，是吧，是吧，安老师？"

如此严肃的师带徒画面不应该是这样的啊，安喆无可奈何地"嗯嗯"了两声。

时钟滴答滴答，不知不觉两个小时过去了，安喆检验，林蕾记录。林蕾看着安喆小心翼翼地捧出死者的大脑，这是她第一次看"被烹饪过"的人脑，脑组织本来是像豆腐一样的软度，再加上死者的脑袋可以说是被打了个稀巴烂，林蕾本以为安喆一捧脑组织就会垮下来，但是热作用却使得蛋白质凝固了，脑组织也保持了相对的完整性，使得其破损和出血分外明显。

林蕾看到安喆始终全神贯注、一丝不苟，其实解剖室里的味道并不好闻，虽然没有现场浓郁，但是还是一股焦煳的肉味混合着汽油燃烧后的不明气味，隔着口罩都还有些刺鼻，但是安喆却丝毫不受影响，林蕾心中生出一丝敬意。

林蕾以为检验就要结束了，开始准备收摊儿，正要摘下口罩，却听安喆说："看下胃容！"安喆直接拿着止血钳提住了一个囊袋样的东西，"这么满，看看里面有什么？"

安喆剪开这个"大袋子"，林蕾伸着头看着，里面食物混合着胃酸的味道直冲上来，尽管隔着口罩，林蕾忍不住一阵反胃，后退了几步，靠在墙上，"我想吐！"

"这就想吐了？以后你吐的时候还多着呢……"安喆好像看出了林蕾的不适，心里暗想，"我就说不要女的，不要女的，唉！不想要啥，给你啥。我的一世英名早晚毁在这个女徒弟手上！"

"记一下！"

"啊？这个还要记？"林蕾喘着粗气打着嗝说。

"看看他最后一顿饭吃的什么，吃完最后一顿饭多长时间死的，这是法医基本功。"安喆等林蕾拿起笔，一边用钢勺把胃里的东西舀到解剖台上，用水冲了冲，拿手指头扒拉了两下，一边报菜名，"韭菜、辣椒、西红柿、鸡蛋、肉、米饭，大概有 600 毫升。看食物消化的样子，大概也就是饭后一小时左右死亡。"

董浩楠推门走了进来，手里拿着鸡蛋灌饼，"饿死我了，查了一天线索，饭都没吃！"他朝解剖台上瞅了一眼，赶紧收起食物，自言自语地说，"突然不饿了呢！"

安喆瞥了一眼董浩楠，"不许带食物进来，说多少次了！"

"是，是！尸检情况如何？有啥发现没？"董浩楠点头哈腰地把鸡蛋灌饼又往兜里揣了揣，探头询问。

林蕾拿着记录抢先说："哦，哦，是这样的，死者左侧顶部可见挫裂创多处融合，创腔内可见颅骨粉碎性骨折，脑组织外溢，推测致伤物为钝器；全身皮肤可见广泛烧灼痕迹，但未见生活反应；死者颈部没有见到损伤……"林蕾念得正起劲儿，董浩楠忍不住从兜里掏出鸡蛋灌饼，看安喆低头忙着缝合，便饶有兴致地边吃边听。

林蕾念完了，董浩楠一头雾水，这丫头念得是中文？他瞅瞅安喆，抓耳挠腮，"这都什么啊，什么啊？哦，你就是那个新来的女徒弟吧！"

安喆正色说道："死者生前与人打斗，双上肢大面积的抵抗伤，死因是头部被人用钝器反复击打造成颅脑损伤致死，死后被人放火焚烧；死亡时间为餐后一小时。还有，不知道痕迹他们那边的结论，反正我刚才看轮胎印痕，这辆车就是到鱼塘的那辆！"林蕾一直点头，配合着安喆的陈述。

董浩楠咂巴着嘴，摸了摸下巴，沉吟道："那就是说这辆面包车到过鱼塘，死者可能是失踪的司机，又或者是凶手的同党，还有可能就是凶手本人被别人做了呢？"

安喆拿起死者的手，指给浩楠看，"这指甲里面存有人的皮肤组织，静待 DNA 必有发现。"

这时候，安喆从解剖台边上拿来一个超级大的纸篓，里面套着新换的塑料袋，停在浩楠吃饼的食物残渣落地的必经之路上，就这样端着。董浩楠并不以为然，依然慢慢悠悠地咬着，嚼着，掉着渣子。

林蕾被这一幕弄蒙了，不知道该怎么好，她放下手里的记录本，赶紧跑过去，接过纸篓，说："安老师，您休息会儿吧，要不，我来吧！"于是安喆和林蕾一起举着这个纸篓，直盯着浩楠。

"我去，你俩可真行，还让不让人好好吃东西啦。"董浩楠明显被这师徒俩折磨得再也下不去嘴，大吼着。

安喆挑眉，对浩楠说："就你自己吃，我们也没吃呢！"

林蕾狠狠地点头，董浩楠闻言痛快地把吃了一多半的饼往纸篓里一扔，"早说啊，走起，咱们吃火锅去！"

三人就座后，热腾腾的炭火锅很快端了上来，芝麻酱、韭菜花、腐乳汁儿加香菜、葱末儿的酱料是最经典的；手切鲜羊肉、肥牛片、青菜、蘑菇是必需的；荆安的秋冬天，没有一顿热腾腾的火锅解决不了的问题，如果有，那就两顿！

火锅店生意非常火爆，服务员显然有点照顾不过来，林蕾跑前跑后，拿这个要那个地忙活着，董浩楠看她上蹿下跳的觉得挺好玩，捅捅身边正襟危坐的安喆说："你徒弟挺活泼的，哦，和你很合适，你太闷了，无趣！正好给你增加点欢乐气氛。"

安喆没好气地回道："这个真不必，你喜欢，让她跟着你吧！"

董浩楠一脸惋惜，"要不是人家是学医出身，我还真不嫌多一个能查案子的女汉子，哈哈哈。"董浩楠看了一下安喆的脸色，小心翼翼地问，"你和蔺雪到底怎么样了，还联系着吗？"

安喆仍然是面无表情，但眼底却出现了闪躲，明显避之不及的样子，"吃饭吃饭，吃完干活去，哪儿那么多话呢？我说董浩楠，你可真是三八——三十多岁的人还有这么八卦的心！"

浩楠尴尬地笑笑，赶紧转移话题："嘿嘿，这家的手切羊肉简直是绝了，鲜、嫩、不膻气，满嘴都是香味儿。"

林蕾不明就里，也大概是饿坏了，边吃边赞扬道："好吃，好吃！"后知后觉地突然发问，"蔺雪是谁啊，也是咱们单位的吗？"

安喆和浩楠两人相互看了一眼对方，却都没有回答。

电话铃声响起，安喆接起电话，那边传来DNA室吴怡的声音："安主任，你们快来看看，这回你们可摊上大事儿啦！"

安喆、浩楠、林蕾把吴怡围在中间，盯着DNA室的数据库终端显示屏，显示屏上比对的数据闪烁着绿光向上快速移动，突然红色信息栏跳出一条信息，一张青年男子的照片跳了出来，照片显然是案底档案中的照片。吴怡解释道："尸体甲垢中的DNA入库比对，比中的嫌疑人竟然是一个正在服刑的犯人！"

安喆将目光投向浩楠，浩楠大而化之地抖了抖肩膀，大声说道："嗯，有这顿火锅垫底，再熬一宿也不怕啊！我去了解一下这个情况。"

董浩楠离开了，安喆跟着林蕾一道走回宿舍，询问道："怎么样，女法医的初体验感觉如何？"

林蕾一听，立刻挺直脊背，好像小学生春游结束必交一篇体会文章一样，非常官方地回答道："初来乍到，就让我遇到这么出色的老师，我觉得自己太幸福啦，我一定会珍惜组织和领导的厚爱，跟着师傅认真学习法医知识，为法医中心争光！"

安喆没等她说完就转身要走，突然想起什么似的说道："你今天可以回家了。"

林蕾情绪有点没有跟上，她还以为安老师会语重心长地说上很多话，然后在谆谆教诲声中互道再见才对啊，而现实是她只能对着空气和安喆的背影喊道："哦，谢谢老师，安老师再见！"

林蕾推开家门，高声招呼道："我回来啦！"

只见林蕾妈妈一路小跑地过来，"哎呀，宝贝女儿回来啦！累不累，昨天怎么没有回家啊？你们领导也太狠心了，刚上班，啥都不知道呢就开始上夜班啦？"

林蕾在妈妈面前倒是话不多了："不是，正好是我师傅夜班，又赶上案子啦！"

"这么晚才回来，吃饭了没有？今天怎么还这么晚呢？我就说这个工作不咋地，你说你非要去干这个让人恐惧的工作，你看到什么吓人的东西没有啊？你们那个法医中心有没有发生过什么灵异事件啊？"林蕾妈妈一连串不停地发问。

"哎哟，妈！您可真行，还什么灵异事件，啥叫灵异事件，世界上哪里有被证实了的灵异事件，这好事儿哪能让我赶上啊？"林蕾仰着小脑袋，老学究似的说，这可不是她看见"鬼安"的时候啦！

"林蕾我可跟你说啊，妈妈就你这一个女儿，你说你当个老师，当个大夫什么的多好啊，非要当这警察！当警察就当警察吧，咱在公安医院给警察看看病，或者再差点儿去监狱当个监狱医生，这妈都能理解，可你却非要当个法医！我可听说了，法医这活儿又脏又臭又恶心，今天你张姨问我你去哪里上班了，我都没敢告诉她。"林蕾妈妈一脸的担心和不赞同。

林蕾听着妈妈的唠叨，脸上各种奇异的表情表示着对妈妈言辞的反对，嘴里还"嘿！嗯？切！她懂什么？"看妈妈没有停下来的意思，她赶紧拿了衣服钻进卫生间去冲澡了。

没想到妈妈还不放过她，站在浴室门口对着门嚷："给我讲讲啊，这两天怎么样啊？单位同事待你好不好？你都干了什么了？你师傅是个什么样的人啊？"

"哎呀，妈，我很好，您老就放心吧！您女儿这么可爱伶俐聪明过人，怎么会有人不喜欢？放心吧，我洗澡了，听不见啦。"热水哗哗地冲下来，林蕾想了想这个问题，自言自语道："我怎么觉得他们不怎么喜欢我呢？我这么聪明伶俐，人见人爱的！慢慢来吧，加油，林蕾！"

17

第二天刚一到办公室，董浩楠这家伙已经等在这里很久了，看到安喆和林蕾就一脸忧伤地走过来，"这可真的是奇怪了，千年不遇的怪事啊！"

林蕾首先绷不住了，凑过去问："怎么回事儿？董老师，什么情况？"

董浩楠对安喆的面无表情表示不满意，故意捅捅安喆重复一遍说："你说怎么遇上这么奇怪的事？"

安喆扭脸看着董浩楠，"说不说？不说我干活去了。"

"我说，我说，比中的嫌疑人一直在农场服刑，案发期间也没有离开过农场，根本不具备作案时间和条件啊！"董浩楠抓耳挠腮，一副生无可恋的样子。

"你见到人啦？"安喆目光如炬地盯着董浩楠。

"还真让你问着了，哥们儿就是亲自去了一趟农场！亲眼看见了这人，也询问了农场狱警他最近一个月来的行踪和情况，他根本没有离开过农场！更可怕的是，上网查了他的家庭成员，他是家中独子，没有任何兄弟姐妹！我也亲自询问了他本人，他说家里确实只有他一个孩子。"

听到这儿，安喆终于显出了一丝焦躁，"这可是怪事儿了！"董浩楠捅捅林蕾，"妹妹，你说会不会他会乾坤大挪移，还是分身术？"他一脸正经地看着林蕾，"最近可有听闻什么武功绝学重现江湖的消息吗？"

林蕾一脸蒙圈地说："啊？这个我也不知道啊，跟他们不熟啊！"突然明白过来，"嘿，董老师，您逗我呢吧！"

董浩楠已经哈哈大笑起来，安喆却仍然一本正经的面无表情，这就是传说中的"面瘫脸"吧。

"他们家地址有吗？"安喆问道，"咱们还是去实地了解了解吧。"

董浩楠立刻精神抖擞，"就知道您老会问，我功课都做好了，离这里不太远，也就20公里，就等您一声令下啦！"

"那就走！看看去！"安喆率先走出了办公室。

离城20公里的昌北十三陵水库边上，一个独立的农家小院门口。董浩楠敲了敲门，开门的是一个妇女，大概50岁上下，中等身材，略有些发胖。

"这里是张瑞刚的家吗？"董浩楠掏出警官证问道。

不知道是看到董浩楠的警官证，还是听到张瑞刚这几个字，女人的脸瞬间变了颜色，"不是！"大门"砰"的一声关上了。

三人相互对视了一下，董浩楠大声喝道："开门，警察！"

大概过了一分钟，只听到院子里一阵杂乱的声音过后，女人再次打开了门，瑟缩地看着眼前的几个人，然后让出大门的通道，转身走进院子。

安喆、董浩楠、林蕾进到院子里，三个人各自打量着这个普通的农家小院。

院子不大，正南三间瓦房，西侧两间，东侧两间，围成一个四四方方的小院子，小院子中间种着几棵果树，一棵枣树，两棵柿子树，已经有果实稀稀疏疏地挂在上面，所有的房间似乎都空着，好像中年妇女独自住在这里。

女人看着这三人不吱声，反而有些绷不住了，一脸落寞地说："张，张瑞刚进去了，已经很多年了，你们找他干什么？你们是警察，这事儿应该比我清楚啊？"

董浩楠拉着女人坐下说："大姐，我们今天来就是了解些情况，您别紧张，来来，坐着说。"

女人坐下，神情似乎略有放松，开始唠叨起来："张瑞刚的爸爸很早就死了，是在工地上打工摔死的。那时候张瑞刚快17岁了吧，我整天去找工头理论，让他们给赔偿，可是工头天天躲着，我找不着啊！那天张瑞刚放学回来，看见工头喝了酒骑着摩托车往家走，他知道我整天找工头，就追着摩托车让停下。工头哪里肯听他的，还是往家骑，瑞刚就急了，抄近路跑到前面的小山包上，等着工头的车，眼见着车近了，他抱起一块大石头直接砸下去……不想砸死的是邻村的木匠，赶巧了他们俩骑的是一样的红色雅马哈摩托车。唉！我家瑞刚虽然杀了人，但是我不怪他，只是这一辈子我也就算白养了他了，没儿子养老送终。"

"叽……"水壶的哨声响起，女人赶紧起身，走进西边的一间房子，应该是厨房。

林蕾随即起身，隔着窗户朝东屋看了看，房门上着锁，窗户上挂着帘子，只透过帘子角落翘起的小边儿能看到房间的一小部分。这好像是一间

19

卧室，摊开的被褥凌乱地扔在床上，被子上赫然扔着一包已经开了封的香烟。烟盒的盖子打开着，一根烟好像是被带了出来，从盒子里面伸出"半个身子"。林蕾调整着身子，想尽量多看看房间的情况，床头部分有小半个床头柜露出来，一个水杯还徐徐冒着热气……

林蕾刚要喊董浩楠，却看见一个女人从西边的房子出来了，手里端着一个托盘，上面还放着几个杯子。她赶紧跑过去，接过杯子说："您别忙了，我来吧。"

林蕾坐回自己的位置，把杯子分给安喆和董浩楠，嘴里还聊天似的问着："大姐，这个院子就您一人儿住吗？"

"是啊，平时就我自己，有个远房的侄女，在读政法大学，功课不忙的时候会回来跟我住几天。"大概是因为林蕾热情地帮忙，妇女竟挤出了一丝笑意。

安喆看着水杯中腾腾升起的热气，终于开声问道："您就张瑞刚一个孩子吗？"

"这一个都把我害苦了，一个就够了！"女人忙不迭地回答，声音竟比刚才大了好多，同时目光闪躲着，一下一下地扫着这三个陌生人的脸庞。

"也是，养孩子确实不易！"安喆点头响应，接着又问，"大姐，可有卫生间可以借用一下吗？"

女人指着院子的一角，有些不好意思地说道："您要是不嫌弃我们农村的地方脏，您就将就将就……"

安喆站起身，面露一丝尴尬，"多谢，哪里有那么多讲究！"

女人有些紧张地盯着安喆快步走出的背影，林蕾也有些奇怪地盯着安喆离开的方向若有所思，两人却都被浩楠的话转移了注意力，"这树可得有些年头了，结的果子多不多啊？"董浩楠走出了屋子，在果树前停下，看似无意地抚摸着身边果树的树干。

"哎呀，可能结果子了，每年我都分给四周邻居吃！"女人说着走向南屋，从窗台边上的小竹篓子里抓了一把新鲜的枣子，"你们尝尝，还挺甜的呢。"

浩楠跟在身后，往南屋瞅了瞅，能看见床上整齐的被子，桌子应该也是早起打扫过的，床边上挂着的衣物、梳妆柜上的物品一看就知道，中年女人住这个房间。

董浩楠嘴里迎合着说："不了，我吃枣子牙疼，您自己留着吃吧。"他拉住女人指着树上的一只大黑喜鹊说，"您看，它偷您柿子吃呢！"

女人抬起头，嘴里是恫吓喜鹊的声音："去！"转脸对浩楠说，"咳，每年这最甜的，树尖子上的果子都是被这帮'小贼'偷了去的。"

身后传来安喆的声音，"咱们走吧！"

"走走走。走了啊，您忙您的吧！"董浩楠客气地跟妇女道别。

林蕾举起小手，在脸边上小幅度地快速摇晃着，"大姐，再见！"满脸萌萌哒可爱的表情。

安喆白了她一眼，转身先出了院子。

三个人上车，车子徐徐驶出村子。董浩楠首先发声："你们觉得怎么样？"

"可疑，非常可疑！"林蕾迅速地接茬儿道。

安喆则一副不置可否的样子。

林蕾首先发表了自己的观点："这女的没有说实话，院子里应该还住着一个男人！嗯，一个男人！"

董浩楠一脸坏笑地说："你凭什么这么说？人家一把年纪了，你不好乱传人家绯闻的哈！"

林蕾被他说得红了脸，"什么啊，我不是那个意思！我就是觉得应该还有个青年男子居住在院子里。"

董浩楠看她红了脸，更加觉得她俏丽可爱，"嗯，小同学，长进很快嘛！我看你是个干侦查的料，说说！"

林蕾受到了鼓励，开始发表自己的见解："东屋明明有人过夜，我从窗户看进去，被褥是平摊着的，有一盒香烟扔在被子上面，更加好玩的是，床头柜上的水杯里面的水还冒着热气！可是，既然是刚刚有人睡过的房间，为什么要锁起来？谁锁的？什么时间锁的呢？"林蕾两只大眼睛望向董浩楠。

董浩楠鼓励道："有道理，继续说！"

林蕾显然为有这样一个机会展示自己的分析而兴奋，满脸通红地说：

"我认为就是咱们敲门的时候惊扰到了他们，那女的不是给了咱们一个闭门羹吗，应该就是那会儿锁的！因为来不及叠被子什么的，所以拉帘锁门是最快捷的禁入办法。但是由于时间太紧张，帘子被桌子上的杂物挂住，翘起了小角！如果是女人的情人，两人应该住一个房间，但是东屋房间里显然是单人床；如果不是情人，只是借住的亲戚，那她为什么要掩饰，又在掩饰什么？所以那个女人没有说实话，但是她为什么不说实话呢？她要掩护的人是谁呢？"

浩楠一拍方向盘，喝道："漂亮！我观察了一下周围环境，女人应该是住南屋的，而且我看到他们家的树和围墙边上有攀爬的新鲜痕迹，如果说我们敲门时东屋的人翻墙出去，你觉得是不是很有可能呢？"

安喆幽幽地发声了："猜测，猜测，一切都是猜测！证据呢？"

两人都没了声音，又突然反应过味儿来，异口同声地还击道："你有证据吗？"

安喆幽幽地从身上口袋里掏出两个物证袋，分别装着两只颜色不同的牙刷，朝两个人晃了晃，"我也不知道算不算得上证据，但是有枣没枣打一竿子，凭我的经验，我觉得肯定有枣！"

车子飞快地驰骋在八达岭高速公路上，此时又一个希望升起，到底这会不会是解开全部谜底的答案呢？董浩楠和林蕾你一句我一句地说个不停，激动地猜测、分析、讨论着。

安喆一言不发，闭目养神，他想也许这就是法医这个职业的迷人之处吧，每一个案件都好像是一座巨大的迷宫，让你自己去发现信息，虽然这些信息有时候会把你引向死胡同，但是获得正确信息，打开迷宫玄机，胜利时刻那种巨大的满足感和征服感总是勾引着你不休不眠地投入到案件侦破中。而每一起案件都不可能是无懈可击的完美犯罪，因为只要犯罪就会留下证据，只不过有的隐秘一些，发现它需要更多的经验、耐心和智商而已，当然也需要一些运气。

放下安喆和林蕾，董浩楠说："我想了想，我得回去趴着，万一那小子回去呢！"

"不吃饭了吗？"林蕾关心地询问刚出口，车子已经掉头离开。

此时，街道上车水马龙，人们都按照自己的方式过着平静的生活。董浩楠隔窗望向外面，周边饭店已经开始了晚上的生意准备；学校门口母亲牵起放学的女儿的小手，聊着这一天的话题；街角糖炒栗子的店铺门口排起长长的队伍，人们正在热切地希望把最甜糯的美味带给亲爱的家人吧。董浩楠趁着停车等红灯的间隙欣赏着这美丽秋日傍晚的街头美景，不禁有些唏嘘，这些景色虽然离自己只有一步之遥，但却那么难以拥有。对于警察来说，这些景色更多是他们心中的向往，是他们用欣羡的目光欣赏别人的幸福时享受到的快乐。

为了不引人注意，董浩楠特意把车子停在了离可疑院子有一点距离的另一户农家院门口，这户农家院正好在胡同的最里头，外面的人不容易发现，但是刚好可以观察到可疑院子的大门。

荆安昌北因为是近郊，很多农民把自家的院子改造成农家院，周六日大批城内游客来此享受轻松的田园生活。即使是平日，也会有些情侣夜宿这里，享受静谧浪漫的二人世界，所以这里停上几辆外来车辆，对于村民来说是不会引起任何怀疑的。

为了不引人注意，董浩楠忍着咕咕叫的肚子，没有去买东西吃，顺手从车后座拿了一瓶水喝。空着肚子喝水就特别容易上厕所，他再尿回到瓶子里去，他自己心中暗想："男性的确是有优势的，你说这种情况如果是个女的，怎么办，怎么办！难怪老安嫌弃林妹妹，也还是有些道理的。"

正胡思乱想着，一辆自行车从车边骑过，董浩楠赶紧低头，缩着身子往车下面钻。等他再钻出来时，正看见一个男人背对着他走进那扇大门。他根本没看清男人长什么样子。大门哐当一声关上了，稀里哗啦地一阵响，估计是里面也上了锁，这时天刚刚有点擦黑，村民们进进出出的人很多，董浩楠一直躲在车子里盯着，时间一分钟一分钟过去，他想找个合适机会再看一下那个男人，看看能不能发现更多的线索。

天终于全黑了，村子里也安静了下来，能听到人们在家中与家人谈话的声音，远处隐约还会传来一两声狗叫。

董浩楠下了车，向那个院子走去，院墙的后身有个土堆，站在土堆上很容易就可以看见院子里面的情况，只见那男子站在院子中间的一个水池子边上，端着个漱口杯问："我牙刷呢？娘，动我牙刷干吗啊？"

屋里传出来女人的声音："我没动啊，你好好找找，别是前院的小狗又给叼去了吧，今天我一眼没看见，它又钻进来了。"

男人进屋里去了，董浩楠正要翻身进院子看看，突然电话震动起来。

电话是安喆打来的，董浩楠一接通就是安喆低沉的声音，只是此时这个低沉的声音里竟罕见地有了一丝兴奋，"就是他！就是他！牙刷上的DNA与死者指甲中的为同一人，而且与女人是母子关系！"

这时候，只见大铁门又当啷一声打开了，一个男子从院子出来了。

董浩楠快速几步窜过去，大喝一声："干吗去？"

这突来的一声，无疑吓了男人一跳，他脚底一绊，摔倒在地。董浩楠一气呵成地跪压、控制住他，腰间别着的手铐已经把他双手铐在了身后。

董浩楠按住地上的男人，压低声音透着威严，"知道为什么找你吗？"

男人一声不吭，董浩楠松了手下的力道，男人的脸露了出来。董浩楠猛一眼瞅过去却倒吸了一口凉气，竟然与张瑞刚如同一人！

"说！你是谁？"董浩楠大喝道，声音引来了院中的妇女。

"我的儿啊！"妇女大哭着，想要冲上前，却被董浩楠的眼神吓愣在原地，只能坐在地上大声哭喊，"嘉木啊，我的儿啊，老天爷啊，这是怎么回事儿啊……"

董浩楠把地上的男人押回车上，从他的身上翻出了证件，拨通了电话："老安，人到位了，叫陈嘉木……其他具体的等我回去问了再跟你碰！"

太阳照常升起，普照着大地上的芸芸众生。嫌疑人到位，案件告破，林蕾的脚步也轻盈起来，踏进法医中心的院子就开始一蹦一跳起来，脚下金黄的银杏叶像是迎宾的地毯，直直地铺向解剖楼和办公楼。

"林妹妹，别蹦跶了，快点上来！"董浩楠站在楼上吼着，应该是吃了早饭来的，底气足得吓了林蕾一跳。

"董老师，情况怎么样？"林蕾快步跑向办公楼，内心十分迫切，对于案件的所有情况都迫不及待地想要知道。

"说吧！"安喆看着跑得上气不接下气的林蕾，吹了吹眼前茶杯里飘着的茶叶，用手敲了敲桌子，示意董浩楠可以开始了，这小子说什么也非要等林蕾来了再说，安喆也等得心痒。

董浩楠清了清嗓子，林蕾求知的眼神太让他满足了，他瞟了瞟自己空了的茶杯，林蕾立刻接到信息，给他续上热水，他更加得意了，绘声绘色地说道："昨天按住的那个人叫陈嘉木，与张瑞刚本是同卵双胞胎兄弟，那个妇女就是他们亲妈。当年生下他们两个，觉得两个儿子，将来结婚要两套房子，实在是养不起，便将其中一子过继给远房的一个不能生养的哥哥，随着人家姓起名陈嘉木，哥哥家当时条件很好，想着儿子跟着他们也会享福。"

"那这个陈嘉木怎么就变成凶手了啊？"林蕾百思不得其解，"怎么又回到他亲妈身边的呀？"

"少安毋躁，少安毋躁！"董浩楠端起茶杯啜了一口，摇头晃脑的样子摆足了说书人的范儿。

"说！"安喆也把茶杯往桌上一放，眼神凌厉地瞪着董浩楠，真是给点颜色就开染坊了？！

"咳咳，好，接着说啊！"董浩楠收起三分得意劲儿，接着说道，"哪知天有不测风云，这给出去的陈嘉木三岁的时候远房哥哥就病死了，嫂子改嫁给别人，竟然很快生了自己的儿子，如此一来陈嘉木就是个拖油瓶了，而且还不是亲生的，就有点爹不疼娘不爱了。那个家里本来就没有一个和他有血缘关系的人，没人疼没人管的孩子很容易就不走正道儿了，网吧比家里熟，哥们儿比爹娘亲，交些不三不四的朋友，干起了小偷小摸的勾当，不过也从来没被人抓着过。"

"那这小子怎么干起了抢劫杀人的勾当？"安喆皱着眉头问，小偷小摸到抢劫杀人这可是质的飞跃啊。

"听我说呀！"董浩楠一击掌，貌似最后的包袱要抖开了，"机缘巧合吧，村里有闲人悄悄地告诉了陈嘉木他的身世，他这才如梦方醒，一心想着找到亲妈，过上幸福的日子，他就真找到亲生妈妈那儿去了。本来以为他亲妈会好吃好喝伺候自己，结果十几年没在身边养的孩子能有多深的感情？他亲妈还是对张瑞刚最好，而且他亲妈都没有告诉张瑞刚实情，只说这是个亲戚而已。当时，陈嘉木黑黑瘦瘦的，与白胖的张瑞刚虽然相似但是不会令人生疑。当时张瑞刚也是横竖看陈嘉木不顺眼，两人相处得不好，老是干架，于是陈嘉木一气之下就再次离家出走了。他在外面继续干些鸡鸣狗盗的事情，这个时候他结识了蔡老二，就是死在面包车里面的那个，俩人觉得偷偷摸摸来钱太慢，风险还高，而出租车上随时有现金，出租司机多数也没什么防范，便决定开始干点大买卖——抢劫出租车司机。"

"合着这蔡老二才是主谋？"林蕾啧啧称奇，"抢就抢吧，干吗把人都杀了啊？这蔡老二又是怎么死的呢？"

"杀人这事可还真不是一开始就谋划好的，第一个司机反抗得太激烈了，当时陈嘉木一紧张，失手就把那个司机给勒死了！"董浩楠四下寻摸着，摸出一袋瓜子，刚要开始嗑，就被安喆一脚踹得把瓜子放回原位，"所以说这罪犯也是会学习的，这人一死，两人觉得杀人也没多难，还免得被抢的人去报警。杀了人把车一卖，这收入可比抢司机手里那点现金给力啊！"

"真是可怕！"林蕾简直不敢想象，这俩人就为了点钱，就这么把一个个鲜活的人杀了。

"碎尸这事是谁想出来的？"安喆、林蕾几乎异口同声地问道。

"你敢相信吗？这招竟然是那个陈嘉木想出来的！第一次抢劫就失手杀了人，陈嘉木和蔡老二急于毁尸灭迹，蔡老二有个亲戚开了个鱼塘，蔡老二随时可以进出。"董浩楠一屁股坐到书桌上，跷着二郎腿继续道，"陈嘉木混日子的时候，曾经在养鱼场打过工，看到过老板把村里的死猫死狗加工成饲料喂鱼。他灵光一闪，想到这个毁尸灭迹的绝佳办法。当天夜里他俩就趁着夜黑风高，用面包车把尸体运来，俩人合力碎了尸，再用那粉碎机一碎，往鱼塘里一扔，碎不掉的骨头渣子往狗窝里一送，后面几起可就是没打算留活口了！再加上之后俩人又琢磨着将出租车重新喷漆，然后试着卖到外省，俩人里外里又能多出一笔钱进账，就更一发不可收拾了！"

"那蔡老二为啥死了？意外？还是陈嘉木下了黑手？"林蕾好奇的追问。

"妹妹问到点儿上了，要不说这世上人为财死，鸟为食亡呢……"董浩楠也有些唏嘘，"那天这俩人本来是一起吃饭庆祝最近频频得手，结果酒过三巡，蔡老二觉得这事一来是他的主意，二来毁尸这块儿没他不行，所以以后俩人分钱的份额要变一变。陈嘉木一听，觉得这蔡老二是要压榨他，酒劲儿也上来了，就跟蔡老二厮打了起来。结果打着打着，陈嘉木就起了杀心，觉得蔡老二你不是觉得没你不行吗，我还就把你也干死，于是顺手抄起一旁的木棒痛下杀手。杀了人，他又自以为聪明地想出一招，伪造酒后驾驶出事的现场，把蔡老二的尸体塞进面包车，开车跑到那个山崖，泼上汽油……"

"后来呢？"林蕾问，"陈嘉木害怕了？跑回自己老妈那里躲着了？"

"也不全是吧，主要是想避避风头，看看形势吧！而且我跟你们说，这个人真的是没有一点后悔之意，昨天审的时候，整个过程都特别的冷静，跟说别人事儿似的！"董浩楠摇摇头，"这个陈嘉木也知道张瑞刚进去了，他老妈一看这个儿子回来了，以为自己晚年还能有个指靠，谁能想到这个儿子身上背着几条人命呢！白天咱们一敲门，这小子就翻墙出去了，他后来知道白天是警察来过，就知道自己可能暴露了，多亏咱们判断得不错，我早就守在他家门口了，被我逮了个正着！"

"董老师，你真棒！为你点赞！这还真是天网恢恢疏而不漏啊！"林蕾感叹道。

董浩楠得意地梗梗脖子，难得的是安喆也附和地点点头，嘴里默念着："死去的无辜生灵也可以安息了！"

第二案

带血的赔偿金

　　系列劫杀出租车司机的案件迅速告破，弥漫在出租车行业的恐慌气氛得到缓解，案件的及时侦破也得到各级领导和社会各界的广泛好评。这天早上，法医中心主任齐大红推门走进病理室的办公室，当着安喆的面夸奖林蕾道："干得不错啊，小丫头，当初你的导师还怕你没有法医病理学的基础，你看看，你看看，其实都是相通的嘛！这不是一来了就破了大案！"

　　林蕾一听，明白齐主任是给自己站台打气来的，但是当着安喆的面儿，林蕾有点不好意思了，识时务地接话道："这都是安老师教得好。"

　　齐大红瞅了瞅身边的安喆，"你小子表现不错，是你让林蕾提的狗粪便？"

　　安喆摇了摇头，"我可没有啊，那是她自己的主意。"

　　齐大红点点头，继续道："嗯，这才当师傅的样子嘛，徒弟有了成绩师傅脸上也有光。嗯！给你们师徒俩首战告捷口头表扬一次。林蕾，继续加油啊！我看好你！"说完就推门出去了。

　　林蕾想着安喆整天一百个看不上自己的样子，齐主任这一表扬，她不知道该怎么继续话题了，站在那里咕哝："啊……其实那个真的就是一时的好奇和脑洞大开，我觉得不能算是什么进步……"

　　安喆抬头看着她，若有所思却没有接话茬儿。林蕾也看着他，气氛十分尴尬，正在想着自己该说点什么收场。

"干活吧！"安喆说完转身走了，只扔下林蕾继续尴尬着，但是她又不知道为什么尴尬。

"哐"的一声，办公室的门又被打开了，只见安喆拿着两个大纸盒子走了进来，林蕾噌地从凳子上站起来，不明就里地问："安老师，您这是？"

"让你读的书，看得怎么样了？"安喆瞥了一眼林蕾摊开在办公桌上的《法医病理学》，大概也就刚翻到十几页。

林蕾赶紧回话："嗯！正在读！"又急忙坐在凳子上，看着犹如监工一样的安喆，不得不像小学生读课文一样大声朗读起来，"直接死因指直接引起死亡的原因，根本死因就是引起死亡的初始原因。"还不忘咬一口手里的三明治，继续大声地念，"死亡方式分为自杀、他杀和意外……"

突然，林蕾不耐烦地把书猛地往书桌上一丢，梗着脖子对安喆嚷嚷："安老师，我也是二十多年资深好学生，我觉得我该学的书本知识在学校都学完了，出来工作不是应该实践为先吗？您让我在这看这些基础理论知识又不去考试，有什么用？！"林蕾一脸怒火地瞪着安喆，因为嘴里嚼着东西，吐字含混不清，但是怒气却妥妥地悉数传递了过来。

安喆也不说话，伸手拿起书，往后翻了一摞，窝起个小角，用指甲反复压了压，轻声又不可抗拒地说："今天下班前必须读到这里，通过我的检查才能下班。"

林蕾急忙翻开安喆已经合上的书，一看已经向后翻过了一百多页，忍不住抱怨起来："安老师，您这定的也太多了吧，四五十页就差不多了！"

安喆不再理她，埋头开始整理书柜里的东西。

林蕾凑过来，有些委屈，没想到都工作了，还被这么教条的老师管着，"安老师您是不是觉得我连最基本的法医学概念都没学过？但是术业有专攻嘛！我觉得法医病理也是病理学呀，我就不相信还有什么比一个一个形态各异的细胞还难认、难学的！"

"嗯，你会什么我不关心，但是我让你会的必须尽快学会！"安喆面无表情地答复着，明显不想搭理林蕾，开始专心把书柜里的书往箱子里面放。

"咦？安老师，您这是要干吗？"林蕾手足无措，站也不是，坐也不是，"您不是让我看书吗？怎么又要收走？而且，这个，你不是要把我轰出这间办公室吧？"

"以前用这间办公室的人走了，走得匆忙，我来把不用的东西收拾收拾，给你腾地方放东西。"安喆头也不抬地说，却解释得分外详细。

"哦，好的！谢谢安老师！"林蕾有点受宠若惊，但隐约中她觉得安喆与那人关系绝不一般，安喆一直以来给她的感觉就是冷淡，可是今天这股冷淡虽然还在，却更多了些伤感的气息。

安喆把书桌抽屉里的东西一样一样地拣出来，仿佛还在回忆着什么。林蕾忍不住地凑热闹，她看见抽屉里有擦手油、有湿巾，还有一瓶纪梵希的香水，林蕾恍然大悟："走的那个人是个女的啊？"

"嗯……"安喆瞬间又恢复了他的冷漠，仿佛刚刚林蕾感觉到的伤感都是错觉。

"那她去哪里啦？"林蕾也顾不上安喆态度的变化，只觉得激动和兴奋，那是种老乡见老乡两眼泪汪汪的激动，又或是久违的战友重逢的兴奋，因为昨天她已经发现了这样一个残酷的事实——整个一层楼，也就是整个病理室，如果不算可能存活的蚊子，只有她一只雌性动物。

"去读书了。"安喆把抽屉里的东西全部收完，准备走出去之前扔出了这四个字。

林蕾却眼尖地看到纸盒子里有一支派克笔，经典款啊，忍不住手痒，"安老师，那笔很贵的，老不用就坏啦，我也喜欢用钢笔写字的……"

安喆愣了一下，随即道："钢笔这种东西，每个人的书写习惯都不一样，所以别人的就是别人的……"说完转身就走。

林蕾挠挠头，难道自己太不知深浅了？自己只是不想浪费好东西而已，怎么感觉安喆很回避谈论什么似的，甚至有点落荒而逃的感觉。她叹口气，暗暗为那支钢笔默哀："也不知道他会怎么处置那支限量版的派克钢笔！"

突然，电台里传来指挥中心的指令声："XXX工地发现一名工人死亡，请法医到现场指导工作。"

林蕾听到了，愣了一下，想了想不是自己值班，便继续优哉游哉地一边看书一边啃着三明治，结果不到三分钟安喆又"破门而入"。

"嘛呢？没听到电台布警呢吗？还不动弹！"安喆瞪着腮帮子塞得满满的林蕾，心想这心可真大啊，稳坐钓鱼台呢还，哪里有当法医的机警劲儿啊。

"啊？"林蕾又蒙圈了，这才反应过来，刚才穿着便服的安喆已经换上了勘查服。

"啊什么啊？出现场！"安喆没好气地瞪了她一眼。

"可是今天不是咱们值班啊！"林蕾好不容易咽下嘴里的三明治，勉强发声争辩道。

"赶紧换衣服走人！"安喆懒得跟她解释，"给你三分钟，三分钟楼下见不到你，我自己走了！"

"啊？！哦？！必须的……"林蕾看着安喆一阵风似的带上门走了出去，连反锁门都顾不上了，拉开柜子，也幸好勘查服都肥大，穿着牛仔裤直接就给套上了，然后披着外套就往外跑。

站在楼下警车边上的安喆看着一边冲出楼门，一边穿袖子，嘴角还带着面包渣的林蕾，一脸嫌弃道："哎哟喂，您说您好歹也是一名女同志，真够邋遢的！"

"安老师……"林蕾情绪有点小受伤了，"不是要赶在三分钟之内吗，我都这么快了，您不表扬还嫌弃？！"

林蕾的话让安喆有些于心不忍了，年轻姑娘直白的情绪表达反而让他有点不好意思了，想想也是，毕竟是新人，漂亮姑娘连形象都不顾，又能在规定的时间内出现，确实值得表扬，于是缓和语气地补充道："嗯，这次还真挺快！"

"咱们去哪里？"林蕾就是这点好，心大，给点阳光就灿烂，安喆不算明确的表扬已经足够她瞬间满血复活。不过她也暗下决心，一定要从今天开始练习换衣服的速度，他日定让安喆刮目相看，对，如救火队员一样的秒换！

"南谷一个住宅区的建筑工地，叫什么睿翼帮……"安喆的车自从冲出法医中心院门就一直在超车，就说话这会儿，他又迅速地超过一辆大卡车，接着又超过一辆出租车。

"什么情况啊？为什么开这么快啊？！"林蕾瞟了瞟仪表盘上的速度已经飙升到140，忍不住惊叫，"您超速了！"不过林蕾仿佛也知道安喆不会理会她的抗议，迅速地扣上了安全带，随着车身左右摇摆。

"快，这还快？我都想飞过去，说是一个工人坠楼了，家属来了好多，可能要闹事！……"安喆瞟了一眼满眼慌张的林蕾，撇了撇嘴，"警察部队是纪律部队，关键时刻需要你献出生命都不能犹豫，坐个车你就害怕了？这么胆小干吗来当法医？"

"我！"奉献生命和非战时伤亡这是两回事好吧！林蕾满满的委屈，却也不知道应该从何说起，只能紧紧地抓住车顶的拉手。

"前方500米右转，即将到达目的地……"导航传来指示，林蕾也松了口气，极速飞车终于快结束了。

"你说这是什么事？"一开进工地就听见有人大声地嚷嚷。警车速度降了下来，车外到处都是围观的群众，三五成群，议论纷纷。

"这么多家属都是哪儿冒出来的？"工地上一个伸着脖子围观的民工说。

"我看啊，这事解决不了，咱们也都不用干活了……"另一个民工的声音。只见围观的民工里三层外三层地把现场围了个水泄不通。

"林蕾，下车！"安喆见了个空地儿就把车停了下来，果断下令，这么多人，开进去还不知道要多长时间呢。

"哦，好的！"林蕾忙忙叨叨地跳下车，"安老师，要拿勘查箱吗？"

"这还用问？"安喆说完直接往里走。

"好的，明白！"林蕾打开后备厢，无限怨念，"可是看起来离现场还有好远的嘛……"

"嘿！"林蕾从后备厢里抬出来了勘查箱，锁上车，认命地叹口气："宝宝还是要乐观滴，箱子还是有轮子滴，还是可以拖着走滴，宝宝还是不用完全当骡子滴……"

林蕾拖着箱子，赶紧往前走，但是不平的路、不怎么灵活的轮子，让有些笨重的勘查箱左倒右歪，林蕾叹了口气，显然她的躯体无法和灵魂一样紧跟上安喆的步伐了。

安喆人在前面走，却也留心着后面女徒弟的动静，只听得后面一会儿一声"嘿"，一会儿一声"哎哟""哎呀"，他的眉头越皱越紧。

"我的天啊！这可让我怎么活啊！……"终于有一个女人夸张的哭声完全压制住了林蕾一惊一乍的动静，"我怎么那么惨啊！你个死鬼，你死了我可怎么办啊？啊啊啊！"

林蕾终于追到了安喆旁边，踮着脚往里面望着，"安老师，尸体在哪儿呢？"

安喆手指着扒着防护铁架号啕大哭的妇女脸朝向的位置，那是在建楼房的地下室，地中间有一处被白布覆盖的人形。

"谁是负责人？"安喆大喊一声，林蕾感觉到他语调里浓浓的不满了，"为什么不隔离现场？！"

"我是我是！"一个肥头大耳的油腻中年人，满脸通红，疾步奔到安喆面前，"警官好，警官好，我是这个工地的质量负责人，免贵姓陈！情况是这样的，没什么事，就是这个工人自己违规操作，我们这个地方已经基本完工了，平时根本没有人，谁知道这个张力红怎么就跑到这里来了？这是他自己违规操作！可是到底是死人了，死者为大啊，家属也来了老多人，看来不赔是不行了啊。"

"没什么事儿？您这么清楚，那还叫我们过来干吗？"安喆的手仍旧自然地垂在身体两侧，丝毫没有与陈负责人握手的意思，直接走向尸体所在的地方。

"那不是，那不是……"陈负责人尴尬地把手收回，在衣服上蹭了蹭，"这不是已经谈好了赔偿的数额了嘛，家属说着急处理尸体，派出所说必须得由您看过才能开死亡证明，这不才劳您大驾过来看看嘛！"

安喆低声命令道："把现场的人都清了，除了警察，都出去！你也出去。"

"是是是！"负责人点头应和着，不热的天气却满头大汗，转身就开始吆喝着往外赶人。

"你们要干吗啊？！我要守着他啊！你们别拉我！放开放开！"女人歇斯底里地大叫着，身体像一摊泥一样，四五个工友连拉带抬才把她拽离防护的铁架。

安喆闭着眼睛，等着现场清场，十几分钟后，现场安静了下来，他才睁开眼，叹息道："唉！又是一个完全被破坏了的现场……"

安喆从自己的勘查包里拿出了手套，一边缓步走向负一楼，一边有条不紊地戴上。走到尸体所在的地方，安喆弯下腰，揭开了尸体上的白布，然后退开，看着林蕾。只见林蕾也往后退了退，看看尸体，又看看安喆。安喆盯着林蕾，林蕾赶紧摸了摸嘴巴，她以为面包渣还在嘴上，安喆白了她一眼，林蕾不知所措，两手划拉到胸前挂着的相机。"哦，哦！收到！收到！别生气，别生气！"林蕾马上开始"咔嚓咔嚓"地围着尸体拍起照来。

为了拍摄到全景，林蕾噌噌几步就跑到一层，站在工地一楼的边缘，向下拍摄。林蕾暗自感叹幸好已经安装了防护的铁架，不然探出身去照相，眼前就是五米左右的落差，真的有点让她眼晕腿软。

林蕾快速地由远到近地固定着现场的位置，这幢未建成的楼是一个回字形。每个方向都是一个住家，每个住家都是复式结构，每层高近四米，死者就趴在"回"字中间的"口"里负一楼的地面上。头西北脚东南，这个"口"字五米见方，远远看去死者竟像是找到了两边的黄金分割线的交点。

死者身上穿着工服，双手和双脚都形成了奇怪的角度，衬在宽大的工服里，像是被拧歪了的木偶；尸体头部边上半米处还有一个扣在地上的安全帽，林蕾从上面侧头一看，人和安全帽居然像一个"尤"字，是死者想说自己摔死尤其惨还是尤其倒霉？死者头下的水泥地上一摊血迹洇开……林蕾赶紧把镜头拉近，竟然还能看到"血豆腐"，不不不，是血凝块！

安喆已经蹲到尸体旁边，拨开被血液黏住的头发，试图找寻头部出血的来源。

"这么多血？"林蕾咋舌，随着安喆的动作，血浓如墨汁，一股又一股地流出，浓郁的血腥味不断飘来刺激着林蕾的鼻腔。

林蕾摸摸空空的口袋，糟了，没带口罩！她装作无意地环视四周，顺便呼吸呼吸相对新鲜的空气，却让她发现了中庭四周的墙壁上更多的血迹——离尸体近的大约两米高的墙面上，离尸体远的大约半米高的墙面上都有，这些血迹如同带着小尾巴的红色小彗星，头重脚轻，迫不及待地从高处扑向地面，却排列整齐，方向一致。她噼里啪啦地按下快门，固定着这些证据。

"照完了？"安喆起身问道。

"嗯嗯！照完了！我连周围的血迹都照上了！远的近的，除了照全景，我还照了细目！"林蕾生怕自己回答得不好。

"行，那你过来看看尸体，检验一下你读书的效果！"安喆脱下手套，掏出一个物证袋把手套放在里面，嘱咐林蕾一会儿也别把脏手套留在现场，就拿着手电筒去查看血迹了。

林蕾戴上手套，把手伸进死者的头发里，死者的头颅已经不是一个完整的硬球了，反而像是一个极度缺气的皮球，只不过里面还有一条一条硬棱边，林蕾自言自语道："颅骨这是粉碎性骨折了吗？！"她仔细地扒开头发，用手指弄去头皮上的血，血已经凝住，她只有一点一点地把它抠开，手感触及，血饼一块一块与头皮分离，林蕾感到喉头灼热，一股胃液直往上顶！她站起身平静了好一会儿，才又努力控制好自己，虽然还是有点恶心，但是应该不会马上呕吐出来。她继续着自己检查尸表的工作，发现死者头上有好几道口子深入骨膜，林蕾心里充满了问号，"这么多道口子，难道是骨折刺破造成的吗？"

林蕾抬眼看了看安喆，见他正在打电话，她想问的话没问出口，脑子里自行脑补着死者从高层坠楼，头先着地，碎裂的头骨刺破头皮的画面。

"喂，我，安喆，你们什么时候过来？"安喆环视着现场，仿佛早已胸有成竹，听他说话的内容应该是拨给了"痕迹"部门的同事，"坠落点的现场已经被破坏了，所以我们就先进来看了看尸表和血迹。楼上等你们看过我们再去，免得二次破坏现场，起跳点就靠你们了！我们先把尸体带回中心检验，初步结果出来了咱们再碰。"

安喆叫了早就被工方叫来，一直在旁边候着的殡仪馆工人，把尸体运到拉尸车上，对还蹲在地上琢磨的林蕾说："走，回去，让死者告诉咱们到底怎么回事儿！"

死者的妻子听说要拉走尸体，又高声大哭起来，拉住抬尸的担架不让走，"你们要干吗呀？干吗要把我老公带走？谁让你们抬走的？我怎么向家里的老人交代啊！……"

工头也跑过来，挡住安喆，满脸堆笑地说："安法医，这个检验就不必要了吧？您不刚刚也看了吗，您给开个证明，我就让家属把人带回去埋了！我们这赔偿都谈好了啊，您也知道，这个事情不完，我这儿就不让开工，这会儿正赶工期呢，停上几天我可是受不了啊！……"

安喆大概也是这样的事情处理多了，所以十分清楚工头的想法，无非就是自认倒霉，想息事宁人，早早让法医出了死亡证明，家属拿钱埋人了事。他平心静气地问工头："他是怎么掉下来的，你看见了？你敢保证他就是你说的那样死的？"

工头赶紧摇头说："没有，没有，发现的时候就已经在这里了啊！"

安喆又问："那你怎么确定他就是违章操作，自己不小心掉下来的？"

"这在工地上也是时有发生的，所以……难道还有人推他不成？"工头质疑道。

"谁能保证一定不是被人所害呢？如果我就这么把尸体给了家属，要是这兄弟的确是冤死的，你不怕他半夜找你？"安喆神态没怎么变化，可是嘴里吐出来的话却掷地有声。

"这……"仿佛被安喆勾勒的情形吓着了，工头抖了抖肩膀，想说什么，却也只能偃旗息鼓。

安喆声音放大了些，好像是跟工头说，又好像在说给旁人听："你们的难处我理解，但是人死不能复生，他说不了话喊不了冤，如果连我们当法医的都这么睁一只眼闭一只眼的，如果他真是被哪个歹人给害了，死者又怎么能魂安呢？你们这些一块儿干过活儿的，尤其是家属，又怎么能安心呢？"工头默默地低下了头，身子一扭，做出放行的姿态。围观的工人和死者家属默默地分开，让出一条通向警车的路。

走在这条人墙分割出的小路，林蕾突然有种使命附体的感觉，是那种背后放光头顶也笼罩着光环的感觉，她甚至有些飘飘然，平日里冷漠的安喆，说出的每一句话，每一个字都敲进了她的心里，她心中感叹道："安老师说得太好了，查明真相，正义不死！嗯，这不就是我选择这一行的原因吗？"

此时，林蕾眼前又浮现出初中挚友白婷婷的笑脸，浮现出下晚自习，她们一起骑车回家路上说笑打闹……白婷婷乌黑柔顺的短发，白皙美丽的脸庞，高挑饱满的身材，青春洋溢的小酒窝……

婷婷，你现在可还好？如果你还活着你到底在哪里？如果你死了，你也托个梦给我，我一定为你查明真相，手擒真凶啊！这个问题从白婷婷消失的那时起就一直盘桓在林蕾心里，这十年来每次询问得到的回答却都是茫然无果。但是唯有这次，林蕾在安喆的声音中仿佛找到了一丝希望、一点信心。这一丝希望有如沙漠中末路穷途的人看到了绿洲的影子，不知不觉地，泪水已经挂满了林蕾的脸颊。她默默地走在安喆的身后，偷偷地抹去脸上的泪水，可是不停流下来的鼻涕，让她不得不抽了抽鼻子，这个声音暴露了她的秘密。

安喆回身瞅了一眼眼眶红得像兔子的林蕾，觉得他这个女徒弟真是状况百出，要不就是自己太老了，已经不能明白年轻女孩细腻敏感的感情了。安喆摇摇头，拒绝被林蕾的感情所影响，继续往前走，上车后他还是主动掏出纸巾递过去问："怎么回事儿？吓得？还是哪里不舒服？"

为了掩饰尴尬，林蕾勉强挤出一个大大的笑脸，并不打算说出实情，边擤鼻涕边说道："没有，没有，我就是突然特别感动！"

安喆疑惑地挑了挑眉，却没有再发出任何声音，只是默默地发动了车子。另有隐情又如何？这是别人的人生，独来独往的安喆没有兴趣打探别人的秘密。

解剖室里，安喆利索地穿上一次性隔离服，戴上手套，胶皮固定在塑料布的袖子上发出啪啪的声音，所有动作一气呵成。林蕾心里默默感叹，怪不得安喆每次都看不上自己的手忙脚乱，安喆连穿衣服都能显露出那种独有的淡定、专业，传递着强大的气场。更帅的是，安喆一手揪着死者的裤脚，一手拉着裤腰，轻而易举地将死者的裤子从双腿上脱了下来，接着是上衣，整个流程就如同是看太极表演，动作沉稳却透着那种不可置疑的多年修炼下来的功夫！

安喆不知林蕾呆呆的样子可以用时下流行的"星星眼"来形容，只是觉得自己连常规的 DNA 检材都提取完了，这个丫头不知道还在神游什么，便大声发问："检验重点？"

"嗯……"林蕾好不容易收回游走的神魂，用不确定的语气回答，"死亡原因？"

"请问同学，法医什么时候的检验重点不是死亡原因？"安喆无奈地问，"具体到这具尸体，如果是你重点检验哪里？"安喆挑着眉毛直盯着林蕾，等待着她的答案。

"啊！头，头，重点是头！颅脑的损伤情况！"林蕾恍然大悟，赶快回答，颅脑损伤是直接可以致命的死亡原因，当然是检验重点。

"嗯……"安喆算是差强人意地放过了她，他拿起花洒冲洗死者头皮，动作娴熟而明确，他放下花洒，拿起解剖刀……修长手指所执的仿佛不是解剖刀，而是小提琴的琴弓，优雅而有节奏地落在死者的头皮上，"唰唰唰"，一缕缕头发落下，露出死者布满血迹的头皮。

"哇！"林蕾简直为安喆一刀刮到头皮却不伤分毫的刀功倾倒，想想电动的推子都不如安喆刮的效果好。

"怎么了？"林蕾的感叹声吓得安喆手下一顿。

"没什么！"林蕾满眼崇拜，"安老师您剃头的技术简直绝了！"

"绝什么？法医的基本功而已！"安喆白眼都懒得翻她，"下次你来剃！"

"好的好的！"林蕾激动地点头，心里暗想回去找个什么东西练手呢。

"记录吧！"安喆的刀子几下走遍了死者的头部，完整地暴露出了死者的额部、顶部和双侧颞部，头部几条狰狞的血口子就像要讲话的嘴，红色的长条中间扭曲着裂开，露出了参差不齐的红色和黄色。

"顶部可见条形挫裂创 5 处，裂创走行方向不一，顶部正中创口长 9.5 厘米，创口两侧可见挫伤带，左侧挫伤带宽 0.3 厘米，右侧挫伤带宽 0.1 厘米；顶部偏左两处创口分别长 6 厘米、3 厘米，两侧亦可见挫伤带，均宽 0.2 厘米；顶部右侧两处创口分别长 8 厘米、5 厘米，8 厘米创口两侧挫伤带分别宽 0.4 厘米、0.2 厘米，5 厘米创口两侧挫伤带分别宽 0.5 厘米、0.1 厘米……"安喆边解剖边说，林蕾低头迅速地记录着。

安喆脱下手套，不理会正想发问的林蕾，拿出电话，声音果断："董浩楠，带着你们队出现场吧，南谷睿翼帮！"说完挂下电话，又打了出去，"痕迹组吗，你们现场勘完了吗？……那你们先别动，我们这就过来！"

"安老师，什么意思啊？咱们还要去现场？"林蕾听得一头雾水！

"现场的安全帽上有血吗？"安喆突然发问。

"没有，没有，肯定没有……"林蕾脑海里回放着在现场自己翻来覆去照过的安全帽的画面，非常确定上面里里外外的除了污渍和尘土，没有一丝血迹，可是她一时还没有想明白安喆问话的意思。

"为什么没有血？"安喆仿佛是在自言自语，又好像是在问林蕾。

"啊？！"林蕾脑海中迅速播放着一个戴着安全帽的工人从高空坠落的片段，时而工人的帽子紧扣在头上，时而工人的帽子浮搁在头上随着坠落而离开身体落地，可是无论怎么样，画面里帽子上都应该有血迹，林蕾恍然大悟，"安老师，您的意思是？"

"我的意思是，这次我们有足够强大的理由让家属同意解剖检验，他们不同意也不行！"安喆果断颔首。

"好的！"林蕾双眼锃亮，又有点不好意思地挠挠头，"安老师，您肯定不是只从安全帽上看出来的，对不？你肯定是先从尸体上看出了什么？您教教我呗？"

安喆心里暗叹：这小丫头倒是挺灵，也知道钻研，也许是个好苗子。于是长出了一口气，耐着性子问："你觉得头上的伤是怎么造成的？"

"坠楼？……"林蕾在安喆的注视中，"楼"字说得若不可闻，"骨折刺破！……"

"书看到哪部分了？"安喆厉声问道。

"这不是还在总论呢嘛！"虽说林蕾觉得安喆逼着她阅读法医病理学书籍的做法不一定是最好的办法，但是当被检查课本的时候，她还是会心虚理亏，仿佛又回到学生没考好后的经典问题——"书都读到哪儿去了？"可是，一般这道题都是不用回答的！！

"今天晚上干完活，你先把机械性损伤和颅脑损伤那两部分读明白！！！你也看到了，死者头部的多个创口走行方向不一，其次它们都有挫伤带，我就说到这里，其他自己看书，自己想！"安喆快速说完，转身朝外走，"走！复勘现场！"

"哦！"林蕾瑟缩了一下，从学生时代开始自己就最怕这种老师了，问什么问题都一副"你怎么这都不知道的神情，书都读哪里去了？"不屑的神情。林蕾暗自咬牙，想着今天就算不睡觉也要把《法医病理学》生吞活剥一遍！

"安老师，你等我一下，我去趟卫生间！"林蕾飞快超过安喆，跑出解剖室，只有声音还飘在空中，人已经跑没了影儿。安喆弹了弹被林蕾蹭过的胳膊，定住了步伐，心想：带个女徒弟真是麻烦，只能拖后腿！

林蕾哪是要上厕所，只不过是借着上厕所的理由飞速跑回办公室，去取《法医病理学》。然后又狂奔到解剖楼前，气喘吁吁地坐进车里，看着安喆恍然大悟的眼神，有些不好意思了，咳了两声，吼出一句："安老师我们出发吧！"

安喆心想：得，我成司机了！然后他默默地瞟了一眼已经在旁边低头翻书的林蕾，发动了车子。

"擦伤……挫伤……裂创……刺创……挫裂创……"林蕾念着一个又一个对自己来说较为生僻的名词，心里对安喆让她看书的要求释怀了。虽然法医病理学比自己专攻的病理学只多了两个字，但内容上却天差地别。说白了如果在临床上，这些名词无非就是需不需要缝针的区别，可是在法医这个领域里，那可就大有名堂了！一处损伤，如果特征性非常强的话，可以判断致伤物的种类，也可以判断袭击的方向，真是太神奇了。林蕾看着眼前的书，越发觉得爱不释手，法医这门学科真是博大精深呢，自己也越学越着迷了！

"安老师，我刚才说错了，如果是骨折刺破口的话，是没有挫伤带的，对吧？"林蕾小心翼翼地问，一方面自己之前对书本知识态度不端正，有些羞愧，一方面实在是因为安喆的冰山脸加飞车技不得不让她小心翼翼，不要让他情绪波动，"死者头上的应该算是挫裂创吧？"

"嗯……"安喆顺利地把车开进了建筑工地，此时已经没有什么人围观了，现场冷冷清清，只有几辆警车停在楼前，默默地闪烁着警灯。

"那是什么造成的，安老师？"林蕾的疑问并没有止住安喆的动作，安喆已经背着一个大电筒迅速地下车了，林蕾只能默默叹息，"唉，求学要靠自己……"

"哥哥，不对，我爷爷喂，您这又是闹哪出啊？"董浩楠一见到安喆就鬼哭狼嚎起来，"我们这头一个现场刚完，您老就又把我们薅这儿来了，我看痕迹科老张也被你薅过来了，到底发现啥情况了啊？"

"你先去走访一下死者生前情况吧，我觉得这里面有问题……"安喆言简意赅，"别抱怨啊，我们这都往返了一回了！"

"呦，小徒弟也在呐？"董浩楠乐呵呵地拍了下林蕾，瞬间让林蕾觉得自己的五脏六腑都被这个熊掌拍错位了，林蕾忍着痛，伸出手朝董浩楠小幅度摆了摆，"董老师好！"心想"当过特警吧？肯定是练过的！！"

"啥老师啊，别老这么斯文，叫哥啊，叫老师就把哥叫老了！"董浩楠看着林蕾招财猫似的招牌动作，十分喜感，忍不住逗她两句！

"你是不是想住这儿啊？"安喆冷冷地打断董浩楠的贫聊。

"去，去，这就去啊！"董浩楠真心觉得安喆人帅没人要就赖他的臭脾气，反倒对林蕾生出几分同情。

打发走了董浩楠，安喆回头对林蕾说："走吧，咱们顺着南边的楼往上走，看看能不能到起跳点的痕迹。"

安喆领先林蕾几步，沿着"口"字的西边往南走，这时南侧的楼梯上也下来了一队人。

"老安！"领头的人是一个娃娃脸胖乎乎的男人，一笑露出两颗虎牙，显得少年感更浓了几分。

"张哥！"林蕾看着安喆和老张握手言笑，惊觉自己可是第一次看安喆以笑待人，"怎么样？起跳点找到了吗？"

"不明确，地面条件太差，根本采不到清晰的足迹。不过四楼半的过道里有一些散的钢管掉在地上了。"老张遗憾地摇摇头，随即用胳膊肘捅了捅安喆，"老安你是不是有什么想法？你想找什么？"

"我……"安喆的声音突然小下来，站在他身后的林蕾根本听不见，她心想这才是关键啊好不好，老师的分析这必须得听啊，就赶紧往前凑，可惜还是什么都没听见。

"哎哟！"林蕾大叫一声，她跟得太近了，以至于安喆和痕迹老张突然一停，她就直接撞在安喆背着的大电筒上了，顿时鼻子一酸，血流如注。

"呦，姑娘，你没事吧？"老张看着血从林蕾捂着鼻子的指缝里流出来，滴答滴答地滴在地上，"这一下可撞得够狠的啊！"

"唔……"林蕾鼻酸的眼泪也跟着流，另一只手摆了摆，瓮声瓮气地说，"我鼻黏膜本来就薄，没事没事，看着吓人而已……"

"什么没事？"安喆赶紧递给林蕾几张面巾纸，"把血赶紧止住！"

"嗯嗯！"林蕾一手用纸巾捂住鼻孔，一手捏住鼻翼，刚要开口感谢安喆的关心。

"你知不知道这是污染现场啊！我这就是来现场找血的，你这还给我流血！"安喆皱着眉头，满目愤怒。

林蕾感谢的话就这样哽在了喉头，真是好心塞啊！从小到大受伤流血，身边的人都不是这样风格的台词啊！！！本来就鼻酸得在眼眶里打转的眼泪，没了控制噼噼啪啪地往下掉。

安喆无奈地转头，眼不见心不烦，暗叹："要不说不愿意要女的，事儿多不说，还是玻璃心，一句重话都说不得！"

林蕾把纸卷了卷塞进了鼻腔，压迫止血最有效！刚才不这么做是因为这样做的过程和后果都很难看，可是这个时候安喆明显已经发怒了，她也顾不得形象了，"安老师，抱歉抱歉！"她腾出了双手，赶紧掏出纸巾蹲下来，想擦掉地上的血迹。可是几滴鲜血早就迅速地渗进了干涸的水泥地，纸巾在粗糙的表面除了留下纸屑，丝毫没有任何去污的效果。林蕾彻底囧了，抬头看着安喆，湿漉漉的眼睛充满了无助。

安喆到底还是心软了，小丫头确实也不是故意的，大概也是从小被宠大的，叹了口气，口气变软，"在这待着吧！好好观察一下水泥地面上滴落血迹的痕迹，然后告诉一会儿上来的所有人寻找可疑的血迹！当然，不包括你的！"

"嗯嗯！"林蕾猛点头，迅速掏出手机，对着地面拍下了上面的血迹，心想自己也真的是拼了，早上刚刚瞄了眼《血迹分析》的书名，现在就得拿自己的血做实验了！不过看看这几滴血，还真的挺有意思，血滴的周围竟像是好多小触手向四周展开，难道是在跟主人我打招呼吗？

"妹妹，嘛呢这是？"后续的人陆陆续续上来了，一打眼就看见极其诡异的一幕———一个白白净净的姑娘，鼻子里插着个白纸卷，蹲在楼梯间，直勾勾地看着地面……

"哦，哦，安老师让我等着大家……"林蕾看得太过入神，都没意识到自己挡了别人的路，赶紧站起来，想起来鼻子上的"大葱"，又赶紧拿手给捂住，"安老师让大家找可疑的血迹，不过这个是我的血，你们可以忽略了……"林蕾严格执行着安喆的每一项吩咐，生怕落下什么。

"噗！……"一队八个人，都忍不住笑出了声，"这妹妹可真逗，你也跟我们上去吧，后面没人了！"

"好的！"林蕾快步跟上，抽了抽鼻子，还是很疼，不过血的确是止住了。她偷偷地取出了纸卷，放在了一个物证袋里，对，不能污染现场。

"安哥，张哥，我们一路上来没找到什么可疑的血迹，不过倒是捡到了个萌妹子！"带头的男孩高声笑着说道。

"妹妹鼻子怎么样了？"老张看到人高马大的一队人后面，站着明显不好意思的林蕾，关切地问道。

"好了，好了，老师您不用管我啦！"林蕾倒是皮实，心里嘀想，"刚见面的大哥们都这么暖，怎么自己的老师却这么冷漠啊！自己是造了什么孽，难道遇到了警队里最冷血的人！"当看到安喆向她投来的探究她鼻子的目光，她赶紧从兜里摸出口罩来，迅速戴好，语气讨好地说："以防万一，口罩戴上就万无一失啦！安老师您放心，保证不会滴落啦，嘿嘿！"

安喆眉头皱了皱，他清楚地看到林蕾鼻骨那儿青了一片，想着磕得是够狠的。

安喆看着人齐了，便应老张的要求开始介绍情况："从死者头上的伤口来看，我觉得高处坠落的解释有些勉强，所以我怀疑死者可能在坠楼前头部的伤就已经形成了，或者是坠楼的过程中，但绝对不是接触地面的时候形成的！所以我认为，低于死者起跳点或者就在死者起跳点的楼层上应该有死者的血迹！刚刚南侧这边的每一层楼我和张哥都看过了，并没有发现可疑的血迹，所以还劳烦各位再扩大一下搜索的范围，看看在东、西、北侧的楼上有没有可疑的血迹。"

"好嘞！""开工！"一队人立即非常默契地三四人一组，走向不同方向的楼层。

"安老师……"林蕾听了安喆的话若有所思，"死者头上的伤有没有可能是脚手架打的？比如说他在脚手架上，突然有些地方的钢管松脱了，砸到他的头上，然后他就摔下去了，所以咱们也不见得能在楼层上找到血迹。"

"不排除这个可能性……"安喆点头同意。

"我就觉得负一楼墙面上的血迹是不是有点高啊，也有点多，要是只是摔的那一瞬间溅出的血是不是范围就没有那么大啊，安老师？"刚才安喆没有否定林蕾的推测，让她的胆子略微大了一点点，又开始发表自己的高见。

"没说到点儿上，不过方向对了！"老张乐呵呵搭话道，"老安，这是你徒弟？小丫头不错啊，刚来就能看出门道来了，你可得好好教啊！"转身又对林蕾说，"丫头，你师傅自己翻译了一本国外的血迹分析书，你可以好好看看，就知道我刚才为什么说你没说到点儿上了！"

林蕾大吃一惊，没想到安喆这个年纪就开始翻译国外的著作了，而且血迹绝对不是医学的领域了，在国外是流体动力学下面专门的一门学科！可见安喆的业务水平和研究范围都不一般，她对安喆的崇拜霎时间犹如滔滔江水。

"安哥！安哥！"对面三楼传来了痕迹队队员的呼唤声，"您过来看看，我们可能有发现！"

安喆撩开步子就往三层跑，林蕾在后面猛追，但是仍心有余悸，主动保持着刹车距离。安喆一米八的身高，大长腿几步就上去了，林蕾暗暗怨念腿短的人伤不起啊。

"老安，这边儿！"老张隔着一个窗台叫安喆，"发现血了……"
安喆手一撑窗台，噌噌两步就跨了过去。

"安老师！"林蕾在后头蹦跶，怎么也窜不上去，她努力地眨巴眨巴眼睛，博取同情心，但这对于冰山脸是没有一点作用的。

"你就在那儿待着吧！"安喆哪有时间管她，头也不回地走了。

林蕾撇撇嘴，也豁出去了，拼命往窗台上拦腰一蹿，压力全集中在肋骨和手肘，那种酸爽真是不亚于鼻子疼，而且这么一折腾，鼻子更疼了！她忍着疼，手脚并用地使劲，最后还是老张看不过去，跑过来连拉带拽把她弄了过来，"你个小丫头，真不听话，不过倒是不娇气！"

三楼的平台外挂着一个木板，四周有铁栅栏拦着，大概是工人之前用来运送材料的，不管是铁栅栏上还是木板上都能看见零零星星的血迹，安喆拿来棉签，把几处血迹分别提取了，把物证袋交给林蕾道："回去第一件事就是送 DNA ！"

林蕾点头，她知道这个案子的关键证据就在自己的手里，她努力地护着，仿佛是十世单传的婴儿一样。

"走吧，什么情况也只有等 DNA 结果出来了。"安喆招呼大家，领头翻过了窗台，仍旧没有管林蕾。林蕾就跟吃百家饭的孩子似的，是在痕迹部门同志们连拉带拽下才翻过了窗台。

凌晨三点，林蕾挑灯夜战，正在法医学的知识里遨游时，办公室的电话响了。

"您好，我是林蕾！"

"我是 DNA 室啊，你们今天送的案子结果出来了，现场提的血都是死者的！"

"真的啊？！谢谢谢谢！"林蕾十分感动，真心道谢。夜深人静，DNA 的同事们连夜检验，不过辛苦也是值得的，这个结果证实了安老师的推测。

"还以为你都休息了，但是看你送的时候好像挺着急的，就试了试你办公室，没想到还真等到这么晚啊？行了，赶紧睡吧！"打电话的姑娘叫赵玉，比林蕾大不了几岁，第一次见林蕾就挺喜欢的，毕竟还是一个学校的师姐呢。

"啊，赵姐也是，辛苦了，您也早点休息吧！"林蕾一边说，一边把结果用短信发给了安喆，自己也终于敢放松下来，这时困意才悄悄地袭来，林蕾就趴在书桌上睡着了。

清晨的第一缕阳光照进了法医中心，小鸟叽叽喳喳地叫得好不欢快，林蕾迷迷糊糊地醒来。

"喂，老张，你说！"安喆上楼的声音传来，紧接着电话响起，"再去现场？好，马上！"

林蕾噌地从凳子上蹿起，就着凉水抹了两把脸，就冲出了办公室，"安老师，等等我！"

安喆被突然蹿出来的林蕾吓了一跳，早上打开手机看见凌晨三点林蕾发来的信息，本来以为这丫头肯定会睡懒觉，所以他压根儿就没打算叫她去，却没想到小丫头竟然这么早就在办公室，心里不禁对林蕾刮目相看。

"安老师，有什么新发现吗？要复勘现场吗？"林蕾的鼻子囔囔的，整个声音都变了。

"应该是，电话里老张可能不方便多说，咱们去了就知道了！"安喆看着林蕾鼻子上的青越发明显了，皮肤白皙更显出乌青一片，甚至向四周扩散开去，有些心疼地问道："你鼻子怎么样了？"

"呃……还好还好！保证不影响工作！"林蕾真没收到安喆关心的信号，一心认为安喆是嫌自己耽误事，赶紧签军令状般地保证。其实哪能没事呢，自己的每一次呼吸都会感受到伤口的疼痛！

"老安，你猜怎么着？"车刚开出法医中心，董浩楠的电话就追了过来，安喆直接就开了免提，只听到那边兴奋的浩楠嚷嚷着，"我跟你说，我就觉得工方有问题，这么痛快就答应赔这么多？！这就是心虚，肯定有鬼。昨儿你一跟我说结果，我连夜找他们负责人去了！我就跟他们说三楼上有血，也是死者的！说明死者是在三楼受了伤下来的，你们别瞒了！！嘿！那工头立马吓坏了，全撂了！"

安喆耐着性子听着，逮了个空档问："到底怎么回事？"

"工头儿说那天早上发现死者的时候，的确周围有好几根脚手架那样的管子，还有一个带血的安全带。他说他们其实也不知道死者是从哪儿摔下来的，只不过是怕被认定为安全事故，到时候停工整顿，他们现在工期已经落后了，再拖可真付不起这损失，于是就把安全带和管子全拿走藏起来了。然后向上报个工人违规操作，高坠死亡！你说这事……张哥他们已经奔管子去了，不过估计这会儿也已经到了工地，您怎么着？"

"我在去工地的路上了，家属还在吗？"安喆问。

"在呢呀，您没听见这强大的背景音吗？正哭着嚷着要尸体呢！这钱拿着了，就想赶紧走人啊！还想着把尸体拉回老家土葬呢！！"

"尸体必须得解剖，我还是得看看颅内的损伤……"

"安哥，安爷爷，您让我跟家属谈解剖，他们还不得生吞活剥了我？"

"我们马上就到工地了，一会儿我们跟他们谈！"

"啊！你们要干吗啊！我就是要我男人的尸首啊！你们凭什么不给我啊！公安不讲理啊！"车子一开进工地就听见歇斯底里的女人哭叫声，二三十穿着孝衣的人帮着腔，为首的女人扑跪在地上大哭大叫，后面还跟着侦查的民警，想挽扶她，却屡次被她推开。

"林蕾，我去看看那管子，你去跟家属先谈谈，必须让她同意解剖，就说案件性质存疑，有刑事犯罪的可能。"安喆想了想又嘱咐了一句，"让侦查的人陪着你，如果同意了就让她把知情同意书签了，知道了吧？"

"明白，保证完成任务！"林蕾觉得自己终于被重用了一回，连蹦带跳地就往那里跑。

"大姐，我是负责这个案子的法医，我姓林……"林蕾蹲下来，认真地看着死者的妻子，眼神中流露出同情，"请您节哀！"

女人拽住林蕾的衣服，一边拽一边嚷："你们什么时候把我男人的尸首给我？！啊？！你们扣着他的尸首到底是何居心？！"

"大姐你冷静一下！"林蕾被她拽得差点蹲不住跪在地上，"我就是来跟你谈，希望您同意对您爱人进行解剖检验……"

"什么？！"女人愤怒地瞪着林蕾，大吼着，声音已经沙哑不堪，"你年纪轻轻的小姑娘，怎么这么歹毒？！我男人已经够惨了，你还想把他开膛破肚？！你们公安的心怎么这么黑，这么坏啊？！"

"大姐，您听我说，就是因为我们觉得您爱人的死可能不单单是坠楼这么简单，所以我们才要进一步检验……"林蕾义正词严，希望已经失去理智的死者家属能听进去她的话。

短暂的一阵静默，死者的爱人突然一把推开林蕾，林蕾毫无防备，一下摔倒在地，手撑在粗糙的地面上，一阵火辣。

死者的爱人跳起来，一边推搡坐在地上的林蕾，一边大骂不迭，即便侦查的小伙子拉住了她，她仍旧在破口大骂："太歹毒了你们！说！是不是

47

工地的人胡说的？我男人摔死的，为什么还要解剖？你们连个全尸都不给他留！丧尽天良啊，你们不得好死！……"

这种泼妇骂街般的画面，林蕾只在电影电视剧里看过，一种陌生的感觉让她仿佛从现实中抽离，她摇着头，仿佛被推搡被大骂的不是自己，喃喃道："不对，有什么地方不对……"林蕾脑子里突然闪过一个念头，她努力地想抓住自己脑海里闪过的一个念头，使得她对死者爱人的叫骂声置若罔闻，"肯定有哪里不对。"

"林蕾！"安喆和老张看到林蕾被推倒就赶紧跑了下来，看见她呆呆地坐在地上，丝毫没有起身的意思，"哪里摔坏了吗？哪里不能动了？"

"啊？！"林蕾被安喆和老张架了起来，明显有些心不在焉，低头看了看破皮的手，不甚在意地说，"没事，就是破了点皮……"她的脑子还在飞速地转着，迫切地想要寻找到刚刚那个一闪而过的念头。

安喆从勘查包里拿出酒精棉球，让她消毒，看她还有点呆呆的样子，丝毫没有接过的意思，便索性直接拉过她的手，拿矿泉水一冲后就挤着棉球里的酒精往她手上淋。

"哎哟……"酒精的疼痛让林蕾忍不住抽气，却也让她神思清明了起来。

董浩楠气势汹汹地带着自己的一队人马过来，看着林蕾手上一道一道的口子，再看着被自己人拦着的死者家属，大喊一声："这是警察依法办案，闲杂人等后退！"

他走到死者妻子面前正色道："你的行为已经造成民警受伤，看你情绪激动不与你计较，如果再有过分行为，你也知道有妨碍公务这一条罪名吧！"

在人高马大气势汹汹的董浩楠面前，死者妻子瞬间安静了。董浩楠指示家属把她扶到远处休息，不叫不许越过警戒线。

"董老师，啊，不，董哥……"林蕾悄悄捅了捅董浩楠，小声地问，"死者跟他老婆的关系好吗？"

"我们走访时候问了，工友们都说这死者挺内向的，平时也不见跟老婆打个电话什么的，工地上要好的工友基本也没有，倒是有个同村的老乡，但是听说关系也很一般，不如别的老乡那样天然的亲近。"董浩楠突然来了精神，"不是，妹妹你几个意思？"

"董老师，我就是一种直觉，我刚刚过去跟她说她爱人的死亡应该不是坠楼那么简单，她先是愣了一下，然后就直接翻脸上来推我，还骂我……我也不知道为什么，但是就是觉得哪里不对……"林蕾歪着头接着说，"如果是我的话，别人跟我说家人死亡不单单是坠楼那么简单的话，我的反应不是应该是疑问吗？不是坠楼的话那是什么？你们怀疑什么？而且如果是我的话，不管我有多不能接受解剖这件事，我肯定会想弄清楚真相啊！不过您也说了，大概他们拿到钱了，真相什么的可能也不那么重要了吧！还有，听说死者老家在贵州深山里，可是死者妻子不到 6 小时就赶到这里了，还有那一大帮亲属都是哪里来的？怎么这么快就能来这么多人？"林蕾连珠炮似的一个问题接着一个问题问，生怕一会儿就忘记了似的。

"嗯……"董浩楠沉吟一声，"女人到底心思细密，可能咱们想多了，不过我还是再去摸摸情况，至少弄明白死者老婆之前在哪儿，怎么这么快就能来，这事解释不通也怪可疑的。"

"嗯嗯，董老师最棒！"林蕾的想法得到了董浩楠的认可，她十分开心，这时，手机铃声响起来了。

"喂，赵姐！"她一看是 DNA 室的赵玉，就赶紧接了。

"亲爱的，你们昨天送的死者身上的脱落细胞粘取物可是有另外一个男性的分型啊，而且这两个人 Y 是一样的……"林蕾脑子里努力回忆着学校里关于染色体方面的知识，她很清楚，男人的染色体是 XY 两条，但是还是不能一下子明白"Y 是一样的"代表着什么。

"嗯，赵姐，Y 是一样的是什么意思？"林蕾有点脸红，心想知识和实践真的不是一回事儿，考卷上再高的分数运用不到实际中来都是纸上谈兵。

"哦，Y 是一样的，就是他们来自同一个父系，再说白点就是他们是远亲，这在农村比较普遍，很多相对闭锁的村子常常全村的男性 Y 都是一样的。"

林蕾傻了眼，"这么说他们是亲戚或者同村？工地上只有死者一个老乡，但是两人关系并不密切，而且也不如别的老乡那样吃住在一个宿舍。

这个说明什么？"

林蕾佯装镇静地看着安喆，告诉了他电话里的内容，安喆沉吟，"走，咱们去找头儿，让局长签字强制解剖……"同时，打电话给董浩楠，"死者的身上很有可能有他老乡的 DNA，那个人有嫌疑！后面的事儿你懂的！"

确凿的证据说明死者不是高坠，那么是不是别人加害，需要通过进一步解剖尸体取得更加明确的证据！安喆报告给中心主任齐大红后，得到了主管副总的首肯，法医终于可以通过自己的专业知识去解开这个离奇高坠事件背后的真相了！

解剖室里，安喆刚一掀开死者头皮，一块骨头的碎片就当啷的一声掉在了解剖台上。林蕾捡起骨头的碎片，拼了回去，死者的颅骨上呈现出交错如网格般的骨折线。

林蕾的手指划过一道又一道骨折线，发言道："安老师，这些骨折线是多次击打形成的吧？因为我看到骨折线之间有截断！"林蕾十分兴奋，昨天晚上熬夜奋战果然有收获，知识如此迅速地转变成了能力。

"嗯，书是看进去了一些。"安喆的眼神里难得地流露出一丝赞许。

安喆拿着电锯，锯开了坚硬的头骨，快速地剪开了包裹着脑组织的硬脑膜，暴露出带有一片一片红色的脑组织，然后迅速地在红色的地方用刀一划，露出粉白色细腻的断面。林蕾快速地在记录本上写下："薄层片状蛛网膜下腔出血，不伴有脑挫伤。"

安喆走到解剖台的侧面，摊开死者的双手，先后指了指满是出血和裂口的双手和歪歪扭扭被断骨刺破的胳膊和大腿分析道："林蕾你看到了吧？死者四肢的骨折形态，还是能够说明死者在落地的那一瞬间是有意识的，死者下意识地用四肢先着地，避免头和躯干先落地，这是人条件反射的一种自我保护。当然了，这都是无用的，毕竟高坠的势能是非常大的，不是什么手脚一撑就能缓冲的。还有，你说的骨折线有截断是一方面，另外脑组织的损伤也不重，只有和骨折对应的部位有一些轻微的蛛网膜下腔出血，连脑组织的挫伤都不怎么严重，进一步验证我之前的话，死者在落地的时候还是有意识的，但是这些损伤也足以构成脑震荡了。所以说，死者的死亡原因可以断定为高坠所致的创伤失血性休克，而死者头部的钝器伤，致伤工具为条形钝器，而且是被反复击打造成的。"

这样就全对上了，里里外外干净的安全帽可能是凶手在死者坠楼后扔下来的，死者头皮上的伤口出着血，在坠楼的过程中血液跑出创口，在负一楼的墙面上形成了流星样的痕迹；死者落地之前还有意识，螳臂当车地还想用四肢保护自己……所有的画面在林蕾眼前连贯起来，林蕾深深地叹了口气，戴上手套，开始给死者缝合，缝合的时候她那么轻柔，那么细心，仿佛担心弄疼了死者一样！

"您说这个工头，只想着赶紧息事宁人，竟然伪造现场！幸好安老师您火眼金睛！"许久，林蕾好像想起什么似的，感叹道。"真是越想越害怕，如果大家都跟着工方的说法走，那么死者真的就枉死了。"林蕾心里五味杂陈，深感活人真的可能是满嘴谎言，只有尸体是诚实的，而他们就是这些尸体信息的解密者，他们担负着别人无法替代的责任。

"是这样的，林蕾你要记住，尸体才是最可靠的证据，这也是我们法医必须遵守的原则，别人的任何言辞都只能作为参考，不要因为别人的话就先入为主！法医必须认真听取死者留给你的独特密码，来辨清真伪，还原真相。"安喆庄严肃穆地说。

"我一定谨记！"林蕾感谢安喆的教诲，她知道任何经验的背后都会有教训，这句话虽然只有几个字，但是却不知浓缩了多少前辈们的血泪史，"不过安老师，我又要说些没有根据的话了，我始终对死者的老婆有种怪怪的感觉，但是具体是哪些感觉，我又说不清。"

"这就是所谓女人的第六感吗？"安喆有些玩味，"就像是上次你认为狗的粪便有问题的那种直觉吗？咱们办案还是要讲证据，光有直觉是不够的。不过，我已经让董浩楠去摸情况了，看看他老婆有没有什么异常。"

林蕾暗笑，"安老师只是不好意思承认女人的第六感很准这个事实吧，不然他也不会让董老师去摸情况了呀！"不过她转念一想，如果真的是那样的话，那人心也太恐怖了，所以她内心倒是希望自己的直觉是错误的，是想多了。

"安哥，小蕾子！"董浩楠又人未到声先到，"案破啦，破啦！"浩楠边说边举着他在门口买的鸡蛋灌饼走进解剖室，在安喆开口说他之前，他狠狠地咬了一口，边嚼边把灌饼收起来装进外衣口袋，向安喆笑笑说，"怎么样，我今天是不是很自觉！"

"快说，快说怎么回事啊，董老师？"林蕾的兴奋程度一点都不亚于董浩楠。

"这个故事说来话长啊，小蕾子，你听我慢慢道来啊！"浩楠一定是太高兴了，还用京剧的唱腔唱起来了！林蕾马上打住道，"别，别，董老师，董哥，咱好好说，你要是唱出来，这天都能亮了。"

董浩楠嘿嘿一乐道："那不能，案破了，我还得留足时间好好补觉不是？工地那个泼妇，就是死者张力红的老婆，她叫谢玉玲。不知道你们注意没注意她的长相？人家年轻的时候可是他们村里有名的美女，这个张力红和他那个工地上的老乡王宝财都追过她！"

"啊？"林蕾无论如何也无法将那个歇斯底里的女人和一个美貌女子的形象联想，"那张力红和王宝财是情敌见面分外眼红？"

"别着急，妹妹，你且听我说！"董浩楠又开始自带唱腔了，却被安喆瞪了一眼，立刻清了清嗓子，正色道，"确切地说，这个谢玉玲还和王宝财好过一段时间，可是当时张力红他们家家境好啊，在村里有几十亩地，他老爸又自己有手艺，隔三岔五在十里八村的帮人打打家具啥的，手头总有零用钱，家里两层小楼住着，在他们村里那可是凤毛麟角了。谢玉玲家里四个女儿，那穷得真是叮当响啊，而那个王宝财家里三个儿子，老大厉害，老三得宠，就他这个老二夹在中间，地无一亩，房无一间，谢玉玲想了再想，决定不能跟着他过苦日子，就跟张力红结了婚。"

"你不是说工友们都说他们两口子感情不怎么好吗？"林蕾趁着董浩楠喝水的工夫问。

"是啊，因为他俩结了婚日子也没过好。一来是家里的婆婆极端厉害，张力红又是个听妈话的；二来这谢玉玲一直觉得张力红没本事，整天就在家里啃老，早晚一天坐吃山空。反观人家王宝财年年外出打工，每年回家都是大包小包的，家里的房子也翻新了，也给家里买了拖拉机，每次回村也都悄悄给谢玉玲带些新颖时尚的饰品啊、化妆品啊的。原来这王宝财一直对谢玉玲无法忘情，忙着打工也没找对象，这一来二去两人又旧梦重温，死灰复燃，然后这谢玉玲就跟着王宝财来了荆安，在隔壁工地里炊事班干活。我估计这个张力红也琢磨出了味儿，一改往日的懒散，今年死乞白赖地也要来打工，本来想去谢玉玲那个工地，但是谢玉玲到底嫌他烦，就让王宝财给忽悠到这个睿翼帮来了。"

"那王宝财为什么要杀张力红，为情吗？那干吗还给张力红弄自己工地来？"林蕾有些不解。

"对，这就说到点子上了，妹妹！"董浩楠打了一个响指，"张力红一到荆安，找到了他们俩，俩人觉得奸情要败露，而且觉得张力红打扰了他俩鸳梦重圆的生活。张力红几次口头威胁要把他们的丑事向村民宣扬，要让谢玉玲家退回高额的彩礼钱，一来二去，两人都动了杀心。

"可是最毒妇人心，谢玉玲觉得光杀了张力红一点儿都不解恨，十几年的青春，十几年受的气，张力红一死倒痛快，自己可啥都没得到。结果这可真是物以类聚，人以群分，要说这对男女真的是蛇鼠一窝，王宝财以前在贵州一个工地打工，几个关系好的工友想着怎么能发财，也不知道谁出的主意，从老家骗来了一个傻子，趁他不备把他推出了脚手架，然后又找人冒充傻子的亲属来工地领了赔偿金，几个人一分，一下子生活无忧了好几年呢。

"有了这个经验，王宝财觉得这简直就是一个一箭双雕的好方法，一是终于能和谢玉玲两人厮守，有情人终成眷属；二是两人得到大笔赔偿金后，日后生活也有了保障。而谢玉玲更狠，还给死者买了一份商业保险，如果咱们没发现，这两个人真就成百万富翁了，指不定到哪儿逍遥自在去了。"

林蕾张大了嘴巴，"有个电影叫什么来着，叫……对了，《盲井》！"

董浩楠假装摸了摸林蕾的额头，"这孩子没事儿吧，说案子呢，你怎么聊上电影了？"

"不是，那个电影就是说的类似这种诈骗赔偿金的故事，可见人心啊！哎呀，人心啊！怎么这么险恶啊！！！"林蕾气得不自觉地跺了跺脚。

安喆没有理会林蕾的感慨，问道："不是说张力红和王宝财俩人关系并不怎么好吗？那张力红对王宝财就没有一点防备之心？"

浩楠继续道："说到这，这个张力红就是有点贪小便宜了。那天夜里，王宝财找张力红说，自己想捡点钢筋、管子之类的，他有渠道可以搞出工地，然后卖钱。就问张力红愿不愿意帮个忙、出份力，事成之后少不了他的好处。估计张力红也想着，谁和钱有仇啊，也不怀疑他有别的目的，就跟着去了。

"结果上到三层，就你们发现有血那地儿，张力红低头捡管子，可是王宝财觉得楼层太低，怕推下去死不了人。他要让张力红再往高处走，结果两人就吵了起来。越吵越激动，张力红抄起管子就想打王宝财，可他哪是王宝财的对手啊，王宝财几下就把管子夺了回来，追着他打。他转身往高处跑，又跑了四层楼，王宝财猛地追上来操着铁管子猛砸张力红头部。张力红被打蒙了，只知道用手抵挡，四处乱躲，结果一失足就真的从楼上摔了下去。

"王宝财那工地的老油条，太知道工头怕什么了，早上就假模假式地到处乱逛，'无意'发现张力红死了，第一个去跟工地负责人报告。工地负责人果然听了王宝财的建议，赶紧把什么现场的管子、安全带什么的都收拾了，感觉就像张力红啥安全措施都没带，自己摔死似的……"

"唉……真是！"林蕾看了看躺在解剖台上的张力红，想着这个社会上就是因为错位的欲望、错位的爱情才有了这么多死于非命的人，如果张力红不贪小便宜，就直接与谢玉玲离婚，不纠结于这些事情，好好打自己的工，他还会这样惨死吗？

一起命案告破，工地领导给法医中心送来了锦旗，感谢法医同志们明察秋毫，林蕾心里却暗想："不是来谢谢我们给他们省了一大笔赔偿金的吧？"

"林蕾，听说这次破案你功劳不小嘛！"齐大红笑眯眯地看着林蕾，"我可听了不止一个人夸你是福将了啊，总是能找到案子的突破口！"

"呵呵，我就是瞎猫碰上死耗子而已！"林蕾知道齐大红跟导师的关系，通过几天的接触也知道齐大红个性爽朗，渐渐放开了，在导师面前习惯了大大咧咧的她渐渐露出峥嵘，"哪天我纯粹用法医学的知识，成功地找到了什么突破口，您再夸我！"林蕾竟然给自己立下了新高度。

齐大红乐呵呵地捅了捅闷葫芦似的安喆说："安老师，女孩子一样可以当个好法医，这次你信了吧。"

安喆一言未发，不置可否地挑了挑眉毛。

"孩子，一个好法医除了知识和经验，更重要的是有敏锐的洞察力，这方面来说，我看你还不错！"齐大红进一步肯定。

安喆冷着脸走开了。

这时候林蕾悄悄地对齐大红说："谢谢您的肯定！"林蕾有些不好意思地挠挠头，犹犹豫豫地说，"齐处，我能不能跟你商量个事，我能不能换个老师啊？"

"怎么了？姓安那小子欺负你了？！"齐大红圆眼一瞪，原来笑面弥勒凶起来还是蛮吓人的。

"也，也不算，就是吧，我感觉安老师并不是特别愿意带着我，我这专业基础知识本来就差，怕赶不上趟。"林蕾这几天想了好久，犹豫再三，为了自己心中的目标，终于鼓起勇气提了出来。

"这样啊，小林啊，我不说其他的，但是安喆是我自己带出来的徒弟，他肚子里有多少墨水，他能力怎么样我心里最清楚。所以，如果你想要自己业务精进，那我也跟你说老师非安喆不可，至于他的态度嘛，你就姑且听齐老师一句，冰冻三尺非一日之寒，只要功夫深铁杵磨成针，明白不？慢慢你会适应他的。"

"哦，明，明白！……"林蕾心里有点委屈，想想来中心这些日子的经历，眼圈儿有点红。

"行了，忙去吧！"齐大红一声令下，干净利落地结束了谈话。

"好的！"林蕾边走边琢磨着这句话的含义，这"冰冻三尺非一日之寒"是说安喆的态度吗？然后去磨铁杵的是不是自己呢？林蕾晕乎乎地走到了"魂安"的那块石碑下，心想："总算自己做了一件让张力红魂安的事！而她最挂念的白婷婷又魂飞何处了呢，何时才可以魂安呢？"

第三案
被估价的青春

　　又是一个值班的夜晚，天气也开始转凉了，院子里的银杏树叶开始变得金黄璀璨，为这座神秘静谧的小院儿平添了些许浪漫和柔情的味道。从入职以来，这工作的节奏可真是酸爽无比啊，昼夜不停地连轴转，出现场、上台解剖、案子告破后续还有大量文案工作，比如，解剖记录的整理、照片视频的存档、出具鉴定书等等，而且按照中心的要求对每一起结办的案子都要有案后的总结，总结经验同时也总结教训，以利再战。

　　入职以来经历的这几件案子，每件林蕾都要写6页以上的案后总结材料，力求全面地记录案情经过、病理解剖重点、经验总结、存在问题及未来工作建议等等。明天林蕾就要把工地坠亡案的总结交给安喆，她反反复复地修改，直到眼睛干涩得不行，才把眼睛从屏幕上移开。

　　林蕾伸了个懒腰，看了看表，马上就要12点了。她赶紧洗漱，换了睡衣准备钻进被窝，听赵玉说值班晚上不能熬夜，否则会熬来案子的！她说不上信不信，但是还是每次都争取在午夜12点前上床睡觉。

　　"今夜一定要平安！青春的小脸已经禁不住不停劳作的摧残啦！"林蕾嘴里叨唠着，双手不停地抚平脸上贴着的养颜面膜。好像还是不放心似的，又虔诚地双手合十，诚心祈祷，奈何脑袋一挨着枕头困意就如潮水般涌来。

迷迷糊糊正要入睡，只听楼道里传来"咚……咚……咚"三声沉闷的声音，声音不大，但是传得很远。林蕾瞬间清醒，睁开眼睛侧耳静听，又没有声音了，可她刚刚合上双眼又睡意蒙眬之时，"咚……咚……咚"又是三声响起……

"这……是……什……么……情况？"林蕾睡意全无，脑子开始活跃起来，她听了好一会儿，发现声音三声为一组，每组间隔半分钟左右，还挺有规律。她想着楼下就是解剖室，地下就是尸库，这是有谁，不对，有什么灵魂要给我传递什么信息吗？

林蕾噌地从床上坐起来，这么独特的环境下，可想象的元素太多了！是有没破的案子，冤死的亡灵要让她帮忙寻找凶手？还是被冰柜囚禁的魂魄渴望自由，希望她给它打开通向自由的大门？林蕾瞬间觉得后背一阵寒意袭来，汗毛竖立，她立刻缩回被窝里把自己捂了个严严实实。心里暗自琢磨着，要不要向安喆求救？想必他从办公室或者宿舍过来，一定可以立即镇住这诡异的情况吧！但是一想到安喆那张拒人于千里之外的冻脸，林蕾不觉打了个寒战……

林蕾在被窝里捂着耳朵，却仍然听见了又一组声音传来，"咚……咚……咚"。

林蕾掀开被子，大口地呼吸着空气，脑子却飞快地转动着："难怪安喆万般嫌弃我，我现在的样子如果让安喆看到了，他肯定会说我胆小如鼠，简直不适合做法医！好吧，如果今天注定是我和各路鬼神相遇之日，那我就大胆地迎接挑战吧！林蕾，来吧，见证奇迹的时刻到啦！！！"

林蕾心里升腾起巨大的勇气，她腾地从床上蹿到地上，"咣"的一声推开宿舍的门，但气势也就仅限于此。在门口，她站了足足有一分钟，才小心翼翼地探出头去，壮着胆子看看楼道的情况，她发现楼道里空无一人，月光斜斜地透过玻璃窗，投射到墙壁和地面上，仿佛是舞台的追光。

关于之前看到的关于灵异事件的描述都在这一刻被激活，什么"灵异物体是半透明的人形或者非人形的飘浮物……"林蕾使劲地揉了揉眼睛，恨不得自己的双眼变成激光扫描器，四处扫描着楼道的各个角落，但是她的确没有看到什么灵异情况。

"咚……咚……咚"，声音又响起，林蕾确定是楼下传来的！！她摸索着下了楼，楼梯的扶手是不锈钢的，随着下楼的步伐林蕾谨慎地一下一下攥住扶手，透心的凉意从手指尖一直传递到脚趾。

林蕾出来时热血沸腾，也没有穿件外套，长长的睡衣下摆飘荡，倒是把林蕾细弱的脚踝飘得若隐若无。此时，阵阵寒意袭来，林蕾忍不住浑身发抖。但是已经出发就不可能回头，一定要看个究竟。声音是从解剖室传来了的！……

林蕾推开解剖室的大门，长长的走廊两侧是解剖一室、解剖二室……林蕾哆哆嗦嗦地一间一间推开门检查，顺着声音一直追踪到了解剖三室！那是专门为解剖高腐尸体而设立的现代化防辐射功能解剖室。林蕾小心翼翼地来到门口，不知道是因为冷还是害怕，她明显感觉到自己伸出去的手都是颤抖的。解剖三室十分安静，林蕾正要转身离开，"咚……咚……咚"的声音又响起来了。

就是这里！林蕾"哗"的一声拉开了门，肾上腺素已经让她的心脏剧烈跳动得像是要冲出喉咙，而之前想好的见到鬼怪时的怒喝正要冲出喉咙之际，却戛然而止，因为门后的不是什么鬼怪，只是一个身着工作服的男子正拿着橡胶锤子敲着什么。只见他撅着屁股，背对着门口，工作服后背上隐约能看见"维修"两字。

"嗨！我还当是什么稀罕东西被我发现了呢！白白紧张了一把！"林蕾立马如同失去了兴趣的孩子，无比扫兴的样子，肾上腺素也迅速地从肢体撤离，疲倦感和寒冷感双重袭来，她现在只想火速回到温暖的被窝里去。

可是蹲在地上的工人也似乎察觉到身后有动静，他猛一回身，眼前一个白乎乎的东西飘了出去，似乎是一个女人，还能看到黑黑的头发披散着，头发下面还隐约显露出耷拉下来的白色脸皮，他"啊"的一声一屁股坐到了地上，扔下工具夺路逃窜。

正在上楼的林蕾只听见"啊！"的一声惨叫，然后就是门窗乱撞的声音，经过刚才自己吓自己的经历，她淡定了许多，也没了再去探究的兴趣，直接进到宿舍。一看镜子中的自己，林蕾吓了一跳——只见镜子中的女人长发披散，睡前敷的面膜也没摘，因为有的地方已经干了，与脸部分开来，晃晃悠悠地，好像电影里的丧尸皮肉分离的样子……

林蕾索性摘了面膜，拍着脸上尚未吸收的精华液，迅速地钻进被窝，心想今天的自己很强大，虽然是虚惊一场，但是最起码有独自面对恐惧的勇气，值得嘉奖！她对自己的表现非常满意，想着想着身体也渐渐回暖，不一会儿就沉沉睡去。

手机闹铃响起，林蕾才慌乱地从被窝中伸出胳膊，按下手机，这可真是一夜无梦啊！林蕾许久没有睡得这么踏实了，她感觉自己又满血复活了。而这一夜也果然平安无事，没有现场，也没有接到安喆的任何电话。林蕾伸了个大大的懒腰，看着镜子中恢复元气的粉扑扑的少女脸，心情大好地起床去食堂吃早饭了。

一进食堂，赵玉就跑过来拉住林蕾神秘兮兮地问道："听说昨天晚上你们那边闹鬼了，你知道不？你看到什么奇怪的东西没？"

"啊？没有啊？"林蕾专心致志地在各式各样的面点中挑选着，有些心不在焉，压根没把赵玉说的和昨天晚上的事往一块想。

赵玉饶有兴致地讲道："早上听物业的师傅说，昨天夜里他检修设备的时候，觉着背后一阵发凉，往身后一看，有个女鬼正扒着门缝看他！他大喝一声，把那个女鬼吓跑了。他说要不是他一向正气满满，那个女鬼一定不肯走，还不知道要干吗呢！"说着说着，赵玉自己先哆嗦了一下，"想想那场面，我这汗毛都倒立起来了，你们这解剖楼我是不敢半夜过去了。"

林蕾听到这，先是"扑哧"一笑，然后赶紧佯装镇静，但是实在忍不住，终于哈哈大笑起来！眼前浮现的是物业师傅慌忙夺路出门的样子！……

林蕾假装好奇，贼兮兮地问赵玉："那女鬼长什么样子？物业师傅看见了吗？"

赵玉拍了拍胸口，好像是要平复一下自己毛骨悚然的状态，抖了抖后背继续小声说道："看见了！要不我跟你说我都给吓够呛呢！我来法医中心这么长时间还是头回听说这么具体形象的！那师傅说那女鬼可吓人了，大长头发挡着脸，穿着件大白裙子，脸上的皮都耷拉下来了，还吊着个大红舌头！……哎哟，哎哟，不能说了，不能说了！"赵玉不停地用双手搓着自己的手臂，好像是想把倒立起来的汗毛按倒似的。

林蕾囧了，心想：物业师傅真能编！哪里看到的大红舌头呢？她身上压根没有一点红色的东西呀！林蕾看着不停搓着自己手臂的赵玉，问道："姐，你确定有大红舌头？"

赵玉摆摆手，一副生无可恋、不想多谈的样子。

林蕾心里偷笑，心想：大体世界上关于鬼的传说都是这样以讹传讹地流传开来的吧。林蕾越想越觉得好玩，吃完饭就跑去找安喆，一是想让安喆也乐乐；二是问问安喆这事儿该怎么消除影响，是不是应该找到那个物业的师傅说明情况。

林蕾推开办公室门，安喆刚刚放下电话。

见到林蕾后，安喆就说："你是寻着什么来的？"

林蕾百思不得其解，"什么？我是寻着什么来的？"

安喆看着明显又蒙圈的林蕾，无奈道："我这前脚接到案件的通报，你这后脚就进来了！所以想问问你是不是有什么特殊的功能！"

"有案子了？"林蕾的重点明显跟安喆不在一起。

"对，就早上六点多的事儿，一个拾荒老汉看到河里漂着一个箱子，他还以为能得点什么意外之财呢，兴冲冲地把它捞起来，结果箱子一开，他差点吓得魂飞魄散，险些一头从小船上扎入水里。"安喆复述着董浩楠绘声绘色的描述，连说话的腔调都和董浩楠有几分相似。

"箱子里是啥？"林蕾就像习惯性给董浩楠捧哏一样，也十分自然地接了安喆的话茬儿。

"箱子里面装着的是被切断的人体四肢，没有头。于是那老汉就连滚带爬地逃回岸上，报了警。"安喆想着董浩楠原来的用词是"雪白的皮肤，森然的白骨"就禁不住扶额，这个家伙不去说书真是可惜了。

"那我们要做什么？"林蕾严阵以待，碎尸案是法医菜鸟必须过的关口啊！

"分局的同志已经将尸块送往中心的路上了，你准备一下，一会儿人一到我们就干活。"安喆话音没落，林蕾已经冲出安喆办公室，不到两分钟又回来了，只见她现场勘查服穿戴整齐，头发绾成一个发髻束在脑后，勘查靴压住裤脚，全身上下干净利落，英姿飒爽。安喆头一次这么认真地看了看这个女徒弟。只见眼前这个女子，眉目秀丽，皮肤白皙，红唇皓齿，搭配这身勘查服别有一番不爱红装爱武装的英气。

安喆第一次觉得自己有些低估了眼前的这个小丫头，这个小丫头的灵气和韧劲甚至都让他有些佩服，"嗯，这还有点法医的样子！不过，你是怎么做到这么快的？"

林蕾好生得意，"一个字，练！您看见过消防警怎么穿衣服吧，我基本上可以跟他们同步同速了。"

安喆瘪嘴，这丫头还真是给点颜色就立马开染坊，"人家消防员都是直接跳进消防服里的！他们那衣服都是连体的，也都很肥大！"

林蕾："反正我是有武功秘籍！对了，安老师有个事儿我得跟您坦白一下，就是昨天晚上解剖楼……"

安喆电话铃声响起，他示意林蕾收声，撂下电话就站起身往外走，"尸块到了，干完活儿再说吧！"

解剖台上，赫然放着一个黑色的行李箱，安喆量了一下尺寸，应该是市面上通售的 26 寸旅行箱。箱子很新，还是个牌子货，怪不得拾荒老汉有中奖般的心情。安喆拉着拉链头一点一点地打开箱子，他弓着腰从打开的缝隙向里面看，细细地观察着，不想错过任何蛛丝马迹。安喆知道，这种情况，包装物也许就藏着犯罪嫌疑人的重大信息。也许拉锁里夹着的一根棉线、一块塑料碎片都可能是指向凶犯的重要线索。

箱子终于被完全打开了，露出箱子里的人体。人体的四肢交叠着放在箱子里面，这说明什么？死者体型较小，抛尸的人装得并不费力？抛尸的人时间充裕，有足够的箱子放尸体？这些念头在安喆脑海里不断闪过。他看向箱子中的尸块，确实像是董浩楠说的"雪白"，安喆知道，那是因为血都被放光了，皮肤透出的无血色的白。同时皮肤细嫩，说明死者应该是个年轻人。

他把断肢一截一截地从箱子里拿出来，先是一条小腿和左足，然后是右足。右侧的踝关节上横着几道口子，安喆挑了挑眉，踝关节是比较复杂的关节了，抛尸的人搞不定，所以这个关节不分了？如是想着，安喆把右小腿和右足摆在解剖台的右下方。

61

接着，安喆又从箱子里拿出一条大腿，因为皮肉的收缩，右股骨圆圆的股骨头暴露了出来，安喆把它平放在了右小腿上面部位的解剖台上。

箱子里还有一条左腿，蜷曲着。安喆把它拿了出来，这条腿上一点伤口都没有，他把这条左腿放在了解剖台的左下方。安喆静静地看着这两条腿，揣测着分尸者的心态，分不动了还是碎尸时被什么事情打断了？或者是因为找来箱子比画了比画，完全可以装起来了，所以就不再费力碎尸了？

和分离的右腿比起来，左腿显得分外的修长，骨细肉丰。两只脚上虽然都有些茧子，但是看得出来足跟的皮肤都是经过精心护理的。脚趾指甲上都涂了精致的红色指甲油，那样的鲜红夺目，在灯光的照射和苍白皮肤的对比下格外刺眼。

最后，安喆把箱子里剩下的两条胳膊一起拿了出来，两只手纤若无骨。安喆仔细地翻开手掌，细滑的皮肤完完整整，没有一丝的损伤。他又翻过来，指甲长长的，涂着时尚的甲油。

"啧，一看就是不干活的手。"安喆道。他一寸一寸地审视着上肢的皮肤，并没有损伤。左胳膊的断端上的皮肉少了一些，露出圆圆的肱骨头，而右胳膊断端上的皮肉就多了一些，而且被划得烂糟糟的。安喆拿着止血钳，来回拨弄交叠着的创口，心里越发笃定，分尸是从这里开始的！

林蕾在旁边照完相后，也戴上了手套，这是她有生以来第一次触摸尸块，这种感觉和触摸尸体的感觉还是很不同的。她不由得想：到底是什么样的人会做出这样凶残的事情呢？杀掉一个人，还要大卸八块？是出于什么目的？掩盖犯罪，还是纯属变态心理呢？

林蕾对比着两条腿，仔细观察残肢断端的形态，不时上手摸一摸，两个人都没有说话，解剖室安静得连根针掉到地上都能听得到。

突然安喆发话了："说说看，你怎么看？"

林蕾想了想，先总结整理了一下自己的思路才开口道："据我观察，尸块的皮肤白皙，弹性良好，双足长23厘米，手脚趾指甲都涂有指甲油，并且死者的骨骼纤细，我推定死者应为一名女性。四肢各断端均由关节腔离断，在骨质的断端上看到了多处骨质缺损及划痕，我觉得应该是钢锯和刀子切割、分离关节时留下的，说明凶手对于分尸并不熟练。还有，每个断端都没有生活反应，所以我很确定这是死后分尸。"

安喆点点头，心想：自己之前确实低估了林蕾，这才几天的时间，这个丫头分析起来竟已头头是道了。虽然还有很多不足，但是对于菜鸟来说，至少已经抓到重点了。如此看来，孺子可教啊！

"基本到位！"安喆点头肯定，不出所料，林蕾瞬间露出受宠若惊而又意得志满的神情，想想自己也真是吝啬，好像这还是第一次表扬她呢，"不过，我还有几点补充。"

"您说！"林蕾笑得见牙不见眼，拿出小本准备开始记录。

"死者应该认识凶手，或者是完全丧失了抵抗能力，因为死者的双手上并没有任何抵抗伤，说明两人没有打斗。"安喆缓缓地补充道，"死亡原因还不能确定，因为尸体的头部和躯干都还没有找到。但是我可以肯定，死者或者凶手应该是在一个独立的空间里见面，并且在这个空间里凶手感到足够安全，所以才能从容分尸，并且还采用多种工具分尸。这都说明他有足够的时间和空间研究和实践分尸这个不熟悉的操作。"

"研究……和……实践……分……尸？"林蕾被安喆的说法吓得一抖，仿佛那狰狞的画面就在眼前！

"把 DNA 提取了吧！"安喆没有理会林蕾的话，拿起镊子和刀子从左胳膊的断端切下了一块红色的肌肉，装在旁边的物证小瓶里。林蕾也有样学样，开始从腿断端的肌肉提取检材。

"安老师，您看看，这里有几根头发！"林蕾正在取左大腿断端上的肌肉，突然发现了几根黑色的毛发。她本来觉得没什么，可是一根头发被她取肌肉的动作带到了解剖台上，林蕾发现这根头发大约只有四五厘米长，她直觉不对，是她把头发划断了吗？她埋头在左下肢断端上仔细观察，发现那几根头发每根都只有四五厘米长！对于一个女孩子，这样的发型会不会有点短？

安喆经过观察，发现短发中还有几根带着毛囊，果断地把它们装进了物证袋，一并递给林蕾，"这么短的头发，如果不是死者的那可就有意思啦！立即与尸块的肌肉一同送检。"

"是。"林蕾果断应道。

安喆脱下手套，拨出电话，告诉董浩楠赶紧发动属地分局刑警队，尽快将躯干和头部找到。董浩楠还在电话那头叽里呱啦地嚷着："这怎么好说、哪那么肯定，大海捞针啊……"安喆却笃定地告诉他："没有躯干和头我什么都无法提供给你，并且凶手一定会把躯干和头扔出来的，只要属地分局给力，应该很快就会发现。"

果然如安喆所料，就在第二天，一个荆安深秋的早上，躯干和头就被找到了。

这一天，因为"常客"雾霾的再次造访，大地上笼罩了一片灰色，人们心里则被蒙上了恐惧的阴影。大家戴着各式各样的口罩，手里提着或者家里正炖着各种各样润肺的汤粥，更有甚者索性门窗紧闭，足不出户，将家里的空气净化器开足马力，闭门修炼。

但是，有些老人家视雾霾如无物，也许是他们经历过战争、经历过生死；也许是对坚持多年的早起广场舞的习惯欲罢不能；总之他们决定绝不能让一个直径不到2.5微米的东西吓破了胆。所以即使在雾霾接近爆表的日子里，他们仍然在早上6点准时播放音乐，伴着音乐各种晃动和旋转，给人一种困倦的兴奋感。

晨练结束的张老太满身是汗，浑身舒爽地往家里走。为了抄近路，她向那个偏僻的小区垃圾中心走去，这里离小区广场最远，但是从这里到张老太住的楼房走着却最近。

迷蒙的视线中，老太太看到一个大行李箱端正地放在垃圾堆旁。她走过去一看，呦，这可跟自己儿媳妇每次拖着出国的大箱子是一个牌子，什么"秀丽"来着？她又仔细瞧了瞧，这个箱子还是九成新呐，该不会是哪个急性子落在这里的吧？难不成像上次她那个大大咧咧的儿媳妇似的，打了个出租车，光顾着自己跑，把行李落下了？！现在的年轻人办事毛手毛脚的多！看看吧，里面有没有什么能找回箱子主人的信息！张老太把箱子横过来，老重啦，这是装了什么金银财宝啊？想到这，老太太打开箱子的手急切起来，箱子被痛快地拉开了！

"啊！我的天呐！"随着拉锁向两侧分开，因为张力的原因，那箱子一下子弹开了。一股浓重的腥臭味扑面而来，紧接着一个圆圆的东西滚了出来。昏暗的晨光中，老太太定睛一瞧，我的妈啊！！丝丝黑发间不是人的眼睛、鼻子、嘴是什么？！

张老太太双腿一软，一屁股坐在地上，再也站不起来。她眼睛直勾勾地瞪着地上的黑色球形物，生怕一错眼珠它就要睁开眼睛活过来似的。张老太太被吓怔住了……

"张姐，这，这是！"一起跳舞的李老太要跟她说句话，一路追着她过来。突然就看见张老太一屁股坐在地上瑟瑟发抖，吓得她掉头连滚带爬地往回跑，叫来许多人才把张老太扶起来，送回了家。有人强忍着恐惧打了报警电话。

"林蕾，遗失的拼图好像找到了！"电话里安喆的声音传来。分局接待报警人、录口供、办手续等等，待到尸块送到法医中心又是半夜时分了！

林蕾接到安喆的电话，睡眼惺忪地从被窝里爬了出来，条件反射的以为又有现场了，结果什么拼图把她弄迷糊了？

"啊？拼图……"林蕾丈二和尚摸不着头脑，困意又上头，准备继续睡。

"快下来吧，我在解剖室呢。"

"哦，我马上就来！"林蕾习惯性地答应着。

解剖室里，先前发现的四肢放在 1 号解剖台上，后来发现的躯干和头颅放在 2 号解剖台上，安喆就站在两个解剖台中间，来回地观察着。

林蕾冲进来，就看见了 2 号解剖台上摆着的头颅和躯干，强烈的感官刺激令林蕾有些难受。在没有头和身体的时候，四肢对于她来说好像不是一个完整的人，可是当所有的尸块都摆在那里，尤其是看到了死者的脸，她瞬间感觉到了生命消逝的悲哀和如此惨状的恐怖。尤其是苍白色的脸上修得细细的柳叶眉，紧闭的双眼上长长卷卷的睫毛，高挺小巧的鼻子，都在传递出曾经她是面容姣好的一个时尚女孩啊。可是现在这张姣好的面容却和她的身体分开，安静地躺在躯干的边上。本来娟秀的小嘴应该是红润润的颜色吧，现在却变得紫黑紫黑的，周围还似乎有些红肿……

安喆抬眼看呆立在解剖台前陷入沉思的林蕾，知道她又开始走神儿了，悄声唤回她的注意道："似乎是找全了！你还好吧？"

林蕾瞬间收回自己放飞的思路，努力集中起精神来，"嗯，我看看齐不齐！"她迅速换上检验服、戴上胶皮手套、口罩。

"安老师，我可以拼接了吗？"林蕾来回看着，着实有些费力。

"开始吧，DNA 我都已经提取完了……"安喆的话无疑是开工的信号，林蕾搬起 1 号台上的左腿，放到了 2 号台上。

"安老师，我觉得两次发现的尸块皮肤从颜色和弹性上看是比较一致的，而且确切地说我认为全部尸块的皮肤弹性都很好，而且具有一致性，死者应该年纪不大！"

"对！"安喆戴上手套，过来帮着林蕾扶一把，一个女孩子要把尸块搬来搬去也不是一件容易的事情，看她搬大腿的时候身子都往后弯成了四十五度，他还不忘记传授经验道："一般来说，还是骨骼最可靠！"

"安老师，您看！"林蕾一手拿着止血钳，夹住了躯干左下侧断端上的一处皮肤，这处皮肤是多出来的，下面并没有皮下组织和脂肪，更没有肌肉，而且这块皮肤的边缘起起伏伏的，像是锯齿造成的。林蕾另一只手把大腿往上推了推，止血钳上夹着的这一处皮肤刚好覆盖住了大腿上一处皮肤缺失的地方。

"嗯，不错！"安喆再次鼓励了林蕾，好像她踏出了正确的第一步，"看来你确实擅长拼图……"

这次林蕾可没有给点阳光就灿烂的没心没肺劲儿，她想着安喆说的"拼图"，以前每次拼图时拿在手里的小图片，不是美景，就是萌宠，现在突然变成了血肉残肢和冰凉尸块。林蕾努力克服着胃里一阵又一阵的翻腾。

要强的林蕾为了在安喆面前展示出自己胜任法医工作的能力，她赶紧晃晃脑袋，告诉自己："坚持住！这一切都是为了尽快靠近真相，尽快找到真凶，这是法医最基本的职责！自己选择的路，跪着也要走下去！"内心涌起的成就感和使命感使她很快平静下来。

她凝神静气，把其他的几个断端仔细地看了又看，发现这样大大小小的吻合处比比皆是，"安老师，吻合度非常高，可以认定是同一个人！"

安喆没回答，只是把 1、2 号台上原始的尸块还原好，然后才说："理论上说是的，但是我们还是要等待 DNA 检验的结果。"

"林蕾，你记录吧！"安喆开始口述检验结果，"1 号台左上肢、右上肢、左下肢、右下肢各 1 个，断端符合锐器反复切割所致；2 号台具女性特征躯干 1 个，发长 40 厘米头颅 1 个，断端符合锐器反复切割所致。各个尸块的断端提示没有生活反应，结论是死后分尸。"

看安喆拿起了手术刀，林蕾也重新戴上手套，开始解剖工作。这是她第一次看到没有连着躯干的头被开颅，也是第一次看到没有连着头和四肢的躯干被解剖，林蕾仿佛觉得这个可怜的人要再被肢解一次一样！她虽然靠意志力抑制了胃里剧烈的翻腾，可是所有的一切却化作眼泪不受控制地流了下来。林蕾生怕被安喆发现，举着双手，仗着有口罩的遮掩，任由眼泪流淌，只希望它早点自动风干。

安喆仿佛感受到了什么，抬头看见已经泪流满面的林蕾，有点蒙！大概全世界的男人一看见女人的眼泪就会有手足无措的感觉吧。他举着双手，无法帮她递纸巾，林蕾也无法自己擦拭。

"对不起，对不起，安老师，我！……"林蕾想起那次在现场流鼻血的场景，她怕安喆又要发飙。

但是这一次，安喆什么都没有说，他悄然转过身去，把后背那·块露在隔离服外面的 T 恤让给她，对她说："来，擦擦吧！"

林蕾明白了，但是没敢动。

安喆声音不大，但是语气坚定地正声命令道："快点，你这样子怎么干活儿！"

林蕾赌气地把脸靠过去使劲地在安喆 T 恤部分蹭了几下……

看着安喆背后那一片被她鼻涕眼泪糊得皱皱巴巴的 T 恤，想起刚刚闻到的清爽男士须后水的味道，林蕾不好意思地笑了笑，心里却暖暖的。

安喆看到又破涕为笑的林蕾，有些无奈，现在的小姑娘怎么一会儿哭一会儿笑的。

"尸体的头部及胸腹部没有见到致命性的外伤，可以排除头部、胸部以及腹部被钝性外力或者锐器致伤后死亡的可能性。1 号台四肢也没有明显损伤，提示死者死前并没有做过激烈的争斗，需要进一步毒化检验，明确死者死前的神志状态。死者口鼻周的皮肤和口腔黏膜可以看见破损，所以死亡原因不能排除闷堵口鼻导致的机械性窒息死亡。"

林蕾插话道："尸体损伤情况提示死者显然没有明显的反抗，死者为什么这么安静地被杀死了呢？被麻醉了？被投毒了？"

安喆回答："死者死亡时的状态，是否清醒、是否有能力抵抗，这就要拜托我们的毒化实验室了。"

安喆提取了死者的血液、胃内容物，告诉林蕾可以送毒化实验室了，要进行镇静催眠药物以及乙醇检验。正嘱咐着，董浩楠便推门走了进来，手里照旧举着鸡蛋灌饼。

林蕾耸耸肩道："这个世界上最爱鸡蛋灌饼的人来了！"

董浩楠看着林蕾一脸不苟言笑的样子，笑嘻嘻地说："单位门口的这家味道太好了，全荆安我只支持法医中心门口的这家鸡蛋灌饼！你要不要尝尝啊，妹子？"

安喆看着董浩楠一派悠闲，挑眉问道："你又来督战了？"

董浩楠笑笑，真是什么也瞒不过安大法医的火眼金睛，"我们走访了周围群众，没有什么有价值的信息，调取周边的监控，那个垃圾堆正好是个死角，什么也没有拍到！唉！只能依靠大法医安哥您给个方向了啊！"

"检验结果还没有全部出来，等等毒化和 DNA 的检验结果再碰吧。碎尸案件最重要的就是找到尸源，只要知道死者是谁，基本上这个案子就破了一半儿了。"安喆慢条斯理地说道。

"分局已经将通报走失人口的任务下到了各个派出所，只能等等他们的消息啦。"董浩楠边咬着灌饼边含混不清地说。

林蕾好奇地挤到董浩楠跟前："董老师，您是怎么练就这一独门武功的？"

"什么？"董浩楠没有明白林蕾的意思。

"您真的觉得这里和食堂没有丝毫分别吗？"林蕾瞪大眼睛好奇地询问。

董浩楠恍然大悟，一边收起灌饼一边玩笑地说："妹妹，这项神功是要靠长期艰苦的修炼才能精进的，当然也要有天赋！比如，你们安老师这样的变态洁癖，修炼一辈子也是不可能达到我的境界的。"

安喆白了他一眼，说道："你还真是拿着怪癖当本事啊！"

三天后，好消息一个接着一个地传来。首先 DNA 检验结果与近期分局各派出所上报的走失人口反复比对，查明死者是 × 高校大四学生叶小倩，三天前被父母和男朋友报了失踪。毒化结果也反馈回来，死者的血液及胃内容中均有较高含量的乙醇和镇静催眠药。

安喆一手拿着初步的检验结果，一边给董浩楠打电话："根据目前的情况，我有以下几个观点：第一，死者应该是与熟人喝酒并被下了安眠药；第二，凶手趁死者昏迷之际捂压口鼻窒息杀死死者；第三，凶手为了处理尸体进行了分尸并抛尸的过程。"

林蕾点点头，现在所有的情况都指向同一个方向——死者生前熟悉的人！

"好的老安，我现在就去梳理一下死者最后人际交往情况，因为凶手很可能就在这些她熟识的人甚至是亲人朋友中！"董浩楠好像大有信心地答道。

走访调查后的董浩楠很快就回到法医中心反馈情况了："目前有两个可疑的情况，一是叶小倩生前与同寝室的同学姜红关系不好，同寝室的姑娘说两人相互攀比、互相嫉妒，在寝室里经常因为一点小事争吵；另一个是死者失踪前一个星期与男友罗亮因为毕业工作安排以及两人关系问题多次争吵，虽然不知道具体争吵的原因是什么的，但是至少这个男友也有杀人动机，比如激情杀人。"

林蕾想起自己搬动尸块的费劲样子，疑惑道："杀人分尸可是个体力活儿，这么大体力的活动，姜红一个女子不可能独立完成吧，而且两人关系这么差，叶小倩也不会随便喝下她给的什么东西吧？"

"不能独立完成可以找帮手，再说现在的年轻人啊，一会儿吵得要翻脸，一会儿又喝成过命的生死之交的也不新鲜啊。"安喆不敢苟同。

董浩楠神秘兮兮地补充道："其实罗亮本来是姜红的男朋友，后来因为叶小倩和姜红在同一个宿舍，大家经常一起吃饭、唱歌，慢慢地罗亮移情别恋了叶小倩，这也是姜红和叶小倩关系不好的最主要的原因。"

安喆幽幽地道："那就更不能排除姜红和罗亮两个人一起作案的可能了。"他转而问董浩楠，"最近罗亮和姜红有什么联系密切的迹象吗？"

董浩楠解释道："我还真的也想过是不是两个人又和好了，因为什么事情对叶小倩起了杀心，但是经过了解，他们自发生移情的事情后，将近两年都没有密切关系。姜红在大三的时候与自己的一个老乡确定了恋爱关系，现在也一直交往着。最主要的是收集他们两个人DNA样本的时候，两人都特别配合，神情也没有什么可疑，以我的经验，这俩人基本可以排除嫌疑。"

这时DNA实验室方面传回消息，在死者左大腿断端附近发现的毛发与死者本人、姜红、死者的男友罗亮均不是同一人！

"那也就是说现在咱们连个怀疑对象都没有了？"董浩楠仰天长叹，这无疑代表着调查陷入僵局了呀！

"头发的主人会不会就是？……"林蕾喊道，现在所知的人都没有嫌疑，有嫌疑的人相当于一个X，这个X就等于是头发的主人！"可是茫茫人海，咱们怎么能找到头发的主人呢？"

"现在只能说头发的主人与此事脱不了干系，但是也不能就说一定是凶手的啊！"安喆严谨地解释道。

工作一下子失去了方向，一种挫败感让大家统统瘫坐在椅子上，疲惫不堪的感觉慢慢袭来。

"我还是去趟叶小倩的宿舍吧！"董浩楠想了半天沉吟道，"可能我们前期的工作并没有把凶手纳入视线！我得再去看看。"随即起身往外走。

"我也去！"安喆和林蕾竟然异口同声。

叶小倩的宿舍已经被校方封锁起来了，同寝室的同学也都搬到了别的房间，宿舍里的物品都保持着死者生前最后一次使用后的样子。这是间再普通不过的大学宿舍了，一进门就是3组上下铺的床铺，死者住在靠窗左手边的下铺。床头书架上是一家三口的合影，照片上一家三口坐在家中客厅的沙发上，房间的背景中能看到是那种老式楼房中才有的淡黄色的木门垭口。

林蕾扭头问董浩楠："叶小倩的父母是干什么的？"

董浩楠拿起一家三口的合影，说道："她爸爸自己跑出租，妈妈是公交车的售票员。"

"那也算是工薪家庭喽。"安喆站在叶小倩的书桌前四处趑摸着。

董浩楠走过去，顺着安喆的视线，想看看安喆在找什么，嘴里却解释道："家里情况顶多说一般吧，不过家中只有这么一个女儿，我感觉挺娇惯的，可以说两人视叶小倩如掌上明珠。我听叶小倩她爸爸说，从小他们就倾其所有地培养叶小倩，什么钢琴啊、舞蹈啊，两口子都舍得在孩子教育上花钱。小倩呢，人也聪明，学啥像啥。唉！你说这么个漂亮、多才多艺的姑娘就这么不明不白地惨死，这让老两口怎么活啊！！"

安喆没有回答，只是默默地翻着叶小倩书桌上的书本、日记本什么的。

"哥，你想找什么？"董浩楠终于忍不住好奇地问道。

"线索！"安喆讳莫如深，他想如果幸运的话，死者用过的笔记本或者纸张上面的印记是不是能提供什么蛛丝马迹，或者一张字条儿、一封信函或者一个地址，也许能帮助他们打破僵局，指引到正确的方向。

林蕾没有加入两个大男人翻书的行列，她弯下腰，饶有兴趣地查看着叶小倩床头上的瓶瓶罐罐、床下的鞋子以及床旁边挂着的几个大大小小的背包。

"到底是小丫头！"董浩楠看着林蕾的动作，不禁呵呵一乐，"女孩子家感兴趣的东西是不一样哈！"

林蕾没有理他，突然问道："董哥，你能不能再去问问罗亮，如果可以的话带上我，我有些问题必须问他！"

"行，行，行，等你安老师查完了，咱们就去哈！"董浩楠不置可否地回复道。

罗亮见到警察又来找他了解情况，心里有些反感，这几天同样的话他对警察说，对叶小倩父母说，对校领导说，甚至还对某些好事的同学、记者说了无数遍："我没杀她，我为什么要杀她，我是爱她的！"

董浩楠安慰道："我知道这几天你压力也很大，但是你毕竟算是小倩最亲的人。所以你必须配合，如实地回答我们提出的问题，这也算你为小倩做的最后一件事情了吧！听说你们最近总是吵架，到底为了什么呢？"

"这些天我一直睡不好，她的影子总是在我眼前晃来晃去，活着的时候老是吵，我真是受够了。我老想着她什么时候能够安静会儿，闭会儿嘴，结果居然是这种方式永远地闭了嘴！"说着，罗亮流下了眼泪。

董浩楠用力地拍了拍这个还只能算是个大孩子的罗亮。罗亮平复了好一会儿，才讲述他们这半年来发生争执的原因。

罗亮说："主要是因为毕业就业这个问题，毕业后我希望能进入公务员队伍，或者事业单位，收入稳定社会地位也高，但是叶小倩认为公务员和事业单位挣钱不多，不让我参加公务员考试。还总是说有关系能帮助她进入世界 500 强的大公司，希望我毕业后跟她一起去大公司谋职。她家里的情况我是知道的，我觉得她只是异想天开，怎么可能有什么所谓的关系。所以我就还是着手复习准备考公务员。叶小倩觉得我胸无大志，动不动就发脾气，骂我死心眼儿，一辈子不会有大出息，说就算嫁给我，估计也是没什么好日子过！还总嚷嚷着要分手。"

"那，那你平时有送过小倩什么礼物吗？"林蕾小心翼翼地插话道。

罗亮一愣，显然是对这个问题丝毫没有准备，"也没送过什么，我一个穷学生，送过发卡，送过花，还给她买过一个包……"

"什么牌子的包你记得吗？"林蕾追问。

"记得记得，就是有个小熊 Logo 的，好几百呢！挺贵的，我攒了半个月的生活费才给她买的呢！"罗亮想起来有些懊恼，"她总喜欢一些我买不起的东西！……"

走出学校的大门，大家都有些悲伤，总说大学里不谈一场恋爱算是虚度青春，可是往往这一场恋爱也许只是一种体验，因为很难修不成正果。现在象牙塔中的感情也经受着种种诱惑，在现实面前常常脆弱得不堪一击。

"唉，咱们是来调研校园爱情的吗？折腾这半天，还是没什么有用的线索啊！"董浩楠有点郁闷，忍不住抱怨道，"虽然两人是情侣，但是我觉得这个罗亮对叶小倩的了解也不比普通同学多多少。这是男人的粗心大意，还是俩人本来就处得一般？"

"董哥，我觉得你们得查查林蕾在校外是不是认识什么人吧，至少除了罗亮和姜红……"林蕾沉吟道。

"妹妹，你意思是杀叶小倩的凶手在校外？为啥啊？我们摸上来的情况她的主要联系人都是校内的。这年头重要信息都在手机里，她手机里的联系人不是家里就是学校圈子里的。"董浩楠对于这个结论坚决不支持。

"反正去了叶小倩宿舍，我就觉得这个女孩儿不像是生活在校园里的人。你说她向往 500 强公司，以她的学校和专业有些牵强吧？但是也不为过，毕竟人人都可以有野心、有梦想。可是，我在她宿舍发现一个奇怪的现象，所以才有这样的想法！"林蕾自己越说越觉得思路清晰。

"什么现象？说来听听！"董浩楠胃口明显被吊了起来。

安喆也饶有兴致地等待林蕾揭秘，因为宿舍之行，安喆也觉得没有发现什么有用的线索。

"她用的东西绝对超过她的生活水平线了！一个工薪家庭出来的女孩，用的化妆品几千块钱一瓶，背的包包有几个都要在万元以上，你认为怎么解释呢？"林蕾提出自己的疑问。

"男人送的呗！现在的女孩子啊，嫁人如投胎，找到有钱男朋友，等于找到了高质量的生活。要不然就是出卖青春和身体……等一下，你什么意思啊？叶小倩被包养了？！"董浩楠边开着车，边问道。

"我刚才看了看叶小倩的物品，她的化妆品都是国际一线奢侈品牌的，那个牌子一瓶面霜就要两千多块啊。还有她柜子里有两个包包，那是限量款的国际大牌，每个也得万元以上，这样的东西我想应该不是她家人买给她的！而她男朋友罗亮也说了，送的最贵的是 Teenie Weenie 的包，叶小倩摆着现用的那几个普通些的包，同样没有一个是他男朋友罗亮买得起的！"林蕾断言道。

"行啊，小丫头，你怎么认识这么多奢侈品！莫非你也是个奢侈腐女？"董浩楠到底是搞侦查出身，刚刚林蕾说化妆品和包包时那种笃定和自信说明林蕾确实不会认错。越是这样他越忍不住要调侃一下林蕾。

"呸！没吃过猪肉还没见过猪跑？"林蕾没好气，"再说了用奢侈品和奢侈腐女根本就不是一个概念好不好，关键是到底有没有这个消费能力！"

"呦，小眼神儿别那么犀利，跟哥哥说说，你背的包多少大洋买的？"董浩楠用痞痞的神情问道。

"我的背包是大双肩，JANSPORT，四百大洋！可以把半个家都装进去。"林蕾气哼哼地回道，"真不懂这些男人的想法，其实有时候女人喜欢奢侈品是宠爱自己，再说了品牌的东西从设计到质量就是非常好，但是在你们男人眼里就全被理解为虚荣。"

"那你平时用什么擦脸油？这小皮肤，估计也是用现金堆的吧？"董浩楠就是喜欢看林蕾被惹急的样子，平时看她被安喆怼也好、使唤也罢都没有怎么反抗过，还以为她是个没脾气的呢！

"郁美净！我从小就用那个！4.8元一包，这还是涨价之后的价格呢！"林蕾朝董浩楠嚷道，她闭着眼伸着脖子不服的样子让董浩楠大笑出声。

"那你快说，你怎么知道这么多的？还是女孩儿都知道？"董浩楠不逗她了，这也是个机会了解女性啊。

林蕾也觉出来董浩楠是逗她，也有点不好意思自己的愤慨，有些尴尬地说："家有一个特别疼爱自己的母上大人，宁愿散尽千金，唯愿自己青春永驻！"

"瞅瞅你俩，有点儿正形没有！"一旁一直默不作声的安喆憋不住了。

"哈哈，安老师，你这女徒弟真逗！不过言归正传，叶小倩这姑娘长得不错，还是个多才多艺的大学生，如果有人喜欢她，愿意给她花钱，我觉得一点都不奇怪。我早就听说有些暴发户大老板特别喜欢找大学生，带出去有面儿，只是上哪里找这个金主儿去呢？这可是难为死我啦！"

安喆接茬儿道："她们宿舍的人不是说她经常回家住吗？"

林蕾疑惑地问："那也不能去问她爸爸妈妈啊？"

安喆说："如果这个推测是对的，那么叶小倩的同学以为她回家了，其实就是一个幌子。"

董浩楠瞬间茅塞顿开，"约会，又要背着身边的人，你说他们怎么联系呢？嗐，不管怎么说，今天咱们没有白来，原来侦查一直围绕学校、家里做工作来着，现在看来要调查社会人员，看看有没有新发现。"

这时安喆突然慨叹道："现在这些女孩子啊，我真替她们可悲啊，高等教育成了高价销售自己的包装，外表光彩夺目内心却已经堕落到如此地步了。"

车里一片安静，再没有人说话，这个话题实在是现实又沉重，让人无可奈何。但是这一切还都只是猜测，林蕾内心希望事实并不是如此，可是所有的线索恰恰又都是在印证她的猜想。

侦查方面重新调整了方向，进一步调查了与死者经常联系的社会关系人，发现死者的手机里有几个没有保存的电话号码会定期反复出现。有的是座机号，有的是手机号。侦查人员拨通了那个手机号码，手机已经停机，但是围绕这个号码开展了侦查工作，结果发现这个手机号码正是死者想去的那家公司老总向华天曾经使用过的号码。

向华天在金融界算得上是有头有脸的人物，董浩楠调查起来阻力重重，弄得他抓耳挠腮的，毕竟这样的金融大鳄没有明确的证据是很难进一步接触的，一来怕打草惊蛇引起他的反侦查；二来确实自己底气不足，毕竟手上没有什么实质性的证据啊。

这时候安喆提供了一个解决的渠道，他弄到了华天集团年庆酒会的邀请函，安喆打算去参加酒会，正面接触一下这个向华天。董浩楠和林蕾都很好奇，安喆是怎么搞到这么高端的金融界会议的邀请函的呢？但是看安喆讳莫如深的样子，也就任凭调遣了。

林蕾和安喆来到向华天所在公司举办酒会的天伦国际酒店。酒店时尚奢华，来宾都西装革履，俊男靓女，董浩楠不知道哪里翻出来的蹩脚西装，感叹道："果然和我们的圈子视觉上就很不一样啊！"

林蕾穿着抹胸小礼服，小心翼翼地踩着小细跟的高跟鞋，头发一律向后绾成好看的发髻，两绺青丝自然地垂在耳旁，勾勒出娇俏调皮的面容。一对可爱的耳饰欢快地晃动着，越发显得林蕾的脖颈修长美丽。这身装束是林蕾按照叶小倩的一张照片精心准备的……

安喆身穿笔挺的西装，看着眼前的林蕾有点恍如隔世的感觉，他怎么也无法把眼前这个美丽、优雅、可爱的女孩子与那个笨拙、呆萌、情绪琢磨不定的徒弟联系起来。

林蕾被安喆看得有点脸红，顺手从路过的侍者手里接过两杯红酒，递给安喆说："安老师，咱们这算打入敌人内部吗？"

安喆习惯性地挑了挑眉毛，放下了红酒，拿起一杯橙汁，脸上掠过一丝调皮的微笑说："是不是很刺激？"主动伸出右臂，示意林蕾挽着。

林蕾怯生生地挽着安喆的胳膊，随着安喆融入这灯红酒绿的酒会中去了。也许是喝了点红酒，胆子大了一些，林蕾竟然敢打趣安喆道："安老师，我觉得你穿西装很不错啊，以后你就穿着西装上班吧！"

安喆修长的手指摇晃着，冷淡却坚定地回敬道："你们女人总是被这些华丽的包装蒙蔽，西装包裹下你怎知是一个什么样的灵魂呢？"

果然酒壮怂人胆，林蕾竟然破天荒地对安喆冷脸反怼道："你的西装下包裹的是一颗对女人充满偏见和歧视的心，我真不知道你都经历了什么，会让你对女人有如此的偏见。"

音乐响起，来宾都翩翩起舞，安喆摆出要起舞的架势，林蕾惊讶道："我可不会啊，大学里扫盲我都没有学会，踩坏舞伴半只脚，半个月都没法正常走路。"林蕾直接拒绝安喆。

安喆一把拉起林蕾，挤出人群，站到舞池边上去，小声道："那你就别在这儿站着了！还怕不显眼啊？！"林蕾走到冷餐台附近，瞬间被眼前的美食吸引，开始挑选食品。

林蕾端着盘子正大快朵颐，突然安喆悄悄用脚踢了她一下，她猛抬头，发现向华天正向这边走过来。

林蕾立即抹了抹嘴，主动迎上前去，热情洋溢地嗲声道："向总好，我是丽都商报的记者，您什么时间方便，我想对您做一篇专访，您看行吗？"

"关于什么方面的呢？"向华天定睛瞧了瞧眼前这个年轻女孩子。

"关于大学生如何在500强大企业成长发展方面的机制体制保障问题。"林蕾胡诌道。

"这个问题应该由我们的人事总监回答更专业一些吧！"向华天笑着调侃着。

"哦，也可以啊！但是我还是希望您本人来接受专访，谈谈企业的人才战略计划。毕竟21世纪最贵的是人才嘛！"林蕾用这辈子都没有这么讨好别人的语气继续软声软气地周旋着，不知道为什么，林蕾头脑中一直扮演着她理解的小倩的样子。

董浩楠假装路人甲，端着咖啡一小口一小口地啜饮着，时刻注意着他们的动向。

音乐再次响起，林蕾满面巧笑地对向华天说："向总能请您跳支舞吗？"

向华天果然没有拒绝这样一位青春靓丽的女记者的邀请，他风度翩翩、绅士儒雅地翩然舞动，还特别照顾林蕾的步伐似的，和林蕾轻声地聊着什么，两人步调一致，舞姿优美，成为最亮丽的风景。安喆突然想起"踩坏半只脚"的问题，不动声色地看着舞池里翩翩起舞的林蕾。

一曲终了，林蕾还满脸媚笑，像个忠实的粉丝一样，一脸崇拜地让向华天给自己签了名！

回去的车上，安喆开着车，想着今天被这小丫头又怼又骗，心有不甘地问道："你那半只脚是怎么回事儿？"

后座上忙着脱下礼服的董浩楠嘴里嚷嚷着："什么半只脚？你是说叶小倩的尸块吗？"

林蕾没有理浩楠，接茬道："哦？哦，我讲的是大一时候的我，那件事情之后我就是我们医学院的舞林教主了！"林蕾开心放肆地大笑道，意犹未尽地举起双手，扭动身体，好像还在舞蹈。

安喆不屑地翻了翻眼睛，瞥了一眼副驾驶上自我陶醉的林蕾，没好气地说道："不想和我跳舞也不用这样啊！也不知道你的绝世舞技到底能不能找到线索？"

"哎哟，可算舒服了，这身西服还是三年前给哥们儿当伴郎时候买的呢，现在穿勒得我喘不过气来了！"董浩楠沉浸在松绑后的轻松自在中，解释道。

"怎么样啊，小蕾子？"董浩楠也一本正经地问。

林蕾更加得意了，恨不得在副驾驶上蹦上一段迪斯科。她举起几个塑料袋得意地在安喆眼前晃了又晃，这几个袋子里分别装的是林蕾的小礼服、签名的本子和笔。

经过 DNA 比对，向华天留在林蕾小礼服和本子上的 DNA 与第一个抛尸物中发现的毛发为同一人。

当浩楠带着警察来到这个著名企业的总经理办公室时，向华天没有做任何抵抗，就低下了头。到了看守所，还不等警察问几句，就将自己的罪行和盘托出，仿佛他等待这一天已经很久了，仿佛他终于可以解脱了一样。

警察来到其交代的分尸地点，从装修精良的卫生间木门的底部发现大量血迹浸染痕迹，经 DNA 比对与死者叶小倩认定相同。

案件告破后，林蕾看着悲痛欲绝的叶小倩父母，颤抖着双手去抚摸女儿冰凉的小脸，忍不住声泪俱下。可是她心里却感受不到对向华天的愤慨，只是觉得悲哀，那天董浩楠跟他们聊案情的声音又在耳边回响起来：

"我跟你们说，这案子真让我觉得痛心疾首，一个妙龄大学生、一个社会精英，一个被人大卸八块地躺在解剖台上，另外一个也将面临一命抵一命的残酷现实。你说，这都是为什么呀？！"

"我能说这叶小倩的死某种程度上是咎由自取吗？"安喆习惯性地敲着桌面挑着眉毛，语出惊人。

"哎，安哥，你这么说是有点残忍，不过我也只能说叶小倩也有错啊！"董浩楠搓搓自己皱成川字的眉头，接着说道，"不是之前也说了叶小倩的家境嘛，别看她父母收入不高，但是真的是把她当心窝窝宠着。当然了也是望女成凤，他们从小就让她学习舞蹈，最后考上了艺术院校。可能是接触的东西不一样了吧，叶小倩从小就有一个明星梦，希望自己有朝一日成为明星被人瞩目，锦衣玉食，可以买任何想要的东西。上了大学以后，她发现周围好多女生都是名车接送，身上从上到下无一不是名牌，她十分羡慕，一开始以为是人家家里有钱，也只是自叹运气差，没有投胎到好人家。后来听到同学们风言风语，原来这些女生都是被富商包养的！"

"所以她就放弃了她的明星梦，变成了傍大款？"安喆的语气里流露出些许讥讽。

"唉，一开始也不是那样的。"董浩楠接着说道，"其实叶小倩一开始应该也是不屑的，她同学反映，大一大二那两年，叶小倩拼命地打工，经常去星探多的地方溜达，估计还是想凭借她自己平时打个小工、站个小台、拍个照片或者遇上个星探来改变命运。可是这些活赚来的钱太少了，也没有遇到什么星探，她眼看着离自己喜欢的名牌包、名牌鞋越来越远，而得不到的东西永远是最有吸引力的，叶小倩的那个明星梦也就逐渐变得缥缈了。"

"那叶小倩又是怎么跟向华天认识的呢？"林蕾百思不得其解。

"叶小倩这孩子，基本上她属于不达目的不罢休的那种类型。"董浩楠撇撇嘴，颇有几分惧怕的味道，"自从她捏碎了自己的那个演员梦，她知道男人才是她人生翻盘的机会，于是就找各种能够接触到这些成功男人的机

"对，没错！"董浩楠点头道，"向华天计划好了一切，就将叶小倩约到自己的一处房产，假意和她商量日后工作及购房事宜。约会中，叶小倩又要挟他赶紧办理买房手续，并且要把她和男友一起安排进公司工作。他们喝了红酒，向华天就趁她不备多次在她的酒中掺入了事先准备好的安眠药粉末。

"叶小倩昏迷后，他想起和小倩交往的这段日子发生的一切，他一想到如果自己不能满足小倩的要求，小倩真的向发妻告发他，他将面临身败名裂的处境，这些幻想足够驱使他失去了往日的风度和理智。他说他当时特别坚定地用枕头狠狠地捂向小倩的头部……

"事后他想毁尸灭迹，觉得碎尸是最好的办法，他又是屠户的儿子，虽然年少时十指不沾阳春水，可是父亲的动作和手法多多少少他觉得自己还记得起来。其实他本来想把叶小倩尸体分成更多小块，结果发现太费力，也就放弃了。幸好家里有现成的行李箱，于是他就趁着夜深人静，悄悄装进两个行李箱扔到他认为最安全的地方。"

"唉，真的是……"林蕾感叹，却说不出什么来，她不知道该为逝去的青春少女惋惜，还是为一个有错在先还不肯改正的所谓成功人士感到悲哀，"向华天很愧疚，所以他才这么快就招供？"

"他没觉得愧疚，只是很恐惧，害怕自己的罪行被人发现！杀了小倩之后，我想一只恶魔就住进了他的心里吧，他夜夜担惊受怕，备受折磨……"董浩楠长叹，"我不得不同意安哥的观点，小倩啊，真的可以说是自己葬送了自己的性命啊！"

第四案
致命的一刀

　　寂静的宿舍里，睡梦中的林蕾陷入了可怕的噩梦中，只见睡眠中的她仿佛在逃避着什么，焦躁地转动着头，额头上溢出豆大的汗珠。她梦见她只有一个人，被困在解剖室里，周围都是超级大的行李箱，她打开了离自己最近的一个，结果滚出来的竟然是人的头颅，而行李箱里还留着被肢解的躯干！头颅和躯干都那么巨大、惨白，断端还在滴着巨大的血滴，一滴、一滴……这时候，那些尸块像开始活过来了一样，它们开始移动，开始不断地向林蕾靠近。这可怕的场面把林蕾吓坏了，她拼命跑到门口，可是怎么也推不开解剖室的大门，她想从窗子逃出去，可是窗子也是紧闭的。她四处张望着，有没有人能帮帮她？安喆呢？董浩楠呢？这时候那个头颅飞也似的扑向她，那双大眼睛睁得老大，还流着血，就那样死命地瞪着她，而这双眼睛却不是叶小倩的，正是许久没有在她梦境中出现的白婷婷的大眼睛……

　　其他的尸块也一齐围住了林蕾……林蕾"啊！"一声惊醒过来，她坐起身，身体还在不自觉地发着抖，长头发因为汗水的原因黏黏地贴在脸上和脖子上，汗水和泪水弄湿了睡衣和枕头。噩梦让林蕾再也没有了睡意，再躺下，眼前一会儿是叶小倩，一会儿是白婷婷，她凄苦地抱着被子，无声地眨着泪眼，等待着天光大亮。

　　这是林蕾初中时候一个噩梦般的经历，白婷婷是林蕾初中时候最要好的同班同学，两个女孩都是班里的尖子生。白婷婷长得更高、更白一些，亭亭玉立，是个人见人爱的女孩子。她们经常一起学习、一起追星、一起放学骑车回家，两个人形影不离，是班里公认的死党姐妹花。如果班里哪个男生欺负人，两个女孩子总会一致对外；即使是女生之间闹了不愉快，两个小女孩也是互相帮助。初中期间，同样来自独生子女家庭的两个异姓孩子却相处得如同亲姐妹。

　　然而就在她们打算一起庆祝 15 周岁生日的那个周末，一场巨变袭来。那是个下雪的周日，两个女孩儿约了班上的几个好友，一起在崇文门的三宝乐面包房开生日 Party，整个过程既温馨又欢乐，婷婷和林蕾都穿了同款的白毛衣。两个人仿佛是亲姐妹一样，班级的体育委员王刚是唯一受邀的男生，他送了林蕾和白婷婷一模一样的钢笔作为生日礼物。因为气氛好，初中生们开始玩一种电视上学来的小游戏，"类似真心话大冒险"，她们问到王刚，如果在林蕾和白婷婷之中选一个做女朋友，他会选谁，王刚没有回答，但是架不住女同学们起哄。

　　王刚笑意盈盈地看着林蕾说："选林蕾，因为她更小心眼，如果说选白婷婷林蕾一定会生气！"

　　大家哄笑了一阵子，各自散去了，但是当林蕾从洗手间出来正要出门的时候，隔着玻璃窗她看见白婷婷和王刚在门口说着什么，一会儿白婷婷哭着跑走了，林蕾再追出来的时候，两个人都不见了踪影。林蕾莫名其妙地回了家，而那也是她最后一次见到白婷婷，从那个聚会的夜晚之后，白婷婷就失踪了，这一失踪就是将近十年杳无音讯！

　　白婷婷的父母报了警，警察把他们几个一起聚会的孩子挨个询问了好几遍，林蕾听王刚说，当时白婷婷就是问他为什么没选自己，然后就哭了，跑着上了一辆刚好行驶入站的公交车，他也没记住是几路车。这就是许多年来，白婷婷在林蕾脑海中经常出现的最后的影像，一个人孤零零地坐在一辆不知驶向何方的公交车上，从此踏上了一条生死未知的不归路。

　　从那以后，公交车几乎成了林蕾的梦魇，她甚至有很多年不敢独自乘坐任何公交车，尤其是在下雪天，因为她一坐上公交车，就会想起那辆载着白婷婷匆匆驶入黑夜的公交车，她就会不自觉地联想到很多可怕的画面。过去这么多年，白婷婷的家人始终没有放弃，林蕾也一样没有放弃，但是白婷婷就像人间蒸发了一样，活不见人，死不见尸。

林蕾一直非常自责，她觉得是因为自己，白婷婷才会跑走；有时候她想得更多，是不是坏人本来瞄准的是自己，只不过抓错了穿着同样衣服的婷婷？经过那件事情之后，林蕾的性格发生了很大的变化，她不再与同班同学说话，而是把自己封闭起来，从前爱玩爱笑爱闹的林蕾也一去不复返，变得内心极其脆弱、敏感。那个可怕的梦魇会定期造访，令林蕾的青少年时期痛苦不堪，有一段时间几近崩溃……

这么多年来，关于白婷婷的去向，各种传说的版本越来越多，什么被杀了，被卖到外地去了，被扔到河里了。林蕾自从白婷婷消失后，就一直关注少女被侵害的案件报道，她会经常搜集这些剪报，不知不觉就收集了七个大笔记本，而她自己也渐渐地找到了可以平息内心恐惧的方法，她立志要成为一名警察，要自己侦破这起离奇的失踪案。直到她看到一篇关于女法医侦破离奇少女死亡案件的报道，她终于找到了自己最想做的职业——女法医。她要知道这些被侵害的少女都经历了什么，是谁害得她们！这个理想把林蕾的妈妈吓坏了，她一直坚决反对，但是因为知道林蕾有这个心结和阴影，所以虽然嘴上经常反对自己唯一的女儿去做什么女法医，但是每次重大决定妈妈也没有过多地干涉她。

现在林蕾真的入职法医中心，正一步一步地接近她的目标，但是现在摆在林蕾眼前最大的困难就是安喆的态度。林蕾总是觉得安喆是戴着有色眼镜在看她，他对自己是抵触的、是挑剔的，甚至她有时候觉得在安喆眼里女法医就像是有着某种原罪似的被他嫌弃！

"蕾蕾，快起床，妈妈给你炖了鸡汤……"林妈妈推开林蕾的屋门，打开灯，拉开窗帘，外面的天刚蒙蒙亮。

"哎呀，妈妈！"林蕾撒娇，拉着被子蒙过了自己的头，抗议！

"别娇气了啊，你今天还值班呢！"林妈妈笑吟吟的，手下却丝毫不留情面地扯开了林蕾的被子，重重地拍了一下女儿的屁股，"快点起床，喝了鸡汤再走，才上班几天啊，小脸儿就蜡黄蜡黄的，得好好补补喽……"

"哎哟，妈妈，我那是缺乏睡眠，您还偏不让我睡！"林蕾坐起来抓抓自己的头，昨天晚上看书看到凌晨，终于把《法医病理学》又看了一遍，其实说实话，越到后面反而看起来越轻松了，很多临床病理学的知识糅杂了进来，那可是自己极其擅长的部分，虽然说思路和临床不一样，但是比前半本大量的法医学干货容易多了。

"缺觉？缺觉那也是你自己作的！"林妈妈趁着林蕾嘴里塞着牙刷，含糊不清顶不了嘴，可劲儿地怼她，这两天姑娘的状态真是让她心疼，"你说这学海无涯，那法医知识是你熬几天夜就能全部学完的？！我听说这法医在中国可是门又杂又专的学科，不像国外似的就只针对尸体。这个隔行如隔山，你说你两三天就能把这山搬走啦？！所以说心急吃不了热豆腐，一口吃不成个胖子，贪多嚼不烂，这哪个说的不是你啊？！你这白天上班，夜里不睡，这脸上、手上还青一块、破一块的，你这是上班还是玩命啊？！你瞅瞅你，鼻子青的，脸也肿着，你这是当法医还是当特警啊？早知道我当初就坚决不能同意你去干这个法医，在医院十多好啊？！干干净净、受人尊重……"林妈妈真的是越说越气，越气越是心疼，眼泪差点掉下来。

妈妈看着饭桌旁边刚刚出差回家，佯装听不见，优哉游哉享用美食的林爸爸，星星火苗上犹如浇了一桶汽油，噌地一下燃爆了，"吃吃吃！你就吃吧！老林，我告诉你啊，臭丫头就是你惯的，想干吗就干吗！当初我还问你当法医危险不危险，你还说不危险，挺好的！……你看看这鼻青脸肿的。我告诉你啊，你就由着她吧，早晚有一天破了相，婆家都找不着，我看你悔不悔？！"

"哎哟，妈咪！"林蕾眼瞅着老妈越说越伤心，大有要伤及无辜的趋势，赶紧跑出来安慰，"妈妈，我这是没经验，一不留神才磕着了，以后不会了；再说了，您别看着青了一大片，好像很厉害，这不正说明您女儿我皮肤吹弹可破，晶莹剔透吗？再说了，我像您啊，天生丽质，熬几个小夜什么的，根本没事儿，再有您的爱心汤一喝，瞬间……满血复活！"林蕾喝了一口汤，发出吹捧的赞美声。

"德行！"林妈妈被女儿这么一闹，顿时也气不起来了，"再吃两口炒鸡蛋啊，我可是特意买的乌鸡蛋！"

"唔唔……"林蕾赶紧塞了满嘴，她现在怕死老妈了，绝对不敢惹她生气，不然她一不高兴就翻旧账——当初不该同意你去当法医！……

"丁零！丁零……"林蕾的手机响起，是她原本设定的出发闹铃，看看碗里难以完成的重任，向坐在桌首的林爸爸吸鼻子、撇嘴、再眨巴着大眼睛——装可怜外加卖萌双管齐下！

"快点！小心你妈瞅见！"林爸爸低声用气声说道，用眼神示意了下自己的碗，林蕾一下蹿过来，把碗里的鸡腿都倒给了老爸，自己咕噜咕噜地把剩下的汤喝完。

"妈妈，我吃完啦，走了！"她朝厨房里还在忙碌的老妈喊话，然后分外感激地抱着林爸爸的脖子，亲了一口，抓起书包就跑出了门。

"蕾蕾！"林妈妈从厨房里追出来，手里还拿着一个保温杯，"这孩子！我这还给你准备了银耳汤呢！"

"咳咳……"林爸爸笑眯眯地说，"没事儿，回头我吃了！"

"吃什么吃！多吃了一个鸡腿，你今天的营养早就超标了！还吃！"林妈妈瞟了一眼林爸爸，他虽然着急忙慌地吃完了鸡腿，却在自己碗边留下了两根鸡腿骨头的证据，被林妈妈抓了个正着。

"嘿嘿，这不是蕾蕾着急走嘛！"林爸爸好脾气地呵呵笑着，二十多年的女儿奴可不是白修炼的。

"惯吧！你就惯着吧！"林妈妈气哼哼地瞪着林爸爸，急了还在林爸额头上狠戳了一下，才回身又进了厨房。

"老伴儿，你自己说，女儿自从上班以后，你觉没觉得她开朗了许多？所以咱们还是要支持她的。"林爸爸起身帮助林妈妈收拾。

"我就是觉得了，所以才没有真的反对嘛！可是我又怕她太拼了，小时候那件事儿以后，总觉得这孩子让我放心不下啊！"林妈妈又有些哀伤，"你说那事儿过去多少年了，就凭她一个初出茅庐的小丫头……唉，我就是担心她不要心急惹出乱子来。"

"行了，老婆子，别瞎操心了，这点我对咱家丫头还是有信心的，她随我，百折不挠、大智若愚、命大多福！"

"这是夸别人呢，还是夸你自己呢？"

"啊，呵呵……"

两个人手拉着手坐在沙发上，为女儿担忧着，但也为她骄傲着。

坐在地铁上的林蕾正在埋头大写特写，她现在习惯把每个经历的案子都记下来，用自己的方式，把损伤、现场的血迹，连画带写地详细记录下来。这会儿她正在画一滴血迹的形态，正忙碌着电话突然响起来，"林蕾，你在哪儿？"

"地铁里……"电话是安喆打来的，林蕾接到电话就马上坐直了，哪里管安喆看不看得见，"安老师怎么了？"

"你在哪一站？我接你……"安喆声音略有些急促。

"呃，马上就到北土城了……"

"到站下车，咱们 B 出口碰头！"电话果断地挂断了。

"喂？喂？"林蕾还想说自己没有勘查服呢，结果安喆已经挂了，她也不好意思再打，林蕾生怕晚一点，被安喆落下，车一停，她第一个冲出去，大步往出口方向跑，结果她跑上地面，却还没见着安喆人呢。

"唉，怎么又有案子啊？还这么急赤白脸的？"林蕾想想自己上班不到两个星期，每个班都有案子，还有海量的专业知识要学习，一案一总结都没有充分时间来完成。

这时她想起上次和赵玉聊天的情景，"妹妹怎么这么憔悴？"

"玉姐，好累啊！"林蕾觉得吃饭都能睡着，"他们说我是新人，案子都欺生，是不是真的啊？"

"是有这个说法……"赵玉看林蕾明显缺乏睡眠的样子，忍不住抿嘴笑，"不过还有另外一个可能，你跟着安喆肯定也比较忙。"

"啊？安老师也还算生手？"林蕾瞪大了眼睛。

"扑哧，他可不生，他都老熟了……"赵玉笑道，"他们都叫你师傅什么？是不是安子长，安子短的？安子，安子，你叫叫，最后像什么？"

林蕾默默揣摩，"安子，案子？案子！！"

"哈哈，对啊，他名字就叫案子，你们班儿还能消停？"赵玉朗声笑起来，丝毫都不顾林蕾的郁闷。

林蕾还在胡思乱想……

"上车！"印有"警察"两字的 GL8 在林蕾面前一个急停，车窗刚开始下降，林蕾就听见了安喆短促的命令，"坐后头！"

林蕾来不及说啥就麻利地钻到商务车的后座。

"你勘查服在后座上呢！"安喆说道。

"啊？"林蕾嚅嗫，"这，这不太好吧？！"

"有什么不太好的？你不就套上吗？！我能看见什么？"安喆无奈，"麻烦！"

"哦……"林蕾观察了一下角度，想想难怪干公安的女人都有股女汉子的劲儿头，她这本来就是女汉子的就直接变成糙汉子了。

"你就坐后头吧，一会儿我还得去接董浩楠他们！"安喆说，"这现场急，都还没到接班的点儿呢，让上一个班的同事去也不太合适，不然整个周末都耽误了。"

"哦，好的，我没事！"林蕾反应过来，"怎么又是董哥？"

"董浩楠，董浩楠，都浩难，董好难……"这名字念着念着也不好了，一个"好难"加"浩难"，居然还跟一个"案子"死对，就是每个案子都好难，这样的人生真是想不叹息都不行啊！

正想着，车子又降速靠边停车了。

"好的，那一会儿见了！"早已等在马路边上的董浩楠放下电话，一个箭步蹿上车，"安哥，我们队里已经有人到了，说让咱们从小区的西门进，北门全部都是记者什么的……"

"嗯！"安喆利索地一个左拐，林蕾在后座上被甩了一下。

"董哥，什么情况啊？还有记者？"林蕾默默地拽住窗户旁边的扶手，好奇地问。

董浩楠解释道："嗐，这不是城区最大的一处棚户区改造工程吗，你没看报纸？一个月前说已经达到 85% 的拆迁同意率，马上就要动工了！咱们这个死者是同意书也没签，人也不搬，成了名副其实的钉子户，然后今天凌晨就起火了，据说人死在里面了。这下拆迁公司可成了最大的嫌疑人了，老百姓都认为肯定是拆迁办干的，因为他们如了愿啊，再没人阻挠他们拆了。记者也跑来不少，还有好几位自称是资深的人权律师在场呢。"

"啊？这么严重？！"林蕾惊诧地说。

"是比较棘手的，咱们的任务可是不轻啊！"董浩楠一路介绍着掌握的情况。

"到了！"安喆潇洒地停车，打开后备厢。

林蕾特别默契地跑到后面，把勘查箱一把拖了出来，一气呵成，真有点汉子的味道。

董浩楠在旁边看着，呵呵直乐，冲安喆挤眉弄眼，"你们干法医的这可真是女人当男人使啊！"

安喆瞥了他一眼，"别笑，有记者呢，回头你咧着大嘴的照片上了网看你怎么办！"

"呦！还真是，不是说这边没记者吗？"董浩楠回头一看，这可一堆记者等着呢。

"走吧，赶紧的！"安喆看向两人，神情肃穆。

"董哥，这房子临街这面的墙怎么了？怎么都没了？救火弄得？"林蕾离老远就看见屋内烧过的痕迹，才惊觉这屋子少了一面墙。"这是现场吧！"

"没错！七排103，应该就是这间房！"董浩楠看了看单子，"回头我问问这墙到底是咋回事！"

"呦！注意自己言行啊！"安喆提醒着林蕾。

眼瞅着越走越近，林蕾看见记者越来越多，也忍不住紧张起来，不敢多说一句话，更加要时刻注意控制好自己的表情，生怕被断章取义，引起不必要的炒作。奈何她拖着个大箱子，尽管走在两个男人中间，仍然隔不住一个个伸过来的话筒。

一声又一声的无可奉告，艰难地为三个人打开了通往现场的路，然而当看到现场的时候，他们三个人都呆住了。

现场犹如一个舞台，三面包围，一面敞开，更准确说像是林蕾小时候玩过的过家家的模型玩具房子，因为少了朝南的一面墙，所以屋子内的摆设全部陈列在眼前。与玩具不同，林蕾玩的小房子是粉色系，而这里因为被火烧过，屋子里的墙面上不是黑色的就是灰色的，明显是被烟熏过的痕迹。现场的味道很是刺鼻，像是烧塑料的味道。林蕾四处看了看，北墙下面堆放着很多扭曲的玩具模型，应该是这些被火融化的模型散发出来的浓烈刺鼻的味道。

安喆四下打量着，虽然房间着过火，但是仍然可以看出这间屋子的布置还是蛮温馨的。北墙应该是照片墙，挂着许多家庭照片，应该是死者和妻儿的，照片大小不一，摆放得错落有致，从内容上看就知道是反映孩子成长过程的。

林蕾看见床头柜上还摆着一盆兰花，兰花并没有完全被烧毁，只是蔫了、耷拉着，大概是过了火又被水浇过，可是一簇一簇的花朵告诉林蕾，之前这盆兰花曾怎样盛放。这是多么娇贵又娇气的品种啊，林蕾心里感叹，家里的老爸被她戏称摧花神手，虽然爱花却养不好，屡战屡败。可是死者家里这一盆却打理得这么好，这个家应该有一个温柔贤惠的女主人吧？

林蕾猜想着，转头似乎想看看北墙上女主人的照片，却看到了尸体，林蕾再也挪不开视线。死者就在房间东北角的床上仰卧着，头东脚西，尽管现场烟熏的痕迹那么明显，死者身上过火的痕迹却没那么明显。林蕾甚至觉得这个人没有死，他的脸朝南，眼睛睁着，嘴角微翘，脸上仿佛是欣赏什么抑或是嘲笑什么的神情。这种神秘的气息让林蕾僵住了，她不由得想死者真的能看到、能感觉到吗？

"开始吧！"安喆命令道，林蕾回身，熟练地戴上手套，其实女人真的不适合干外科、干法医，这些工作都隐含了对力量的要求。林蕾的手算不上纤纤玉手，但是刚来中心的时候最小号的手套是 7 号，她戴上都松松的，没办法，当时法医只有她一个女人，中心根本没有小号的手套，她也不娇气，松了就提提、紧紧，直到前两天才给她买到了 6.5 号的手套。

"头部未触及损伤……"林蕾手探进头发，摸索着头皮，并没有血肿，也没有皮肤的破裂，拨开死者的衣领，"颈部未见损伤……"林蕾一一报告着。

"安老师，我觉得死者的尸斑偏红……"林蕾噌噌两步踩到床上，站在尸体的里侧，拽着尸体的左胳膊，让尸体侧身，然后费力地弯下腰，拨开死者的衣领，指着死者的颈部，示意安喆看过来。

"嗯……"安喆照了张照片，然后又拿笔记了下来。

"胸部，腹部……"林蕾把尸体放平，跳下床，把死者穿的外套前襟往两边打开。本来她以为死者放在腹部握成拳头的手只是尸僵的表现，结果她想把他的右手拿开，却发现他的右手竟然攥住了什么，还紧紧地固定在腹部。她疑惑地加快了手上的速度，解开里面衬衫的扣子，金属的反光瞬间映入眼帘——把死者的右手和腹部紧紧连在一起的竟然是一把刀！"安老师！"林蕾惊呼道。

"我看到了！"安喆也看到了那一缕金属的反光，感觉到林蕾的慌张，毕竟之前大家想的都是被烧死的，却没有想到尸体腹部插着一把刀，"董浩楠！"

董浩楠也吃了一惊，如果说烧死那么就可能是意外失火造成的，而这一把刀的出现则彻底改变了事件的性质，这很可能是一起谋杀案件，而大火则是为了毁灭证据，掩饰真相！

安喆走了过去，拿着电筒翻看着死者所在之处周围的环境，他惊奇地发现衣服上、床铺上竟然没有一点点的血迹。

"死者身上穿着棉服，袖子、前襟一挡，让人根本看不到肚子上的刀！周围环境经过救火，现场已经被水冲过了，但是衣服上都没一点血迹，这说明死者挨了一刀后，直接倒下就死了，血都没流出来。"安喆解释道，"林蕾，把手和刀柄都用物证袋套上吧！"

"好的！"林蕾赶紧按着安喆的吩咐做，她本来想如果能把死者的手和刀柄分开的话最好，那样两者都能更好地密封在物证袋中。可是无论怎么掰，死者的手指都紧紧地蜷缩着，丝毫不能移动，"安老师，这是尸体痉挛吗？"

"嗯……"安喆点头，"有可能，就跟他还睁着眼是一样道理！"

"哦！"林蕾小心翼翼地动作着，面对死者她总是心存敬畏，死者死不瞑目、手紧紧地攥着刀柄，林蕾心中暗想："你心里是有多么大的不甘心呀？你费尽了死前的最后一丝力量，握住了凶手刺向你的凶器，是想抵抗，还是想往出拔来求生？你睁大的双眼，是盯住了凶手逃窜的方向？还是暗示了我们什么信息？"林蕾总是不自觉地看看那双眼睛，她总觉得那双眼睛正在看着眼前的一切……尽管那双眼已经没有焦距，角膜也没有那么清亮了。

"咱们尽快回中心，也幸好死者有尸体痉挛，护住了刀柄，不然这种过了火的现场什么证据都没有了！"

"老安！"痕迹组老张也走了过来，小声问，"听说还有刀？"

老张叫张崇礼，是勘查现场痕迹方面的专家，今年三十五六岁的样子，中等身材，皮肤白皙，浓眉大眼，总是给人一种面带微笑的感觉，少白头。出现场经常是侦查、痕迹、法医人员一起，年龄都不大，但是大家互称老张、老安的，以示尊重和亲热。

"是！你们那边有别的发现吗？"

"就是在北屋里发现了几个煤气罐，全打开的，估计那边就是起火点了……"老张叹了口气，"不过其他的足迹、指纹什么都没有，这过完火了，水再一喷，还能留下什么？老安，就靠你们了……"

"行，那我们先回中心，尸检结束后，咱们再碰！"安喆拍了拍张崇礼和董浩楠的肩膀，三个人心里明显都有了压力。荆安局命案侦破 100% 的记录已经保持了三年了，所以每逢命案大家都知道，"案件不破，侦查不止。"这是警方对全市人民的承诺，也是荆安局侦破命案能力的体现。

法医中心病理解剖室里，解剖台上死者由于尸体痉挛和尸僵的原因，保持着死亡时独特的姿势。林蕾正一点一点小心地提取着可能存在的物证，她耐心细致，脑子里还在复原着死者与凶手交手的场面。

"好了！能提取的都提取了，安老师您觉得还有遗漏的吗？"林蕾如释重负地对安喆说，安喆皱着眉头看着尸体，摇了摇头，林蕾想了一下，说道："那我先送检，您一定等我回来再开始啊！"然后连跑带颠儿地去了DNA 实验室。

"吴姐，您辛苦了，案情紧急，无论多晚您一有结果就给我打电话吧！"林蕾有些愧疚地看着实验室的大姐，这样一来大姐又得熬夜加班检验了。

"甭客气，你们不也准备好一宿不睡了吗？小丫头来了有些日子了，还适应吗？"年长的女人温柔的声音里有着坚韧和豁达的味道，"年纪轻轻干病理解剖的确是很让我们敬佩！那我可就不怕打扰你的好梦了啊，结果出来无论几点都第一时间给你电话！"

"嗯嗯，没有问题的，吴姐，我等着您的电话！"林蕾因为心里惦记着解剖的事情，赶紧往解剖楼赶。

林蕾返回到解剖室，推门看见安喆几乎保持着她出门时的姿势，站在解剖台旁，低着头，凝望着死者，远远望去好像在"默哀"。

林蕾以为这又是什么她不知道的法医文化，也默默地站在安喆身旁，默哀起来。

安喆回头，看了看她，知道她误会了。

"默哀毕，开始干活吧，这次你主刀，我记录！"安喆直接忽略林蕾一脸的问号和惊叹号，干净利索地下达着命令。

"我行吗？"林蕾怯怯地看着他，小声地嘟囔道，"如果我很慢，您可别催我啊！"

"嗯……别把时间耽误在啰唆上，赶紧的！"安喆有些不耐烦地说道。

林蕾仿佛已经习惯了安喆的态度，也就耸了耸肩便自顾自地开始陈述自己的检验所见："尸长178厘米，偏瘦，发育正常，肤色苍白。尸僵存在于全身各关节，程度强。尸斑呈鲜红色，位于身体背侧未受压处，指重压不褪色。头部、四肢均未见损伤。腹部正中，脐上3厘米处见单刃刀具纵向刺入，周围皮肤未见损伤，皮肤创口与刀刃宽度吻合，刀具不可上下活动……"

林蕾在解剖台左右来回地走动着，期间还要给尸体翻身。过去老人儿讲"死沉死沉"不是没有道理的，人死以后先出现尸松，关节瘫软，之后又出现尸僵，关节僵直，也就是说无论如何一具尸体是不会配合你的动作的，所以搬动尸体是需要很大力量才能做到的。林蕾刚刚开始的时候觉得自己连吃奶的劲儿都快使出来了，却无法独立把尸体翻转过来。后来她想到了一个办法，用脚蹬着解剖台借力，借助双臂和腰部的力量，竟然慢慢地也能一个人顺利地将尸体翻身了，为了这个小小的"独立"，她可是得意了很长时间呢。她就是要用这些实际行动证明给安喆看，"谁说那女子，不如男！女人一样可以成为优秀的法医！"

可是林蕾的得意并没有持续多久，当她拿起刀准备开始解剖的时候，她的手竟然抖了起来，这毕竟是自己成为法医以来第一次主刀，而且还是在安喆灼灼的目光下进行！她暗暗地骂了自己一句"没出息"。这样下去岂不是更让安喆看不起？她稳了稳心神，右手稳稳地拿着解剖刀，就像握笔一样，刀碰到皮肤的一瞬间，林蕾彻底地镇定下来。

一种醍醐灌顶的感觉升起，现在的一切都无关于自己的利益得失，她不要证明给安喆看她有多优秀，她也不在意安喆会不会催促她，此刻唯有躺在台子上的死者才是唯一的主角，现在是他需要她破解死亡的密码，他需要她镇定专业，他需要她细致入微，他需要她……想到这里，林蕾的刀更加笃定，从下颌笔直地划下去，势如破竹，力透胸骨。然而刀到腹部的时候，林蕾的力道明显变轻，在经过刀插的位置时，她手腕灵巧地一转绕过了刀的位置。这是她自作主张的，她想先不要拔出刀，这样能够更好地暴露出刀插入体内的走行路径，法医的专业词汇叫作"创道"。这样绕过它，不会因为拔刀时人为地破坏周围组织，影响之后的分析判断。

安喆飞快地记录着林蕾的报告，看着林蕾下刀时果断的样子，他不得不承认林蕾果然是个上手很快的医科高才生。她的样子竟然没有他想象中进行第一次法医解剖检验时的瑟缩与手忙脚乱，反而隐隐有一种笃定的大将之风。

林蕾站定在尸体的左侧，用刀尖游走在皮下脂肪与肌肉之间，当红色的肌肉组织完全暴露出来时，安喆及时地按下了快门，保存好影像资料。

刀就插在腹白线的位置，那是两侧腹直肌交汇的地方，那里白色的纤维组织紧紧地围绕在刀刃的周围。

"真的是一刀毙命啊！"林蕾喃喃自语，在用刀扎人的过程中如果有挣扎，两人的位置会发生变化，刀在身体上就会留下痕迹，一个小皮瓣，或者一个旋转的角度……然而这一刀则十分决绝，伤口固定地呈条状，没有丝毫的滑动或扭转。

林蕾接着往下分开腹部的肌肉，露出了包裹着整个腹腔的腹膜，那里仍旧只见一个刚好容纳了刀刃的破口，只是这次由于腹膜自身的特性，它并没有紧紧包绕着刀具，而是由于张力的原因向两侧分开一个幅度。

林蕾剪开腹膜，大量的血液开始往外涌，林蕾快速地提高左手的止血钳，并用右手飞快地夹了另外几把止血钳，交到左手上一齐向上提起，最大限度地缓解血液的流失，这些都是证据，失了多少血是需要进行测量并记录在案的。她右手顺势探入了血泊的深处，当抽出染满血迹的右手，她向安喆汇报道："安老师，这一刀基本是斜着往上走的，应该是扎到肝脏了。"

安喆点了点头，算是认可林蕾的发现，递过来烧杯，林蕾将腹腔内的血液一点一点舀出，烧杯中的血液竟然有 2000 多毫升之多，这个量足够造成失血性休克了。

为了清楚地暴露出创道的情况，林蕾用干净的纱布吸走了肠壁附着的血液，这时她分外想念外科手术室里的吸引器，可是自动化还没有普及到法医的解剖室里。与外科手术室的设备相比，这里也许不需要考虑患者的感受，所以工具也笨拙和生硬得多。

"好神奇的一刀！"林蕾用手拨开了完好无损的肠管，刀就直直地插在肝脏的左叶上，"竟然都没有刺破肠管！"林蕾暗自庆幸着，因为如果肠管也被刺破的话，场面就会更难看了，而且难闻。虽然现在安喆已经对她中途换口罩的事情不置可否了，但是她还是会觉得压力山大，可是不换的话真的很影响她的工作，毕竟不是所有人都能忍受种种怪味的。每次林蕾中途换口罩，安喆都会满眼的不认同，内心的潜台词呼之欲出，无非就是："女的就是事儿多！"

林蕾皱皱鼻子，其实戴口罩也不好受，糊得慌，呼吸非常不舒服，但是为了免受气味打扰，影响了她的判断，她还是坚持忍受着这种不舒适！

待安喆照完肝脏上插刀的情况，林蕾伸手顺着肝膈面往上摸，她摸到了硬硬的刀，却没有探到刀尖："安老师，刀扎进胸腔了，我要开胸了……"

看着林蕾稳扎稳打的样子，安喆点头默许。

林蕾首先用手术刀将胸部的皮肤、软组织和肌肉一起与胸骨和肋骨分开，然后换了一把稍微大一些的刀，类似家里的水果刀，斜斜地放在肋骨上。左手压着刀背，林蕾踮起脚尖，利用身体的力量带动双手向下压实，一边压一边向下滑动刀把，一根根肋骨应声而断，林蕾提着梯形的胸骨，用刀贴在下面一下一下地划开，心包完整地暴露了出来，"安老师，刀扎进心包了！"

"是的！"安喆拿起相机，瞄准那夹在膈肌和心包之间的一缕银光，心里暗叹，"这可真是致命的一刀啊，从腹部直接扎穿心脏，而且一丝其他的损伤都没有，也就是说一点儿反抗的余地都没有，这说明什么？凶手和死者体力悬殊很大？还是死者当时神志已经不清，不对！死者还握住了刀柄，不可能神志不清！"

林蕾将止血钳夹在心包上，每次止血钳捏合时嘎啦的一声响，配合着她熟练的动作，更显出几分利索来。林蕾迅速地剪开了心包，完美的暴露了刀插入死者心脏的走向，安喆再次按动了快门。

安喆不得不承认，这次解剖干净漂亮，堪称教学视频。安喆看向林蕾，眼里有着明显的赞许，他不得不承认，林蕾一个女孩子能将尸体解剖做成如此的水平，说明她真的是一个优秀法医的好苗子。

但是安喆尽量压抑着自己的认同，嘴上并没有表示什么，因为他深深地知道，法医这个职业对于任何人来说都是艰巨而辛苦的，更何况是柔弱娇气的女性。也许林蕾还没有见过足够多的可怕尸体、足够多的残酷现场，还没有真正地体会到什么是又脏又累，也没有体会到扛着千斤顶走钢丝的纠结滋味。也许现在的这一切对于这个高才生来说只是新奇的体验，或者是一种对未知领域的征服欲，这种东西能持续多久？在面对考验的时候，这种三分钟热度的从业冲动是不是就自然地降温熄灭了？他不理解林蕾的选择，好好的病理研究生跑到这里来干法医，目的是什么？难道是为了履历表里有新奇、好看的一笔？他拭目以待，看这个丫头什么时候在这个跳板上启动跳跃，又什么时候远走高飞。

"安老师？"林蕾叫了一声正在发呆的安喆。

"您看，刀是从上腹部插入，斜向上走行的，贯穿了肝脏的左叶，刺破了膈肌，进入胸腔，然后再刺破心包的膈面，最后刺破了左心室。所以说腹腔里的血液不仅仅是肝脏破裂流出来的，还有心脏破裂流出来的。这一刀可真是像完美的外科手术一样的绝命一刀啊。"

"嗯！很准确！"安喆点头表示认同。

"那现在我就把刀拔出来了？"林蕾很少看到眼神中没有犀利之感的安喆，有些不适应，试探性地询问。

"可以！"安喆依旧言简意赅，埋头把尸检记录剩余的部分补足。

电话铃声几乎压着安喆最后一笔的时间响起，安喆接起了电话，一听就是董浩楠在问解剖的结果。"还是一刀毙命，下刀非常果断，没有挣扎和反抗，应该是熟人作案，我们分析死者应该是在没有什么防备的情况下一刀毙命的。但是我们还是要等物证的结果和毒化的结果。好的，你先摸你们那边的情况……好的，有其他的新情况，咱们再碰！"

"安老师，有嫌疑人了吗？"林蕾问。

"他们在视频里看到了两个人，那天晚上，两个人先后到过死者的家里。一个是拆迁公司的干事，另一个是死者的弟弟……"

这时，林蕾看了看死者仍然睁着的双眼，她非常温柔、带着某种虔诚将死者的双眼轻轻合上，心里默默地念着："放心吧，我们会为你伸张正义的。"

安喆默默地注视着林蕾为死者合上双眼的动作，她的动作那么轻柔，那么充满感情，仿佛死者是她的亲人一般。安喆心里明白，自己已经多次对这个看似柔弱的女徒弟感到意外了。有时候，她虎虎生风的像个假小子；百折不挠、倔强好胜的像只小公鸡；有时候，她却那么脆弱，动不动就潸然泪下，甚至泪流满面；有时候她又极其机敏，奇迹连连；可有时候她又迟钝笨拙得不行。安喆有些迷惑，林蕾到底是怎样的一个女孩子？

安喆不知道自己看向林蕾的目光已经可以用温柔来形容了，是的，不知道从什么时候开始，不论安喆多么不认同女孩子做法医，但是他确实不再那么排斥这个女徒弟了。这个善良的、情感丰富的、充满灵性的女徒弟来了之后，他自己也开始有了变化。活力！对，他觉得自己死气沉沉的生活中被注入了一股鲜活的力量。有时候看着林蕾认真地和浩楠斗嘴，他也觉得很好玩儿，时不时也会抿嘴露出一点笑容，而这对于他已经是好几年都没有的轻松愉快的心情了。

林蕾丝毫没有察觉到安喆的目光，只是默默地完成了损伤脏器的检验，并把它们归回原位，然后开始细心地缝合。

安喆一直在旁边看着，林蕾的双手犹如飞燕带着针线穿梭着，针脚细密，缝合紧实。他心中默默赞许，果然是我的徒弟，不用教也和自己一样对尸体充满情感和敬畏。虽然尸体没有感觉，不再有生命，法医如何体现这种敬畏呢？安喆一直秉承着客观观察、认真检验、耐心缝合、公正意见这四大原则，他始终认为这就是法医对于逝去生命的尊重！

尸检完成，两个人都有些疲惫，刚一走出解剖室，就看见在楼门外正嗑着瓜子的董浩楠。两人丝毫不意外，因为一有案子，董浩楠一旦空了就第一时间跑到法医中心来，因为他总是忍不住像尝试解开谜底的小孩儿一样，不得真相誓不罢休。

"嗨，老安！"浩楠比比画画地打招呼，他明显感觉到安喆对他在解剖楼外嗑瓜子的行为充满了不满。

"嘿！这是室外好吗！就是知道你会说我，我都没敢进去！"浩楠解释道，他赶紧追上安喆和林蕾的脚步，继续发表自己的疑虑，"你们说这拆迁公司的干事，说什么也犯不上杀人不是？从人性的角度啊，这个死者搬不搬走，对他能有多大区别，顶多一项任务完不成而已嘛！这不也就是一份工作吗？我觉得拆迁公司的干事犯不上杀人！我现在还是觉得弟弟的可能性最大！"

"那可不一定。"安喆冷冷地发声，"你确定他没有高额的奖金等着？就差这一个人了，也许目标奖几万块钱就是入不了账。又或者是之前就做过，觉得手到擒来呢？拆迁拆的就剩这么一个人了，邻里街坊全搬走了，想找个证人都难！"

"不能吧？"董浩楠觉得不靠谱，"那个干事没什么案底啊！？这么多年虽算不上优秀市民，但是人家也没有什么劣迹，我都走访过啦。"

"原来没这么干过，保不齐这回就是急眼了呢，把他看见过、听说过的招数就用上了呢？"回到办公室，安喆喝了口热水，继续反驳董浩楠，毕竟思想、经历、犯意这种东西侦查起来无异于大海里捞针，无从下手啊。安喆边说边把纸篓往浩楠眼前挪了挪，示意他扔准点，别扔到地上。

林蕾没有参与他们两人的争论，自顾自地拿着董浩楠扔在桌上的调查材料翻阅起来，看到入神后竟自言自语起来："死者林启航，男，58岁，

17:52 最后一个摄像头照到，这时候应该是回家了；拆迁公司干事周中，男，27 岁，18:46 摄像头拍到进小区，19:52 拍到出小区；死者弟弟林启飞，男，56 岁，19:58 摄像头拍到进小区，21:36 出小区；22:53 摄像头拍到有火光和烟；23:36 第一个报警电话；23:41 消防车到；00:35 火势减缓……"

"妹妹，嘛呢？"董浩楠好奇地看着林蕾，他和安喆的争论被林蕾的动静打断了，只见林蕾捧着一摞口供，埋头苦写，还振振有词的。

"呃……"林蕾有些尴尬，她从小就这样，遇到想不明白的，她得用笔和本子乱写乱画一阵子，慢慢地理出一条自己能理解的思路来，她刚刚都没有意识到自己又念出声了。

"董哥，安老师，你们忽略我，继续聊，当我不存在好了！"

"哈哈！"董浩楠乐了，"怎么忽略你？我刚才听着你是把整个的时间线给列了出来？"

"啊，我就是理理思路……"林蕾赧然道。

"那你说说啊！"董浩楠十分鼓励。

"哎哟，我不是说我有思路了，我就是没有才在这捋的，这个案子通过尸体现象没有办法推断死亡时间了。"林蕾说到这有些懊恼。

"安哥，真是妹妹说的这样？"董浩楠求救似的问安喆。

"是！"安喆也是有些无奈，中国现今对于法医学领域的基础研究非常的匮乏，一来是传统观念不能接受尸体被法医检验，更不要说用于诸如尸体农场之类的研究了；二来是相关的研究变量太多，确实不易出成果，所以也没有什么人愿意开展类似研究。

"现场毕竟着过火，而且刚刚林蕾说的，两个嫌疑人出入的时间也就相差几分钟，就算是第一个人进去就作案，最后一个人临出来才作案，两个人相差的时间也不过就是两个多小时，恐怕就算尸体现象可靠，推断出来的时间也难以确定到底是哪个人作的案啊，毕竟尸温什么都是相对的！"

"哎呀，那可怎么办啊？真是要急死我了！"董浩楠哀号。

"所以我在这里理理时间线，看看有没有什么矛盾……"林蕾有些不好意思，比起董浩楠他们这些专业的侦查员，她这只菜鸟，根本不敢班门弄斧，可是强大的好奇心让她总是忍不住想尝试。

"反正如果是干事杀的，那弟弟就撒谎了；那如果不是干事杀的，那就是弟弟杀的啊！"董浩楠翻了个白眼，他不是早就说了他怀疑是死者的弟弟吗！？合着小丫头一句都没听进去！

"那动机是什么呢？"林蕾最不能接受的就是孩子杀家长，家长杀孩子，兄弟姐妹之间互相残杀。这些在她看来本来应该血浓于水、相亲相爱的人们却因为蝇头小利，或者根本就不足为道的原因干出有违伦常、大逆不道之事，所以她的直觉否认是死者的弟弟。

"还有那个干事老在这片活动，弄不好他已经非常熟悉周围的摄像头和路线了，有没有可能他之前的造访是为了制造不在场证明？其实他有别的路径进入现场却不被发现呢？"林蕾阐述自己的观点。

浩楠进一步解释道："第一个问题啊，这个林启航啊，现在是鳏寡孤独，除了他弟弟没有法定的任何继承人了，所以说如果他死了，他弟弟就合适了呀！白落几十万的拆迁款，还有一套房子。这个林启飞可不像他哥那么有出息，四十多岁下岗，到现在一家子五口，他和媳妇、儿子和儿媳妇，还有小孙子，住在一间不到二十平方米的平房里。据说他自己搭房子加盖二楼的钱还是找死者借的呢！你说他如果想通过拆迁解决一下自己的住房困难也合理吧？这算不算动机！？"董浩楠对自己的推论信心十足，"还有啊，这个现场啊，出口、入口只有这么一条，就是拆迁公司自己怕有什么意外，所以四周的出入口都封上了，也都安了摄像头，但是其他的摄像头没拍到这个干事！"

"哦，那好吧……"林蕾低头，看着本子上的时间线，"那有没有可能，林启飞和干事合谋呢？干事杀人，然后林启飞放火！或者，那个，干事一气之下拿刀捅了林启航，林启飞来的时候林启航还没死，但是他想到可能到手的利益，选择不抢救，然后再放把火！"

"你说的这也不是不可能……"董浩楠沉吟片刻，拨通电话就说："去查查，林启飞和那个干事有没有什么联系？"

"林蕾，我觉得虽然你说的不无道理，但是你还是在感情用事！法医靠的不是猜想！"安喆等董浩楠放下电话后直言不讳地说道。

"啊？我……"林蕾哑口无言，她知道自己不愿意相信弟弟杀哥哥这样的事实，但是她认为自己已经很努力地在用科学、客观的方式来思考了，而且她认为就是要排除一切其他的可能，如果剩下了一种可能排除不掉，不管多么残忍，不管多么难以想象，那也是科学的。

"你先入为主地认为没有血缘关系的两个人因为经济利益杀人，比亲人之间的可能性更大！这带有明显的偏见和个人主观色彩。"安喆可以说是直接洞悉了林蕾内心细腻的想法，并且近乎冷酷地一针见血地指了出来。

"我……"林蕾觉得有点委屈，她愿意去相信人性本善有什么不对？只要这个信念不影响她客观的判断就好了，为什么安喆要来指责她没有把人想到最坏，不擅长探究人性的丑恶面呢？

"妹妹，你还别说，我还真见过为了一块钱、一句话挥刀相向的亲人！而且还不少呢！"董浩楠见这师徒两人之间的气氛紧张起来，赶紧缓和气氛，而且他也觉得林蕾的想法过于单纯美好，还是赶紧让这善良的妹妹面对残酷的事实比较好，"更别说这摆在面前的既得利益了，你说就死者这房子，这地界，赶明儿个回迁回来不得十几、二十万一平方米啊？那可是不费吹灰之力就变成了千万富翁了！"

"嘘！"林蕾的电话响了，是DNA室的吴怡，她赶快接起来，"啊？怎么会？……好的，我转告安老师，谢谢您！"

"怎么了？"安喆见林蕾仿佛霜打的茄子一样。

"吴姐说，刀柄上除了死者的DNA没有别人的……"林蕾叹气，"难道凶手还戴了手套？"

"完了，完了，这下就算这俩人认罪了，也没有确凿的证据啊！这可怎么整啊？"董浩楠大失所望，手伸向衣兜，想要拿出根香烟疏解一下烦闷的心态，手刚摸到烟盒，看到安喆盯着他的目光又赶紧把手收回来了。

"你们一直在猜想他杀，那么有没有想过他可能是自杀呢？！"安喆突然冒出来一句，在沉沉夜色中，这一句话犹如闷雷般炸响，惊得对面的两个人瞪大了双眼，一脸的惊恐和不可置信。

"啥玩意儿啊？安哥？"董浩楠明显有点接受不了，这侦查都全面铺开了，都是奔着这是个案子去的，"您这突然一个180度大转弯啊！"

"觉得不可能吗？"安喆挑眉，"一切靠证据说话，可是现在的证据不支持凶杀啊！我们之前一直觉得是死者想拔刀或者是下意识的防卫动作，造成了手握刀的尸体痉挛现象，但是如果是自杀也完全可以形成啊！而且刀上没有其他人的 DNA 了，不是更加直接地指向自杀吗！？"

"嗯，如果说是这俩嫌疑人有反侦查意识，戴上手套作案，那还点什么火啊，直接伪造一个抢劫的现场不就得了，两人都还能摆脱嫌疑。光点火也没啥用啊，有摄像头拍了他们进出呢，合着反侦查半天忘了摄像头了，这也不符合逻辑啊！"安喆继续补充道。

董浩楠挠挠头，这一改变方向，他还真有点转不过来这个弯，他摸出香烟来，"安哥，烟，我出去抽啊！我得先自己捋捋思路。"

"喂……"林蕾的电话再次响起，是毒化室打来的，"好的，谢谢您！"

"结果出来了？怎么样？"安喆语气迫切地问。

"嗯，血里乙醇是 17mg/100ml，碳氧血红蛋白的浓度是 13.8%。安老师，这……"林蕾被这样的结果弄迷糊了，这说明了什么呢？

"死者生前喝过酒毋庸置疑，但是碳氧血红蛋白怎么解释？碳氧血红蛋白的浓度是 13.8%，说明死者生前吸入一氧化碳。之前他们考虑的是死者一刀毙命，之后火才烧起来，如果是那样，死者就绝对不可能存在吸入一氧化碳的情况。况且死者死亡的地方是个开放的空间。即便火烧起来也多是充分燃烧的，哪里来的那么多一氧化碳？再换句话说，如果着火了，能逃跑却没逃跑，这又说明了什么？"林蕾好像自言自语，又好像在问安喆。

"你想明白了是不是？"安喆看着林蕾表情严肃地问。

"不完全……"林蕾皱眉，"可是，为什么没有试切创？如果是自杀的话不是通常都有试切创的吗？不是应该在创口周围见到死者尝试自杀时留下的较浅的伤痕吗？"

"是，这个也是我之前没有往自杀这个方向想的原因！"安喆坦白，"多年的经验证明，很多自杀案件在尸体上的确有这样的规律。自杀的人也许是一下子下不了决心，或者没有一下子成功，都会在打算自杀的部位留下试刀的伤痕。但是，世间的事情无绝对，'往往有'，而不是'一定有'，对吧？一个人如果求死的心意决绝呢？！"

"嗯……这种可能完全是可以存在的！"林蕾沉吟，但是她想起四处奔走查找线索，大概连饭都顾不上吃，觉也顾不上睡的侦查员兄弟们，想起她刚刚信誓旦旦要为死者申冤告慰亡灵的决心，她心里升起一股怨怼，"那死者为什么要这么做？"

"那得问你董哥了！"安喆答道。

"真有可能是自杀？"过了烟瘾仍然没有挦清思路的董浩楠应声冲了进来，"安哥！我们那边已经有点迷失方向了，求您给指点迷津啊！"

"刚才毒化的结果也出来了，根据目前所有的情况，我的分析是死者在北侧的屋里自己点着了煤气罐，可能因为火小还是什么原因，他一没被烧死，二没被一氧化碳毒死，或者他有意为之。他又跑到了南屋的床上，死意决绝地扎了自己一刀，一刀毙命，干净利落！"安喆想了一下，"这是唯一能够解释体内含有那么高碳氧血红蛋白的原因了！"

"我的妈啊，自杀咋整得这么麻烦啊！感觉跟照着脚本自杀似的！可是我怎么心里还老觉得是个案子呐？哥，应该是别人杀了他的啊！"董浩楠疲倦地用手搓了搓脸，还是心有不甘。

"这就靠你们了，你们要搜集犯罪嫌疑人有罪的证据，不是也得搜集他们无罪的证据吗？看看死者有没有自杀的动机吧！"安喆看着董浩楠，平日嘻嘻哈哈的董浩楠此时也是满脸沉重与严肃，毕竟案情的走向的确是他们都始料未及的，现在一丝一毫的疏漏都可能影响最后的判断和侦查方向的开展。

"好的，现场发现了死者的一个电脑，之前还没恢复过来，我去催催，看能不能发现什么有用的信息！"董浩楠打起精神，准备离开，"看来我们的工作得朝死者这边开展了……"董浩楠正要走出房间，被林蕾一声吼给叫了回来。

"不用了，你们看看这个算不算是自杀的动机！"林蕾朝他们两个人晃了晃手机。

原来某报社记者挖掘出了死者的生平，现在已经在网上、微信圈里大肆地传播开了。

林蕾点开，给两个人念着："死者林启航，地道的荆安人，'文革'后的第一批大学生，毕业后成为一名出色的工程师，25岁和青梅竹马的妻子结婚后就住在案发地，那是死者单位的福利分房。家有一子，高大英俊，从小学习成绩优秀，一路直升到清华大学。可是天有不测风云，林启航50岁的时候在一场交通肇事逃逸中失去了挚爱的妻子和儿子，无法用言语形容的悲哀拖垮了他的身体，三年的时间高血压、糖尿病纷纷袭来，因为流不尽的眼泪，让他双眼的视力也越来越差。但是他依然不甘心，他提前办了退休手续，每天守在肇事路口，寻找肇事逃逸的司机，因为当时现场条件以及肇事车无牌照等原因，警方也没有找到肇事司机。"林蕾突然想起现场看到的兰花、三个人的合影……家里所有温柔的迹象，原来是死者恋恋不舍地保持着妻子和儿子在世时候的样子啊！

董浩楠和安喆也都从自己的手机里看到了同样的文章，原来这林启航没有从这致命的打击中走出来，他的情绪越来越差，他除了去找肇事车，回家就是抱着影集，一遍又一遍地翻看着照片，那里有他全部的爱，有他曾经幸福的人生。

而林蕾也没有猜错，家里的一切确实是林启航精心维护的，尽管他的身体各种不适，他仍旧每天都会照顾好妻子生前最爱的几盆兰花，还有墙外的爬山虎和牵牛花。这个大老爷们开始伺候那些花花草草，竟然也弄得繁花锦簇，满室生香，他总觉得是天上的妻子在看着，是他们的爱在浇灌着这些花草。还有儿子那些最爱的航模、车模，他每天都擦擦抹抹，把它们摆到儿子相片正对着的南墙边，今天换个地，明天挪个窝，让儿子每天都能看着他亲手黏合的东西，每个模型都有他们父子两人通力合作的深情回忆啊。

拆迁启动了，起初他也同意搬迁的，但是因为这块地方有着他们一家人最珍贵的回忆，所以他总是犹犹豫豫的在签和不签之间来回反复！

林启航知道早晚都是要搬的，只是想能多住一天就是一天。但是他的这个态度使得拆迁办意见很大，为此拆迁办的干事和他大吵了一架。就这样，林启航成了钉子户，断水断电断气儿，他也想尽办法在这里生活着。直到有一天，林启航换了煤气罐回来，发现家里的南墙没有了，妻子留下的爬山虎和兰花被压在凌乱的碎砖下，奄奄一息；而那些靠墙摆放的儿子的模型也都成了碎片，不能复原。而到底是谁推倒的南墙，拆迁办的干事发誓赌咒地说不知道，还拿出了明确的不在场证据……派出所也没有捋出个头绪。

"真是一个悲惨的老人……"董浩楠叹息着，合上手机看向林蕾和安喆。

这时的林蕾已经眼含热泪，她觉得林启航太可怜了，在她的认知里没有什么比失去亲人更可悲的了，更何况是曾经那么相亲相爱的一家人。但是她极力地克制住自己的情感，因为她记得刚才安喆对她的质疑和谴责。

安喆看着林蕾努力眨着眼睛忍住眼泪的模样，心里有些愧疚，其实读到这样的故事，任谁心里都会有所起伏的吧，即便见惯人情冷暖的他也觉得同情和悲哀。刚才他对林蕾的批评让他有些后悔，他真的不知道自己做得是对还是不对。

这时董浩楠的电话响起，他没有怎么说话，只是在放下电话后，嘱咐林蕾："你登上我的邮箱，他们那边把恢复的一部分聊天记录传过来了。"

侦查组的同志们恢复了林启航电脑里的部分资料，那是一个叫"失独老人"的自助群。林启航多数的发言是愤怒的，充满了对肇事司机，对推倒南墙的黑手的愤怒。他说他想要报复，因为法律没有办法惩罚压根找不到的肇事司机，也没有人能够帮他为那面充满感情的墙讨回公道。可是，就在出事的前几天，林启航的发言却有了明显的变化，他的发言中更多出现的字眼是"累了""打算放弃了""要去寻找妻子和儿子了"一些言辞，群友还纷纷劝慰他……

要找的动机找到了，三个人沉默不语，董浩楠先起身离开，说是看看能不能找到一些群友，落实口供。

安喆也拖着疲倦的身体回到只有他一个人居住的住所，今天的案件让他感受到林启航这个男人对于家人的眷恋和炽热的情感。这种感觉让孑然一身的自己感到分外孤独，他第一次感觉到房子里空空荡荡的，安静得让人窒息。他忍不住会想，林蕾现在干什么呢？一定是在父母身边撒娇呢吧？一定在跟父母讨论感叹这样离奇的案子，又或是说说自己跟着冷酷无情的老师学习有多委屈吧！

安喆叹了口气，闭着眼靠在沙发上，与父母相处的感觉对于他来说，已经是记忆中都很难挖掘出来的了。安喆的父母在他很小的时候因车祸身亡了，安喆是姑姑一手带大的，前两年姑姑也因病故去了，安喆彻底成了一个无依无靠的孤儿。

他环视自己的房间，整洁、干净，没有一丝杂物和凌乱。想想他之前看到林蕾摆着护手霜、零食、书本、各色文具的办公桌，他还觉得这个姑娘真是邋遢。现在他看着这个太过干净的房间让他感觉像是样板间或是宾馆，是的，没有家的气息！没有林蕾那乱糟糟的办公桌带给他的那种慵懒温馨的感觉！

怎么又是林蕾？安喆摇摇头，大概是良心在谴责自己，不应该对这个小徒弟这么苛刻！他凝视着墙壁上的一张合照，那是一张安喆与一个女人的合影，这是房间里唯一散发出一点点温暖浪漫气息的东西。照片上安喆坐在一片草地上，身边的女人头向安喆这边倾靠过来，脸上是自信、甜蜜的笑容，而他们身后是国外大学常有的高大古老的北美风格建筑。

突然安喆直起身，原来他享受的安静在此刻竟然变得有些难以忍受。他打开唱片机，机器里缓缓流淌出歌剧花腔女高音娓娓动听的歌声，音乐声中他笔直地坐在餐桌的椅子上，仿佛入定了一般，一动不动，任凭女高音的声音绕梁，将那饱满的情绪塞满整个房间。安喆眼中是照片中那个青丝飞扬、弯眉含情的女子的脸，慢慢地那张脸变成了林蕾，安喆急忙又甩了甩头，走进厨房开始准备一人食的晚餐。不一会儿，安喆端出一碗面条，整齐的菜码、油亮喷香的酱料，看得出手艺应该是非常不错的。他端坐着，静静地吃着面条，耳边是歌剧茶花女选段，高昂欢乐的咏叹调……

此时的林蕾确实如安喆所料，在父母的面前陈述着一天的经历。林启航的遭遇让她分外动容，更加感恩上帝让自己的父母安康、阖家欢乐，所以回家后也分外地黏着林爸和林妈，竟然像小时候一样，成了爸爸妈妈的小尾巴，爸妈走到哪儿自己跟到哪儿，弄得老两口有些无可奈何，却又笑得合不拢嘴。而此时此刻的林蕾，竟然也在想着冷面的安老师在干什么呢？孤身一人的他是享受着那份安静吗？会不会也想着自己呢？

而这天夜里，林蕾躺到床上辗转反侧，她拿出手机，翻看着那位记者贴出来的全家福，照片里的林启航笑得那么慈爱，眼眸中的幸福让人那么容易就感受到了。然而一个逃逸的肇事者，妻儿的突然离去，彻底打垮了这个男人，"哀莫大于心死"，这一刀是老人内心中极大的解脱吗？他嘴角上那一丝微笑，是看到他日夜苦念的妻儿了吗？林蕾忍不住在心中默念："林启航，你这个悲伤的男人，你魂安了吗？"

第五案
陨落的少年

　　人家说刑警当久了，人的情绪会变得灰暗，因为每一天都是与各种各样的刑事犯罪打交道。而法医当久了呢，你每天看到的是各种各样死去的人，接触的是一具又一具冰冷的尸体，留下的却是一个又一个用生命演绎的警世恒言，而最先看到这些故事的正是法医和他的战友们，他们的内心一次又一次受到触动、震惊和反思。因此，法医是对生命有最多体会的一群人，他们更加懂得活着的意义，更加懂得生命的价值，更加珍视每一个太阳升起的日子……

　　安喆就是典型的珍爱自己生命到严苛的人，谨慎的饮食、规律的运动、刻板的生活方式，让他几十年如一日保持着良好的身体状况。睡前读书，早上雷打不动地按时起床，做早餐、吃早餐，简单地整理好家务后，他拉开自己的衣柜，里面整齐地悬挂着从周一到周日的服装。即使留宿单位值班，他也会把贴身穿的衬衣、T恤带好，每天都会更换。这在警察这个行当里绝对算得上是变态的洁癖了。而如此良好的习惯却让安喆备受女同事们的欢迎，很多女同事自嘲还不如安喆干净讲究呢！安喆清清爽爽地走出门，坐进驾驶室，系好安全带，发动了车子。安喆如同一块做工精良的瑞士手表，外观得体，设计精密，让人赏心悦目又踏实安心。

这几天一直都很平静，林蕾除了跟着安喆开了几次案件研讨会，竟然还有时间参加了一个公安部组织的培训。连续两个夜班一个现场都没有，林蕾觉得大概自己已经不算新人了！

中午在食堂，林蕾、安喆、齐大红坐在一起吃饭。齐大红看着吃得不亦乐乎的林蕾，忍不住调侃道："小丫头可小心啊，我看咱食堂的伙食是分外对你的胃口啊，这两天小脸儿都圆了啊！"

林蕾下意识地摸摸自己的脸，有吗？这么明显？不过还是有可能，之前太辛苦，不值班都有事，一有案子经常有上顿没下顿的，所以她已经学会了能吃的时候尽量吃！不过她立刻又怨念起来，自己这饭量上来了，案子跑哪儿去了？她盯着慢条斯理吃饭的安喆，"安老师，这几天怎么这么清闲啊，一个现场都没有呢？！"

安喆连忙把右手的食指放在嘴唇边，示意她"不要说话"。林蕾慌张地闭嘴，她不知道发生了什么事情。

还没等安喆开口，齐大红放下筷子，大声地笑道："小丫头，你今天是要给你师傅揽活儿啦！"

"啊？"林蕾不知所措地看着齐大红笑开花的脸，不知道这"揽活儿"是什么意思。

齐大红看着林蕾的样子，越发觉得这个小丫头可爱，解释道："知道当法医最忌讳的是什么不？就是念叨！你瞅着吧，你们班儿今天一准儿有事儿！"

林蕾听完，松了一口气，原来是因为自己问了怎么没现场这句话啊！这有什么的啊，她才不相信呢！她还大大咧咧地跟齐大红顶嘴："齐处，您可是搞自然科学的，怎么还迷信这些？！"

林蕾的话音未落，安喆的电话赌气似的响了起来。这突如其来的声音把林蕾吓了一跳，瞬间感觉被什么魔法镇住了一样，紧张起来。

齐大红跟林蕾做着口型："来了吧！"

撂下电话的安喆静静地看着林蕾，把林蕾盯得发毛，不得不小声地问安喆："安老师，咋的啦？"

安喆手里把玩着电话，叹了口气道："借您吉言，出现场吧！"

林蕾挠挠头，看着偷着乐的齐大红，再看看几下吃完晚饭的安喆，有些内疚，同时也觉得神奇："还真是邪门儿！这世间竟然真的有这样离奇的事情？！"

"死者是一个女孩儿！"安喆上车后简单地跟林蕾交代了一下，林蕾刚想再问问，看到安喆专心致志开车的样子，却什么也没问出口。一路上两人无语，自从上次的案子后，林蕾就觉得两人之间的气氛有些奇怪。安喆对她的态度不像以前那么冷淡和排斥，但是却仍旧疏离。她再次挠挠头，也不知道自己的探测天线是不是坏掉了。

现场位于一个比较高档的商品房小区内，安喆和林蕾停好车走进小区，不远处可以看到游泳池、羽毛球馆，还有一个小小的花园，周围进出的人们大都是儒雅的知识分子模样。

安喆径直向 3 号楼的 12 层走去，直到楼道的尽头，门口堆满了人。安喆跟痕迹组的同志打了招呼，大概了解了一下情况，痕迹检验人员已经开展完自己的工作，固定了证据。安喆和林蕾便安心地踏进了现场，林蕾探头望了望，这户人家的户型应该算是小区里较差的一套了，无论是房子的面积、朝向都是不太好的。

安喆和林蕾两人一前一后地走入现场，一眼就看见正对门的一间屋子的床上，一块白布覆盖下一具身躯小小的、细细的人形。一个女人呆坐在客厅的沙发上，神志恍惚、目光空洞地望向远方，嘴里叨唠着："女儿啊，你要去哪里啊？你要的辅导书都给你买来了，你看看是不是你说的那种啊？"

林蕾看了看安喆，她害怕安喆会像上次一样要求清场，那样的话，这个母亲会不会更受刺激。安喆看了一眼那个女人，也看到了林蕾的目光，他什么都没有表示，就直接进了放着尸体的房间。

林蕾紧跟其后，后面的女人突然又开始说话："我问卖书的，你这是首师大版吗？我要首师大版的，你怎么给的我苏教版的呢？卖书的被我训得说不出话来！"林蕾忍不住回头看向她，突然沙发上的女人刚才悲伤的神情完全消失了，脸上又有了神采。

林蕾正觉得奇怪，女人又突然脸色一变，五官扭曲，又开始号哭起来，

"女儿啊……女儿啊，你这是怎么了啊？你快起来学习啊！"

董浩楠迎着林蕾疑惑的目光也走进了现场，他先于他们到达了这里，刚才去向邻居了解了一下情况。他向一名女民警示意了一下，女警马上起身搀扶着死者的母亲朝里面的另一间卧室走去，"您先冷静一下，我陪您去里屋休息会儿。"

安喆看到董浩楠走过来，停下本来已经弯下去的腰。董浩楠小声说着，林蕾也赶快凑过来听："今天早上孩子妈妈带着孩子刚去报了辅导班，因为辅导班的学习资料还没有买齐，妈妈回家后就让孩子在家先学习，自己到书店给孩子买资料。前后大概出去了不到三个小时，回来时妈妈打开房门就发现孩子倒地不动了，打了120，但是没有救回来。唉！"

安喆和林蕾颔首，董浩楠退出房间。安喆开始戴上手套，林蕾则小心翼翼地掀开铺在尸体上的白布，猝不及防地一张青春洋溢、稚气未脱的少女的小脸儿就这样闯进了她的眼帘。林蕾瞬间失了神，怔在那里，她再去看这张陌生的小脸，却突然变成了白婷婷的脸，青紫肿胀，没有一点儿生气！那个长久以来折磨着她的噩梦现在就出现在林蕾的眼前。

林蕾双腿一软，一下子瘫坐倒在地上。安喆看到林蕾摔倒，本以为又是她莽莽撞撞，却不想她双手捂着脸，不住地颤抖着……

安喆直觉不对，他扶住林蕾，只见她眼睛瞪得大大的，却似乎感觉不到她的呼吸。安喆瞬间有些慌乱，他掐着林蕾的人中，狠狠地叫着她的名字："林蕾！林蕾！林蕾！"

林蕾的眼睛里慢慢地有了神采，她大口喘着粗气，汗水和泪水一并向下淌。

安喆一脸担忧，问道："怎么了？林蕾，哪里不舒服吗？"

林蕾也回到了现实中，眼神依旧有些茫然，"安老师，我……"

董浩楠闻声跑过来，看见林蕾异常苍白的脸，惊呼道："哎呀，妹子怎么了？是不是没吃饭啊？低血糖了？"

林蕾摇了摇头，想站起来，可是双腿却瑟瑟发抖，她又坐回地上。安喆赶快架住她，顺着她的劲，注视着她的表情，慢慢地把她从地上扶起来，董浩楠及时递过来一张椅子。

"林蕾，你休息一下！"安喆拍拍勉强能够坐好的林蕾，虽然林蕾的状况让他十分忧心，但是现场的工作容不得拖沓，他示意董浩楠留下。

安喆弯下腰，独自开始检验着死者的尸表情况，"孩子面色有些青紫，眼睑紧闭，眼角边还有隐约的泪痕。孩子颈部还能看到比较宽的擦伤带，有些皮革样化，所以在孩子白皙的皮肤上非常明显。"

林蕾仍然没有完全从刚才的错觉中缓过神来，她仍旧非常惊慌和恐惧，可是她知道自己需要清醒，需要理智。她狠狠地掐住自己的大腿，看着墙壁上的一张全家福合影，女孩子腼腆地笑着，林蕾心中一遍又一遍地默念着："她不是婷婷，她不是婷婷。"

安喆回头看了一眼林蕾，看她还是明显的魂不守舍，心里有些着急她到底怎么了，却也知道这不是问话的合适时机。他叹了口气，轻轻地掀起孩子的眼睑，"孩子的球睑结膜可见密集的出血点，舌尖也在齿列间，这是典型的机械性窒息征象。"安喆边检验边向董浩楠解释着情况。

林蕾听着心头一紧，女孩子的妈妈从出门到回家一共不到三个小时的时间，这个小女孩到底经历了怎样可怕的三个小时啊。

董浩楠有些惋惜道："老安，这女孩子叫李晴雨，今年15岁，是个好学生呢！在市里有名的重点初中读书，品学兼优，一直是班里的学习委员，老师们都说孩子特别的乖巧听话，就是身体不太好，经常请病假。"

林蕾在董浩楠的介绍中渐渐地回过了神，眼神在房间中搜索着，突然房门处放着的一个还没有拆封的快递引起了林蕾的注意。林蕾颤颤巍巍地站起来，戴上手套，走过去轻轻地捡起快递，问董浩楠："董哥，这个快递是什么时候送来的呢？"

董浩楠走过来，看了看，"嗯，我也是刚才注意到这个快递，好像随手扔在门口，还没有打开，一会儿问问她母亲，看看有没有可疑。"

安喆已经完成了初步的检验，也从房间里走了出来，轻声问林蕾："好些了吗？我这里看完了，咱们可以回去了，还有很多工作要做。"

林蕾点了点头，他们一起走出了房门。当他们走出楼门，林蕾仰起脸，让肆意挥洒的阳光尽情地晒在脸上，仿佛在吸收着这一点点的热力，驱赶身体里的寒意和恐惧。

安喆停下脚步，看着林蕾仰头享受阳光的样子，脸上细细的绒毛竟闪着金光，他关切地凝视着她，心里好像在探究眼前这个女孩子到底是怎么了？

林蕾感觉到安喆的目光，有些不好意思，朝着安喆笑笑说："让安老师见笑了。咱们快回去吧！"

法医解剖楼内，安喆和林蕾已经换好了隔离服，死者的尸体已经送到，安静地躺在解剖台上。林蕾站在解剖台前，手里拿着解剖刀，李晴雨的尸体就在自己的手边，可她无论如何也无法下刀，因为这个女孩儿还这么年幼，才15岁呀！同样15岁的白婷婷的脸又浮现出来，那种恐惧无助的感觉又卷土重来……

安喆看到林蕾的手不住地颤抖，汗水大颗地滚落。安喆一把握住她的手，从她手中把刀拿了下来，问道："怎么回事儿，林蕾，你今天怎么这么反常？"

也许是安喆的口气里没有了往日的冷漠和质疑，只有浓浓的关心，林蕾抬起眼，就在安喆面前，抑制不住扑簌簌地流下眼泪，她有一吐为快的冲动，可也还维持着理智，只是哽咽地说："安老师，今天这台我是做不了了，对不起，我现在非常不舒服，我想休息一下。"

"好好，别哭，没事儿，你先休息一下，等我做完了，去看你。"安喆安慰道。

林蕾默默地换下隔离服，转身走上楼去。

安喆看见林蕾慢慢地上了楼，他才开始了解剖工作。以往一旦开始工作他就会专注、忘我到仿佛整个世界都安静了，眼前只有寻找真相这一件事情。他会放下所有的私心杂念，没有任何的个人喜好和倾向意见，这是他多年法医工作培养起来的良好素质和习惯。但是今天，他不得不几次晃晃头，把林蕾失控的模样从脑海中赶走，克制住自己想一问究竟的冲动。

对于每一具尸体，如果没有经过解剖，没有经过与死者的沟通和交流，任何推断和猜测都是不算数的。而每一次解剖安喆都觉得自己是面对面地与死者进行着深刻交流，仿佛死者站在他的眼前，向他讲述着自己的遭遇和不幸。此时，安喆好像在问这个无辜的姑娘，在那三个小时她经历了哪些可怕的事情。

安喆看着李晴雨的尸体，十几岁的姑娘已经开始发育了，但仍然是瘦小、稚嫩的。除了颈部可以见到一条清晰的勒痕，犹如一把 U 型的车锁紧紧地卡住了李晴雨的颈部，左侧小腿和膝盖部分也有一些擦蹭伤。稚嫩的小脸上虽然没有损伤，却因为颈部的那道束缚，血液回流不畅而透出青紫的颜色，上面还散存着一些点状的出血点。舌尖也顶开了牙齿，露在唇外。

安喆默默地开始一下一下刮去死者的头发，看到一缕缕青丝落下，安喆突然觉得有些愧疚，他想：妙龄少女大概最在乎的就是自己的外表了吧，如果她还活着是绝对不能允许自己的头发被剪短一寸的吧？安喆被自己的这种想法吓了一跳，他感觉到自己渐渐地受到了林蕾的影响，开始不自觉地用她的思维和视角看待法医这个职业，而这些会不会影响自己长久以来冷静的判断呢？他稳定了一下情绪，让自己的心慢慢地静下来，静下来。

安喆仔细地检查着孩子的头皮，完全没有损伤。然后用刀沿着耳尖的方向经过头顶到达另一侧的耳尖，拨开头皮……仍旧没有损伤，目前基本上可以排除头部损伤的可能了。不过仍要开颅，法医工作是要做到排除所有致死的可能，一切检验的结果都要作为证据固定下来。

硬脑膜外没有出血，硬膜下也没有出血，脑组织完好，这一切都在告诉安喆，孩子的颅脑损伤彻底排除了。安喆重新一针一线地把李晴雨的头皮缝起来，每一次的缝合对于安喆都好比一次庄严的仪式，这也是他给自己定的规矩，划开的地方一定要以最好的效果缝合好，这个规矩从他还在医学院上学就树立起来了，因为只有这样才是对死者的尊重，对家属也是莫大的安慰。

头部的检验是非常费力的工作，安喆突然想起来上次林蕾做完头部开颅检验后，手累得肌肉一直痉挛，不受控制地哆嗦，竟然吃饭时连筷子都拿不住，最后还是食堂阿姨好心地给了她一把勺子才勉强吃完饭，林蕾还信誓旦旦要练出大力金刚指呢，结果这次她却没在。

安喆继续把胸腹腔暴露开，心脏外膜、肺脏外膜点状出血，这是内脏的典型窒息征象。完成胸腹腔各个脏器的检验，安喆又把视线回到颈部，将颈部的肌肉一条一条地分开，果然不出所料，多条肌肉都有出血症状，死因非常明确——缢死!

缢死是很笼统的说法,是怎么形成的?有没有外人参与?安喆又反过来仔细地观察着孩子脖子上的索沟,平行稍微上行。如果凶手从背后勒住孩子的脖子,由于凶手身高原因,稍微向上提拉,造成这样的索沟是可以解释的。如果凶手把孩子吊起来,索沟也可以是这样的。孩子当时是清醒的吗?安喆反复地观察着,不断地在脑子里重现着当时的场景。

解剖室墙上的挂钟一圈一圈地转动着,解剖工作进行了三个小时,安喆终于完成所有的工作,解剖、记录、照相……安喆抬头看了看时钟,时间已经是晚上8点钟了。他洗了澡,换了衣服,出门买了一些粥和点心。在经过超市门口的时候,他看见一家卖巧克力的商户正在搞活动,一个可爱的洁白的毛绒玩具熊憨态可掬地坐在那里,眼神呆萌可爱。不知道是哪里,安喆觉得和林蕾很像,他果断地买下来打算安慰一下他受惊的女徒弟。

安喆付了钱,正要离开,销售的小伙子跑过来说:"大哥,熊是赠品,您的巧克力还没拿呢!"安喆心里想:"也不知道这个牌子林蕾喜不喜欢?管他呢,总之甜品多半女孩子是喜欢的。"

安喆轻轻地敲了敲门,没人回应,门没有锁,他轻轻地推开林蕾的宿舍门,只见林蕾趴在桌子上,好像是睡着了。安喆走过去,站在林蕾身后,他看见林蕾黑瀑布一样的长发披散在背后,头枕在左手臂上,手臂下面是一个笔记本,她应该是在记日记吧?安喆心里嘀咕着。这情景让安喆有点不知所措,他决定悄悄地撤出去,有什么事情,明天再说。于是,他把小熊玩偶放在床上,把带来的东西轻轻地放在了桌子的一角,拿起旁边林蕾的外套盖在她身上,打算悄悄地走出去。就在他马上要走出房门的时候,身后传来了林蕾的声音:"安老师,情况怎么样?"

安喆回身返回,坐在林蕾对面的椅子上,"吵醒你了吧?解剖做完了,女孩子没有被性侵。"安喆仿佛知道林蕾最想知道的问题一样,直接告诉了她。

林蕾又是泪往上涌地说:"是吗?这样我真的安心多了。"

"另外,女孩身上没有明显的打斗伤,没有约束伤,皮外伤只是在孩子左侧小腿和膝盖部分有一个擦蹭伤,是生前造成并且形成时间不长。死亡原因很明确，是缢死。"安喆继续补充道。

安喆轻轻地拍了拍林蕾的后背，想以此止住她的眼泪，却不知道说什么好，只能干巴巴地开起了玩笑："你们女孩子哪里来那么多的眼泪啊，这一天得喝多少水才够啊？"

林蕾一听，果然破涕为笑，"我知道警察这一行最不相信的就是眼泪，可是我真的是比较容易哭的人，真是对不起了，我会改的！"

安喆轻声地叹道："没什么，警察也是人；女警也是女人，这些都没有关系。就是我想知道你到底是怎么啦？解剖这也不是第一次做了，以前也没有发现你有什么特殊的反应，为什么这次反倒好像第一次上解剖台一样呢？"

林蕾压抑了许久的倾诉欲，终于在此刻像洪水般突破了闸门。她也不知道为什么，眼前的安喆是她这么多年来唯一想倾吐的对象。也许是因为安喆本身就是她认为最棒的法医，有着丰富的办案经验，一定能为白婷婷的事情出谋划策；又或者是因为安喆态度的转变，让她有了倾诉的愿望，她特别希望眼前这个男人能够帮她分担一些，这么多年来只能她一个人默默承受的不可承受之重。

林蕾慢慢地讲述了自己在解剖台上仿佛看到了童年时失踪的好朋友的事情，并且把 15 岁那年生日的经历告诉了安喆。她告诉安喆，她总是觉得婷婷的失踪因她而起，婷婷是恨她怨她的；她想当法医就是希望能够靠自己的专业知识找到婷婷，活人也好、尸体也罢，她要知道事情的真相，给牵挂白婷婷的白父白母一个结局，这也是自己唯一能帮助白婷婷的方式。可是她没想到自己连看到类似年龄的小女孩都会惊恐发作，不能控制，她不知道什么时候才能实现这个想法。

面对林蕾的倾诉，安喆静静地聆听着，他的心里泛起了一阵阵的心疼。他这才恍然大悟，这个纤细的女孩子，如此坚定地要做一名法医，不是为了猎奇或征服欲。而她乐观的表面下，却压抑着这么深沉的痛；她弱小的身躯里，背负着如此沉重的使命。这些年她一定过得异常辛苦吧。

安喆觉得"不是你的错"这类的安慰是最苍白无力的，他不想说；或者"林蕾，你一定能够找到白婷婷"之类的也都是骗人的鬼话，他又如何能够保证！安喆从不愿说任何违心、违反事实的宽心话，但是他也同样不知道什么样的话语能够安抚眼前这个视他如救星的女孩儿。

许久，安喆用淡定又坚决的语气说："你不再是一个人在战斗了，还有我！所以不要再害怕什么了，一切都会好起来的。"

安喆想转移林蕾这种不安的情绪，指给她看那只大白熊，"你喜欢它吗？买熊还送巧克力呢，也不知道你吃不吃这个牌子的，反正是送的，你不喜欢就给喜欢吃的人吧。"

买熊送巧克力？林蕾看着明显有些窘迫的安喆，感觉到说出心里话后如释重负般的轻松，笑着回答："喜欢！我最喜欢这种毛茸茸的玩具了！谢谢安老师，您真是细心。"

安喆看到林蕾的笑脸，突然有些感动，还是笑脸更适合她。下午那样绝望、失神的模样，他希望永远不要再看到了！他本想大哥似的拍拍林蕾的头，但是伸出去的手又缩了回来，内心暗暗下了决心，"一定要帮她赶走梦魇！"他第一次对林蕾展露了真诚的微笑，说道："也请林老师不要嫌弃，以后我也叫你林老师吧，我们互为老师如何？"

林蕾震惊地看着安喆的笑脸，这是她第一次感受到被安喆接受，她真的是开心极了，开心到说不出话，只是咧着嘴大大地点点头，安喆才放心地离开了她的房间。

天刚蒙蒙亮，董浩楠就将侦查方面的情况通报给了安喆："安哥，我们走访了所有的邻居，对面房间的李奶奶想起来孩子她妈出门的这三个小时期间，好像听到了急促的敲门声。李奶奶之所以特别有印象，是因为那种声音一般都是送快递或者送外卖的人敲门的声音，那么没有礼貌、理直气壮，恨不得把死人都敲起来的大声。"

安喆沉吟："就是林蕾现场发现的那个快递？也就是说，在妈妈离开的三个小时内有快递员曾经登门送货，女孩儿开了门？你们现在怀疑什么？快递员作案？"

董浩楠的声音中也透着疲惫，打着哈气，估计是严重的缺觉，甚至是彻夜未眠，"我们现在的确是这样推测的，至少说明确实有别人进出现场的机会。但是安哥，咱们也都看了，现场没有翻动的痕迹，孩子没有被性侵，

117

犯罪的动机是什么呢？"

安喆皱着眉头，追问道："那快递员找到了吗？"

董浩楠说："还没有，正在继续找。您也知道这个行业人员流动很大，现在又马上过年了，人可能已经不在荆安了呢！"

"我想再见一见孩子的妈妈。"安喆说道。

这时候林蕾推门进来说："安老师，我也去。"

安喆坚定地点了点头。

李晴雨的妈妈从出事后就住进了医院，突然的丧女之痛把这个女人击垮了。安喆、林蕾和浩楠来到她的病房，希望她重新讲述一下发现女儿的情景。

"我开门的时候，就看到女儿躺在地上，一动不动，我叫她，她也不应我，我赶紧把她抱起来，以为是她突然得了什么病。然后我就打了120，没有多久120来了，他们告诉我孩子已经死了。"说到这里，女人痛苦地流下两行热泪。

"是您打电话报的警吗？"林蕾柔声地问道。

"嗯，120的人说，这孩子死得不明不白，必须要警察来看的，所以我就报了警。"女人回答道。

"您看到孩子的时候，孩子就是躺在地上的？"安喆追问。

"是的……"女人回答道。

"有没有发现什么绳索之类的东西呢？"安喆又问。

"没有……"女人露出了疲惫虚弱的样子。

这时候，护士推着小车走了进来，对着林蕾他们说："病人该吃药了，你们如果问完就赶紧回去吧，病人也该休息了。"

"我是真的累了，想睡一会儿了……"女人恳求的目光投向林蕾他们。

"快递是谁拿进房间的？"董浩楠追问道。

"我不知道，我回家的时候快递已经放在房间角落的地上了……"女人闭上眼睛，一副显然不想再作答的样子。

"好的，谢谢您的支持，您好好休息吧，我们就回去了。"安喆起身告辞。

"您好好休息！"林蕾和浩楠告别道。

回去的路上，浩楠问安喆："安哥，你是不是发现什么不对劲儿了？"

"现在还不好说……"安喆严肃的表情，若有所思。

三个人都沉默不语，好像各自按照自己的逻辑推断着什么。

"DNA方面没有什么发现吗？"林蕾问。

"特别奇怪的就在这里，没有任何DNA方面的收获！孩子提到的所有的混合分型，都符合她妈妈的……"安喆回答道。

"孩子没有被约束，没有明显的打斗伤；房门是好的，没有破门而入；到底什么样的人可以通过房门进入现场，不留任何足迹、指纹、DNA，一招毙命地勒死一个15岁的姑娘，又悄然从房间出去，消失在人流中呢？而且没有财物的丢失，没有性侵女孩子！他为什么要这样做呢？"董浩楠显然觉得自己进入了死循环，不能自拔。

"我要再看一看孩子的尸体！"安喆突然说，好像他发现了什么线索一样。

林蕾和浩楠都向他投去探索的目光。

回到法医中心，天已经开始擦黑儿了，安喆急急地朝着解剖楼后面的一个入口走去，林蕾在后面紧跟着，安喆突然回过头来问："你敢下去吗？"

"您是说尸库吗？"林蕾问。从林蕾来法医中心还真的没有去过尸库。平时都有尸库的管理人员帮助做好尸体的抬送和储存工作，法医是不需要自己进出尸库的。而且女孩子在这里总是会受到一些照顾的，即使是一些特殊原因需要下到尸库，也没有人要求林蕾这个新人挑战这个被外人称作"阴气太重"的地方。

今天安喆突然问到林蕾，林蕾二话没说就紧跟着安喆进入了大门。

"安老师，您是有什么线索吗？您要去看什么呢？"林蕾问道。

安喆想着那天自己开始检验，心里一直惦记着林蕾，以至于忽略了在头脑中闪现的一丝疑惑。他果断地掏出自己的门禁卡，刷开了尸库的第一道门，来到电梯旁，嘴里答复着林蕾："下去了再说。"

林蕾走进电梯，发现电梯是那种巨大的，类似商场里货梯的样子，长有2.5米左右，宽也有1.8米左右。电梯非常干净，但是从开关门的反应来看，是有些年头的老式电梯，就是你按下指令，它要花费很长时间才能做出回应，好像在和一个年迈的老人聊天，反应慢，还不保证答为所问！

林蕾认真地观察着电梯，安喆关了几次门，都没能如愿，也许是心急的原因，他反复按了好几次关门按钮，门终于缓缓地关上了。电梯里最简单的日光灯发出刺眼的白光，这种灯光把人脸照得苍白一片，毫无血色，徒增一层恐怖紧张的氛围。安喆按下了 B3 的指令，这部老爷电梯开始晃晃悠悠，发出怪响地运行了，感觉过了很久，电梯停在了 B2 层。门自己离奇地缓缓打开了，安喆急急地又按关门按钮，门又吱吱扭扭地关上。林蕾这时才后知后觉地感觉到一丝紧张恐怖，背后一阵一阵的发寒。她努力安慰自己，这里是尸库，温度就是要低的，冷是正常的，正常的。正当她一个劲儿地给自己打气的时候，电梯毫无征兆地"咣"的一声巨响，突然停住了，电梯里面也瞬间黑了下来。电梯的轿厢还好像悬在半空一样的自由晃动了几下。

内心的恐惧和突然的黑灯变故，让林蕾不自觉地"啊"的一声尖叫起来。

安喆一边按照记忆的方向摸索着反复按动按钮键，一边嘴里安慰着林蕾，他实在是害怕林蕾的惊恐又会发作："没事儿，没事儿，林蕾，别害怕啊！"

林蕾蹲在地上，她慢慢地睁开眼睛，发现眼前一片黑暗，伸手不见五指，此时她以前读过的恐怖小说、看过的恐怖画面中最恐怖的镜头都出现在眼前。她想起上次齐处说尸库里存着大概有 100 多具尸体，现在不知道是不是哪个不安分地跑出来了？她觉得一定有什么东西进到了电梯里面。

安喆打开手机电筒，找到林蕾蹲着的地方，借着光看到林蕾惊慌地紧闭着双眼，不自觉流下来的泪水。安喆心里一紧，今天这姑娘受了多少惊吓啊？他一把抓住林蕾，想给她一点安慰。

林蕾好像沉浸在了自己的恐惧中，被安喆的一抓吓了一跳，反倒好像遇到鬼一样，猛地推开，尖叫连连。

安喆抓住林蕾的肩膀，用手机照着自己的脸："是我，是我，林蕾！是我。"他小心翼翼地把林蕾拉到身边，轻轻地拍着她的后背，"林蕾，没事儿，没事儿啊！林蕾，不要害怕，还有我在这儿呢！"

林蕾慢慢地平静下来，借着微弱的手机光看清了安喆的脸，她好像抓住救命稻草一样，抱住安喆，"安老师，我害怕……是不是有什么东西进来了？"

安喆能感觉到林蕾的手冰凉冰凉的，这姑娘真是给吓坏了呀！他只能继续轻拍着她的背，声音温柔道："好了，好了，没事儿，哪里有什么东西！"

他一边安慰林蕾，一边开始拨打指挥中心的电话，但是手机一格信号都没有，电话根本拨打不出去。安喆脑子飞快地分析着这到底是什么情况。他举起手机，借着微弱的光亮观察着电梯的内部，林蕾仿佛长在他胳膊上一样，死死地抱住他的左臂，不停地发抖。她跟着他的脚步四处挪动着，仿佛只要一撒手就会被什么东西拉走似的，她刚开始还双眼紧闭，不敢直视周围的黑暗，可是脑子里还不停地出现"丧尸""贞子"这样的东西方功力深厚的鬼魂形象。于是她索性睁开眼，看着黑暗中手机微弱的光亮下安喆的脸，这才觉得呼吸顺畅了些。

安喆检查了半天，电梯应该是卡在了 B2 和 B3 之间的地方，他试着用手掰了掰大门，纹丝不动，应该是突然断电的问题，这个是没有办法解决的了。安喆知道这部电梯是中心安装的第一部电梯，也是最老的电梯，电梯既没有安装紧急电话，也没有摄像头，这里可以说是整个尸库的死角，他们只能等待有人发现并前来救援了。

电梯里的温度越来越低，安喆明白，他们必须要经历这样一个尸库电梯奇妙夜了。他低头看着身边这个瑟瑟发抖的女孩子，心里越发心疼和担心起来：这个职业真的不是很适合女孩子啊，自己也是，就不应该让她跟着下尸库，否则这小丫头也不用受这样的折磨了！这反反复复的惊吓，不会把这小丫头吓出毛病来吧？！

安喆扶着林蕾坐在地板上，自己紧紧地靠着她，希望身体上的热度能够让她感到安全和温暖，他还细心地把自己的外套披在了林蕾的身上。为了让林蕾安心，安喆开始故意找些轻松的话题和林蕾聊天，他零零散散地讲了很多自己小时候淘气，惹得姑姑生气的事情。林蕾这才知道安喆其实是个孤儿，想着自己这么多年被父母百般呵护、万般宠爱地长大，她觉得安喆真的是太可怜了。可是从另外一方面来说，在这样的环境下，安喆能够做出现在的成绩，更加令林蕾敬佩不已。

深冬的夜晚，尸库的电梯里，一对男女在这种处境下聊着童年趣事，恐怕全天下也只有法医才能有这种独特经历吧。林蕾眼中，这个男人已经不是当初那个百般挑剔和"歧视"女法官的霸道前辈了，而是一个事业上建功立业，生活上健康阳光，并且能够让她安心聊起陈年往事的铁哥们儿。如果说爱情一定要有一个渐进的过程的话，林蕾的一颗少女心已经悄悄地倾向于眼前这个男子，一切就是那么自然、美好、悄无声息。

因为太冷，他们并肩坐在地板上，靠着电梯的墙壁，安喆讲着讲着，大概是这一天下来实在是累了，就那么靠在墙壁上睡着了。在这个男子身边，林蕾内心的恐惧平静了下来，她看着熟睡的安喆，想了很多事情，也不知不觉地睡着了。

直到第二天，尸库的工人要下库工作才修好了突然断电的电梯。当工人打开电梯轿厢的时候，看见两个熟睡在尸库的人，着实惊讶。安喆从刺眼的灯光中看见眼前仿佛站着一个人，正在好奇地看着他们，淡定地问："是人是鬼？"

"哎呀，是安主任吗？我是老谢啊！"工人赶紧回答。

"老谢啊，快帮我找个大衣来，我们在这儿冻了一宿了！"安喆没有起身，怕弄醒了靠在他身边的林蕾。

"哎，好！你等着啊！"老谢反身出去了。

安喆叫醒林蕾，"冻着了吧？"十分关切地问，"冷不冷？"

林蕾鼻子一痒，忍不住打了两个喷嚏，"我没事儿，安老师！"说来也奇怪，这一宿林蕾竟然连什么妖魔鬼怪的梦都没有做，结结实实地睡了一宿好觉，除了冷点竟然没有什么不适。

"安老师，您还没有说到底到这里来是要看什么？"林蕾随着安喆站了起来，伸伸胳膊，扭了扭腰，竟来了精神。

"一会儿你先回宿舍洗个热水澡，好好睡一觉。我自己下去看看，等你休息好了咱们再说！"安喆嘱咐道。

"我先陪您看完了再说！"林蕾满血复活了，一点也没有了恐惧的意思。也是，有这样酸爽的尸库夜晚历险记垫底，估计那些莫须有的"恐惧症"早就康复了，并且没准从此生出了免疫力，以后也不会再犯了。

　　安喆接过老谢递过来的大衣，果断地披在林蕾身上，启动了电梯，径直来到尸库门前。安喆刷卡，大门启动，林蕾眼前豁然开朗，好大的一间房间！四面墙壁全部码放着整齐的尸柜，安喆查看着尸柜上的号码，一直走到存放李晴雨的尸柜前，他戴上手套，打开柜门，拉出隔板，拉开尸袋，认真查看着。他先看了孩子的双足，然后翻动尸体，看了看背部，最后检查了小腿和大腿，果然自己的记忆没有错。虽然尸体经过冷藏之后有些发红，但是仍然能够看出大腿和小腿整个的颜色都偏暗，与腹部和上肢的颜色相比，更像是紫红色。

　　"孩子的母亲没有说实话！"安喆自言自语道。

　　"为什么呢，安老师？难道是孩子的母亲害死了自己独生女儿？"林蕾惊呼道。

　　"林老师，你这奔逸的思维也要有证据的支撑才行！"安喆看着林蕾一脸的惊恐笑道。

　　"嗯嗯，安老师批评得是！"林蕾有点不好意思了，"可是您是怎么知道孩子的妈妈没有说实话的呢？"

　　"我问你，尸体最早期的现象有什么？"安喆没回答反而发问。

　　"尸斑和尸僵啊！"林蕾反射性地回答。

　　"对，那你看到什么了？"安喆看着林蕾，眼神里有期待也有鼓励。

　　"天啊！"林蕾恍然大悟，不敢置信地睁大了双眼。尸斑是直接对应死亡发生时尸体位置的尸体现象，一般出现在尸体的低下部位，并且没有受到压迫处由于血液坠积形成的。如果死亡后时间的间隔长，那么尸斑就固定了；但是如果在短时间内移动尸体导致尸体的位置产生变化，那么尸体上会诚实地显露出转移性的尸斑。而李晴雨的尸斑竟然在下肢最为明显，背上也有，说明了她的尸体被移动过！

　　"你看，尸体显然是被移动过的，从尸斑的情况看，应该是从站立位移动成平躺位置，那么问题来了，这样做的动机是什么呢？"安喆进一步提出疑问。

　　"所以您认为是孩子妈妈把孩子从站立位置移动成平躺位置的，那么就是说妈妈回来看见孩子的时候，孩子应该是竖直的状态，只有这样才能在下肢形成这种较为固定的尸斑！然后她才拨打的120！"林蕾描述着现场的情况。

当安喆、林蕾、董浩楠三人再次出现在医院的时候，李晴雨的妈妈已经全明白了，她知道自己对现场的伪装并没有逃过法医的法眼。

原来，李晴雨的妈妈打开房门的时候，她被眼前的一幕惊呆了，只见女儿吊在房间墙壁的一处挂钩上，脖子上是一条书包带。李晴雨妈妈一屁股跌坐在地上，她明白，女儿自杀了。她赶紧抱住孩子，把孩子放平躺在床上，当120上门的时候，她迅速地将书包带藏了起来。从此就再也没有说发现孩子时是吊着的，一直声称是她发现孩子倒地呼之不应，才拨打的120。

"她为什么要这么做？"林蕾十分不解，孩子自杀了，为什么要遮遮掩掩的？

"遮丑还是愧疚？"董浩楠也皱着眉头，说实话他也不怎么理解这孩子母亲的做法，"这李晴雨妈妈是个公务员，据家人和同事反映，应该说是从小到大都是个非常要强的女人，从小她就希望通过优秀的成绩、拔尖的表现获得家人及老师、同学的重视和认可，让别人另眼相看。进入公务员队伍后，她积极工作，努力进取，但是并没有得到提拔和重用，这让她非常失望。所以我觉得，当她有了孩子以后，她把所有的心思和希望寄托在了女儿身上，虽然工薪阶层，但是她在孩子教育投入上从来不吝惜，她带着女儿年复一年、日复一日地往返在各个兴趣班、辅导班。晴雨小小年龄就已经钢琴过了9级、跳舞芭蕾过了6级，同时学奥数、学作文，周末几乎没有娱乐和休息的时间！"

"这么厉害？"林蕾感叹，想想自己的童年跟晴雨比起来真的可以算是一事无成了吧？"不过这晴雨也真的是挺乖的，挺刻苦的！"

"也不尽然吧，我觉得晴雨这孩子只不过是压抑着，不知道什么时候会爆发而已。她妈自己都说，随着孩子一点点长大，孩子开始不喜欢和她交流了；上了初中以后，也不像小学时候那样服从她的安排了。有几次因为母女意见不一致还大吵过，晴雨也逃过课，但是都被她妈妈及时发现并送回了辅导班的课堂。"董浩楠想想晴雨那张排得密密麻麻的作息表，心里都是一阵阵的寒意。

"也是，小时候就是得玩嘛！这孩子基本就没玩过吧？"林蕾撇嘴。

"这还不算夸张的呢！李晴雨她妈要求李晴雨必须保持班里前三名的成绩，如果掉下来一名，就多买一套辅导书。李晴雨她爸说，她妈嘴上常说多刷卷子、多做题才是硬道理！"

"这也太夸张了吧！"林蕾忍不住叫起来，她自己是放养大的，小时候考试考不好自己哭鼻子，父母从来不多说一句，反而会安慰她，她无论如何也想不到还有晴雨妈妈这样的家长，这简直是斯巴达克斯呀！

"妹妹，我跟你说，这还不算什么呢！据晴雨的爸爸和奶奶说，这孩子基本上全年无休，每天睡眠不足六小时，他们俩都认为有些过了，但她妈妈却始终认为这是正常的，还老用吃得苦中苦方为人上人这样的话教育晴雨的爸爸和奶奶。我觉得吧，在她妈妈的眼睛里，孩子的学习已经不仅仅是学习了，也不是孩子自己的事儿了，这整个一个她的战场，还是一场不能输的战斗！"董浩楠说得直摇头。

"那孩子死亡那天到底是怎么回事？"安喆问道，一个花季少女不堪压力自杀这样一个概念太让他震惊了。

"哥，你知道啥叫不堪重负不？"董浩楠学安喆挑眉，"我跟你们说，我听了头都大了！出事那天晴雨妈妈又给女儿加报了两个辅导班，两个哟！这相当于什么啊，就是本来周末的下午五点可以下课回家，但是加了这两个辅导班，这课就要上到晚上八九点钟啦！而且那几天晴雨一直都在生病，低烧反反复复的，老是好不了，晴雨就明确表态说现在已经吃不消了，不想再增加辅导班数量了。"

"他们家就没人帮帮这个孩子吗？"林蕾觉得晴雨好可怜，对自己的生活一点控制的能力都没有，而家里其他的大人就这样任凭她的母亲焦虑症发作？

"都不同意啊，但是她妈真的是魔怔了！"董浩楠声音也提高了八度，"这个晴雨爸爸说了，他这次也不同意再报班，其实之前几次他也不同意，但是晴雨她妈就跟他吵，一吵就说他怕给孩子花钱，什么不能输在起跑线上，什么不要阻挠女儿的未来！全都是这些上纲上线的话，就事发那天两个人还大吵一架呢，孩子爸爸说不过她妈，就摔门出去了。"

"我估计这两口子过不下去了！"安喆叹了口气，有些沉重地说。

"可不是么！这爸爸抱着我嗷嗷哭，说自己怎么就没为孩子据理力争？！大老爷们儿哭得我心里直发酸！奶奶也埋怨自己儿子，说就应该把孩子送到她那边去，说孩子命苦，最后娘俩儿抱在一块哭！"董浩楠直搓脸。

"唉，真的是！"林蕾也有些唏嘘，"这是怎么回事呢，父母本该是最爱孩子的呀，应该是孩子的避风港，也是孩子的灯塔，怎么变成了孩子的枷锁呢？"

"唉！据快递小哥说词推断，那天大概也就是晴雨她妈出门一个多小时的样子，快递小哥到他们家送快递，说屋里的孩子问是什么东西，他回答大概是书吧，挺沉的。我估计当时晴雨就崩溃了，所以她当时让快递小哥将快递扔在门口！是扔啊！我估计她内心已经极度烦躁了，但是估计后来还是给拿了进来，省得她妈回来再说她呗！"董浩楠摸出手机，递给安喆，"看，这算是晴雨写的遗书，她妈给藏起来了！"

林蕾也探过头去，只见学生用的横格本上，几个大字"我太累了！"，这几个字完全没有女孩子的娟秀，反而是一种愤怒，像是在泄愤的感觉。

"还有这个！"董浩楠把手机屏幕往左一划，"就是这个书包带，李晴雨就用这个书包带上吊的。她妈最后说的，这是她上辅导班用的书包！还有后面那张，就是那天她回来的时候看见倒在孩子身体下面的木凳子！"

"凳子这么窄，可能孩子没踩稳，还摔了一下，这样说腿上的伤应该就是这么来的了。"安喆指了指照片上窄小的凳子面给林蕾看，就是家里面放花盆的那种花架。

"这么窄啊！"林蕾看了看，"不过也是，毕竟是个孩子，这个才够高！"

"是啊！估计也在家里寻摸了半天呢！"董浩楠附和道。

"你说这晴雨专门用上辅导班的书包自杀，是不是有些报复的意味？或者说是明志的味道？"林蕾突发奇想地问。

"我也有这个感觉！"董浩楠点头，"都没有什么别的想说的话了，这孩子，就是觉得累！"

三个人都觉得有些沉重，一个年轻鲜活的生命就这样逝去，还没有体验过生活的乐趣、美好，也没有经过真正的大风大浪，就这样夭折在学海无涯中。更可怕的是，给这个孩子带来无尽痛苦的不是别人，而是本该最亲密的母亲！

三个人走出办公楼，荆安的夜色下，院子里的路灯照在"魂安"石碑上，静谧、安详，林蕾抬头舒展一下酸疼的脖子，竟然看到天上的星星熠熠发着光，这令林蕾特别兴奋。安喆也不禁随着她的动作抬起头，久久地凝视着，感受着荆安的夜独特的魅力。林蕾还拿出手机对照着手机里的一个小软件看是什么星座，林蕾不亦乐乎地对照着、指点着，董浩楠也咋咋呼呼地跟着林蕾在那儿摆弄。

"咕噜咕噜……"安喆本来饶有兴致地看着两个人指认星座，谁都不服谁，免不了一阵斗嘴，可一阵十分不斯文的肚子咕噜声打断了他。

"不是我啊！"一阵尴尬的空白后，董浩楠哈哈大笑起来，看着林蕾，小丫头个儿不大，动静可不小。

林蕾红着脸嘟囔："这个又不是我能控制的……"

安喆看了看林蕾，眼前这个女徒弟在路灯的映衬下囧得发红的小脸非常可爱，他笑了笑说："我这个师傅不合格，一直也没有请你吃过一顿饭呢，走吧，今天我请客。"

林蕾看见安喆洁白的牙齿和红唇好看的弧度，忍不住又花痴了，心想：合着他也有不面瘫的时候，笑起来很好看！真是传说中的笑颜杀呀！

"安老师，我觉得您笑起来老帅了，您以后能不能赏脸多笑笑啊？"林蕾贼兮兮地试探着，"您要是多笑笑，我工作热情和效率都会空前高涨的！"

安喆看着林蕾给点阳光就灿烂的样子，有些好笑，但着实不能再给她市场了，这丫头绝对能上天。他淡淡地瞟了她一眼，林蕾识趣地缩了缩脖子，嘿嘿地自己偷着乐去了，安喆知道这丫头还是有些怕自己的。

"对呀！"董浩楠勾住林蕾的小脖子，"安老师多请我吃几顿饭，我也会工作热情和效率空前高涨哒！"

"我才不跟你同流合污呢！"林蕾甩开董浩楠的大膀子，蹭到安喆身边。

"嘿，你个小叛徒！"董浩楠继而勾住安喆的肩，"安老师，请我们吃什么呀？我看旁边新开了家茶餐厅，要不安老师就破费破费，请我们吃顿吧？"

"德行！"安喆嫌弃地甩开董浩楠，径直走向了董浩楠心心念念的茶餐厅。

新装修完的茶餐厅里，林蕾和安喆都点了老板极力推荐的黑椒牛排套餐，两人相对坐着，董浩楠在门外接着电话，没了他的插科打诨，两人一时不知道说点什么好。

老板是个有些年龄但是风韵十足的女人，非常得体的中式小袄，精心盘起的发髻，细长的珍珠耳坠，都和环境极好地浑然一体，那么温馨雅致精美，她的存在本身就是这家餐厅的文化符号。

她不解地问安喆："这么好的夜晚，带着女朋友吃饭，来点红酒才更配牛排嘛！"

"我们不是……"林蕾忙解释道，不知道为什么却红了脸。

"哦，还没有表白吧，可是我们的红酒真是非常不错的，有助于谈恋爱哦！"老板半开着玩笑说。

安喆看着老板，认真地说："真的不用了，谢谢您！"

老板袅袅婷婷地走远了，林蕾紧张地看了安喆一眼，没有说什么。

突然，她怯怯地冒出一句来："安老师，您总这么加班加点的，师母没有意见吗？"

安喆许久没有搭茬儿，过了好半天，他声音很是低沉："我离婚了，哪里来的师母。再说了，咱们这种传帮带徒弟是老刑警留下来的传统，还师母！"

"哦，对不起，我不知道您离婚了。不过师傅还是师傅，呵呵！"林蕾赶紧道歉道，这是第一次明确地了解到安喆是单身，林蕾心里着实是挺开心的。

"不用道歉，这有什么啊，荆安人离婚的多了，又不多我一个！"

门当唧一声被推开了，董浩楠大大咧咧地走进来，招呼着："嘿，就一点事儿，啰唆起来没完！给我点餐了吗？"

"点啦！"林蕾觉得这个大老粗真是煞风景，本来典雅的西餐环境他一来立马变成了卤煮调儿，"牛排，跟我们都一样！"林蕾毫不犹豫地接过话茬儿。

"这还差不多！算哥哥我平时没白疼你！"董浩楠开心地用胳膊肘捅捅林蕾，"聊什么呢？继续啊！"

林蕾接话道："聊安老师呢，嗯，不对，聊前师母呢！"林蕾想起安喆关于师母的反驳，笑了笑特意强调了一下。

浩楠露出吃惊的表情望向安喆，"呦，什么情况？聊了些什么，透露下！"

林蕾看安喆没有回答的意思，小声咬着董浩楠的耳朵："没有，我才知道安老师离婚了，正说到这里你就闯进来了。"

董浩楠十分不真诚地反省道："怪我！不过话说回来，当初安老师和蔺老师，就是你前师母，那也算得上法医中心出名的神仙眷侣啊，郎才女貌、才高八斗、夫唱妇随、双剑合璧……"

安喆提着桌子上的餐刀做出一个封喉的动作。

董浩楠立刻摸了摸自己的脖子，双手合十，给安喆作揖道："好好好，我闭嘴。"

林蕾听着浩楠的赞美，心里酸溜溜的，但是她又很好奇，这样美好的感情、这样般配的伉俪，怎么就分道扬镳了呢？她掐着董浩楠的胳膊，压低声音问道："为啥离婚了呢？哥，讲讲。"

董浩楠偷眼看了看安喆，假装咳嗽了几声，然后低着头边滋溜滋溜地喝着开水，边咬着牙关说："打败安老师的不是时间和感情，而是美帝的频频秋波啊！"

林蕾瞬间愤慨了，什么情况，敢在法医队伍里虎口拔牙，一把拍在桌子上，"美帝是谁？你们一帮刑警就容许这个叫美帝的挖了墙角？"

安喆始终默默地听着，他突然发现，现在再谈起这件事情的时候，他能非常平静的好像听着别人的故事一样，不再有那种撕裂的疼痛感，时间真的可以平复一切，包括最令人难以接受的事实。

"她去美国学习，然后留下了，所以就离了。"安喆低沉的声音响起，平静得有如月夜照耀下的深海。

可是林蕾就是感觉到了，即便这片月夜下的大海表面看起来平静，可是海底仍然翻滚着波浪。安喆是在压抑自己吗？还是无助到极致的无奈？抑或是已经习惯了孤独？林蕾突然想起安喆无亲无靠，孑然一身，自己感同身受地被一种从没体会过的巨大孤独感包围，泪水一下子涌上了她的双眼，她努力地控制着自己的情绪，默默地低下了头。

现场一阵寂静，只听见邻桌的客人轻声的交谈和杯盘碰撞的声音。这时候服务员适时地把三人的食物端了上来，董浩楠高声地对服务员说："来瓶红酒！今天咱们也违反一回纪律，放纵一次！……"

三个人都喝了点儿红酒，酒的确是好东西，尤其对于压抑情感的人来说，喝了点儿红酒之后，三个人显然放松了很多，聊的话题更加热闹起来。

董浩楠问林蕾："安老师已经是过来人啦，妹子，以后你想找个什么样儿的妹夫？"

林蕾喝得小脸红扑扑的，"啊？我没有想过，因为我要完成一件事情，这件事儿对于我来说非常非常的重要，嗯，必须完成。"说完，傻笑着回问道，"董哥想找个什么样子的嫂子呢？为啥还不谈恋爱呢？"

董浩楠叹气，"工作了这么多年，仇杀、情杀、谋财害命就是我每天最兴奋的事情，每个案子都是一个谜，我兴奋地找出结果，但是往往结果都非常令人失望，总结一下就是欲望、自私和贪婪。可是当案子又来了的时候，我又抑制不住地追下去。不知不觉就已经过去这么多年了，自己的事情我反倒没有什么时间考虑，可能时机还没有到吧。"

安喆默默地啜饮着，目光柔和地看着眼前的一切若有所思，又好像什么都没有想，只是默默地听着他们说话。突然他接了一句："感情来了的时候，你是无须分辨就会知道，如果一定要靠一些理由才能说清楚，那就不是爱情。"

董浩楠赞叹地抬起头说："老司机啊，就是一语中的啊！"

林蕾呵呵地笑着，"嗯！"大大地点头表示赞同。

夜色柔和美丽，人们儒雅谈笑，举杯往来，一派令人陶醉的祥和富足的光景。三个人在这夜色中，在这柔光魅影中愉快地聊了很久很久，这一切都给刚刚加入法医工作的林蕾留下了深刻的印象，仿佛这可爱的岁月静好的氛围是给她一直以来现场、解剖台以外的一场气质不同的入职礼物。

第六案
复仇的树林

"08，08，我是指挥中心，昌北十三陵水库附近山里，有村民报案称，在树林中发现人的肢体，请你单位立即赶往现场，并协助昌北分局开展工作。"会议室中，大家本来热切地讨论着李晴雨的死，法医室里的爸爸们开始吐槽现在的孩子的教育问题，电台突然响了起来。

"08，收到！法医安喆、林蕾即刻赶往现场。"安喆拿过手台，果断地答复着。

林蕾本来听大家讨论听得昏昏欲睡的，一听到接报信息立刻困意全无，两眼炯炯有神地看着安喆道："这就过去吗？"

安喆想了想说："等我给昌北分局法医打个电话，问一下大概情况和具体地址，咱们直接过去。"

安喆拨通电话，昌北分局的同志简要地介绍了一下情况。原来，昨天下午村子里面一帮半大小子偷偷地组织起来，要到村子外边的一片小树林里探险。这帮孩子打赌谁先找到传说中的宝藏谁就获胜，结果其中一个孩子跑着跑着被什么东西绊倒了，他想拔出腿来，却拔不动，回过头来一看，只见几根人的手指头从土地里伸出来，绞住了他的裤腿。他再往不远处看，好嘛！从土里还伸出半只脚，感觉有个人正在挣扎着要从泥土里钻出来一样。那小子吓得一声惨叫，拼命挣脱了那只手，鬼哭狼嚎地往外跑。小伙伴们也顿时吓得四散奔逃。被"抓住"的那个孩子回家就发起了高烧，他的家长听着孩子断断续续的描述觉得不对，就赶紧报了警。

安喆和林蕾迅速地从中心出发，路上安喆的电话铃声响起，他按下免提键，董浩楠的大嗓门立刻从听筒里传了出来："安哥，到哪里了？"

"快了，导航上显示还有两公里左右……"安喆瞥了一眼导航，淡定地答复着。

"哥哥，您快点吧！这回咱们摊上大事啦！"董浩楠夸张的声音又传来。

"好好说话！每次你都是说摊上大事儿了！"安喆没好气地怼他，心想，"跟你小子在一起，就没遇上什么好事儿！"

"哥，我们现在已经发现了两个头骨了！两个！"董浩楠强调着，"我们也问了，这地方几十年前就是荒地，最近十年开始种树，所以不应该有坟地这么一说，哎哟，真是摊上大事了啊！哥哥，你快来吧，就等您给个方向了！"

安喆心里明白如果是刑事案件的话，一次发现两具尸体，抛尸在荒郊野外，侦查方面的压力的确会非常大，他安慰道："我们马上就到了，已经看见你车了，你先淡定！"

"不止一具尸体？"刚才董浩楠的鬼哭狼嚎林蕾一字不落全听见了，心里也有些紧张。

"嗯，据说是两具。"安喆沉吟，"准确地说，可能是尸骨！"

"拼过一副完整的骨架吗？"安喆突然发问。

"没有啊！"林蕾惊呼，有点心虚地坦白道，"而且我的《法医人类学》也才刚刚读了一半！"林蕾显然有些慌。

"没事儿，实践才是最好的老师，书上写的看半天都不如让你亲手拼一副骨架！"安喆安慰着林蕾，"是不是又有考试前复习不到位的感觉啦？一会儿考考你，看看能不能及格。"

"安哥，林妹妹！"看见法医中心的车过来，董浩楠就屁颠屁颠地跑过来，满头大汗，"你们可算来了！"

"怎么回事儿？咱们现在都知道什么？"安喆问道。董浩楠也算是老刑警了，这么紧张看来确实不容乐观。

董浩楠咽了口唾沫，急不可耐地开始介绍情况："这块地实际上是个三不管地界儿，位于两个村子中间，也没什么经济价值，您看这地处两山中间，阳光照不进来，总是阴森森的。据说平时也就是胆子大的村民谈恋爱会找个僻静的地方。偶尔会有城里人来这野个炊，不过也都是在林子边上，不会往里走。昨儿个隔壁张村的四个熊孩子搞什么探险寻宝，往林子深处走，然后就踩到了'骷髅'，吓得连滚带爬地跑回家，家长报的警，却也不知道具体的位置在哪儿。这不，总队叫了警犬支队来支援，这会儿正一寸一寸的地毯式搜呢……"

"你说已经找着两个头骨了？"安喆问。

"对，估计是埋得浅了，虫子吃完了肉，土也拱松了，风一吹骨头就露出来了。痕迹组的同志也满世界找，看还有没有土被铲动过的痕迹。"

"林蕾，走吧，把防毒面具带上，估计一会儿好闻不了！你多拿几个尸袋跟上来吧！"安喆嘱咐着，顺手操起沉重的勘查箱径直往林子里面走去。

"哦，好！"林蕾眼含感激地看着安喆提着箱子远去的背影，徒弟提箱这好像是法医行业不成文的规矩，不会因为你是女性就特殊的。因为法医这一行认为，如果你连勘查箱都提不动，又怎么能胜任艰苦的法医工作呢？！林蕾知道这是安喆在默默地减轻她的负担，这段日子林蕾经常感觉到来自安喆不露痕迹的照顾，这种被照顾的感觉，让她温暖又感激。她抱着尸袋和防毒面具，心情甜蜜地跟在安喆身后。

"安哥，你看，这就是两个头骨发现的地方……"董浩楠领着安喆和林蕾从下车的地方往里走了大约两百米左右，指着土地上立着的两个黄色标示说，"根据警犬示警，这两个坑是我们刚才开始挖的，还真挖出来人的骨架，不过不知道跟这两个头骨是不是有关系。"

"我看看……"安喆利落的戴上手套，捡起地上的头骨，"1号是男的，2号是女的。"

林蕾在旁边看着，心里回忆着如何判断性别的指标、数据等等，现在全部在脑子里面成了糨糊，什么也想不起来了。

"把尸袋打开，铺在两个尸体旁边……"安喆说完就蹲下身子去看其他尸骨的情况，董浩楠他们大概怕伤着骨头，所以不敢挖得太深，幸好尸骨埋得也比较浅，尸骨上大约也就二三十厘米厚的土，尸骨上的衣服已经腐烂了，轻轻一碰就破，颜色和样式根本看不出来，所以更别想通过衣服判断性别了。

林蕾紧张地看着安喆，又想询问又担心打扰安喆思考，手上一直忙活着给安喆打下手。

安喆指着两个头骨给林蕾看，"你看，1号的额结节、顶结节比2号明显，2号的额部是不是明显比1号光滑？"

"嗯嗯！"林蕾点头。

"再看下颌，1号和2号哪个下颌角肥大更粗壮？"安喆问。

"1号！"林蕾回答，"怪不得都说女的面容比男的柔和，原来从骨头上就有如此大的区别！"

"对，你再看看眉弓，是不是1号比2号粗壮，隆起明显？"安喆比画着，看到林蕾点头又说，"还有眼眶的形状，是不是也有区别？"

"对，1号的方一些，2号的圆一些……"林蕾点头，但马上又发问道，"那躺着的这两具尸体哪个是1号，哪个是2号啊？"

"目前只能初步判断一下了，虽然说这两具尸体都没有头，但是不能主观就认为他们一定匹配，万一有第三具呢？"安喆冷静地分析道。

"所以先把原始状态拍照，然后检查衣服，看看有没有原始的破口，如果衣服都已经呈粉末状腐烂了，我们再检查尸骨，判断性别，这个顺序明白了吧？"安喆边干活边解释给林蕾听。

安喆小心地将尸体上的土轻轻拨开，尽量多地暴露出尸体的原始情况，这样也方便林蕾照相。现场的光线很暗，他几乎把脸贴在了尸骨上，近距离地一寸一寸地检查着尸骨上的衣服。林蕾看到这个情景，急忙把防毒面具递过来，安喆推开来说："不用，我习惯了。"

林蕾被眼前的这一幕感动了，她心里暗想，如果没有对死者、对正义的一份深深的责任感，又有谁愿意如此卑微地干这样一份工作呢？如果为了养家糊口，凭着安喆的学历、知识和实践经验，大可不必做这个又脏又苦的行当啊！林蕾也经常问自己，为啥一定要选择这样一份常人不能理解甚至有些嫌弃的职业呢？最初入职时林蕾还懵懵懂懂，可是此刻内心的信念无比清明——为了正义，在这短暂的人生中做一份让自己的灵魂觉得高贵的职业！

安喆抬头看了看发呆的林蕾，小声嘟哝着说：“衣服上想找什么估计没戏了，重点还是看骨头吧。”

林蕾如梦初醒地应和道：“是呀，衣服太烂了，根本分不出哪里是创口，哪里是腐败造成的破损了。”

安喆指示说：“林蕾，你去检查1号，我来弄2号，一定要把所有的骨头都拣出来，特别要留意舌骨！”

“好的！”林蕾重新戴上手套，蹲下来，揭开破破烂烂的布片，开始把骨头往外拿，她拿起每一块骨头都小心翼翼，仿佛是在挖掘出土的国宝。她轻轻抚摸，剥去泥土。林蕾瞬间有种穿越感，仿佛自己是一个考古学家似的，心底一片清明，开启未知的全新领域。面对尸骨，林蕾更加深深地体会到：皮肉终将散去，而尸骨却留下来告诉你所有的故事。

林蕾正在认真地完成1号尸体的尸骨检查工作，这时只听安喆喊了一嗓子，“林蕾！”

林蕾赶紧跑了过去，看见安喆手里拿着两节肋骨比画着，“左边的第四肋断了，断端还挺齐的，应该是锐器伤，你看看！”

“呃……看见了，明白了！哎呀，您这儿都快拼完了？！我那边还没什么模样呢！”安喆到底是把法医人类学烂熟于心的，一副骨架子已经拼凑得八九不离十。

“你看，骨盆可是个好东西，区别男女，判断年龄就靠它啦！”安喆拿着2号尸体的骨盆，“看见这个了吗？这个就是耻骨角，女的多是钝角，男的多是锐角，所以2号尸体应该是女的。”安喆抓紧一切机会教会林蕾实践知识，任凭你学历多高，学习多好，没有实践都是纸上谈兵，毫无用处。

“哦，这样啊，书上也看到过，但是没有这个直观，您一说我就再明白不过啦！”林蕾赶紧跑回自己那边，看了看骨盆，“安老师，这个1号是锐角，应该是男的！”

“好！”安喆看林蕾举一反三的神气样儿，乐了，继续现场教学道，

"看见这个断面了吗，这个叫作耻骨联合面，现在看这个面已经基本平了，没有沟脊了，还有这个腹侧斜面也基本形成了，大概三十多岁了，具体的还得回去算算，书上有个表，你看到过吧？"

"嗯！我看到过！"林蕾看着这个大约自己拇指肚那么大的一个面，却蕴含着这么多的信息，不禁感叹，"回去您算的时候好好教教我，那张表我之前看得太晕了，每个字我都认识，拼在一起根本不知道它说什么呢！"

"我那儿有本专门讲授这部分内容的书籍，上面的图示很多，你一看就明白了。"安喆边干活边带徒弟。浩楠大概又走访村民去了，竟然没有打断这堂现场教学课。

天色慢慢地暗了下来，林蕾有些着急了，尸骨七七八八的还散落在土里，离拼成一副骨架子还差得很远，由于是在林子里，有连成片的树冠遮挡，光线本就很暗，加上天光继续暗淡下来，令林蕾的工作越发艰难起来。突然，林蕾觉得眼前一亮，一束强光打了过来，瞬间，把林蕾工作的地方照得亮如白昼。林蕾惊奇地抬头，逆光看向光源，原来是安喆将现场勘查的手电高举过头顶，给她充当补充照明。

强光中，林蕾觉得眼前这个身影异常高大魁梧，正在呆看着，传来安喆低沉的声音："别急，慢慢来！我给你照着，你慢慢拼，上一百堂课，都没有来这么一回有用！现在你要保证别落下任何一块儿骨头，只要找齐了，回实验室咱们可以继续拼！"

"哦，知道了！"林蕾如同受宠的小妹妹，心里有种无比的自豪感和幸福感，加快了手下的速度，还默默念着，"颈椎 7 块、胸椎 12 块、腰椎 5 块、两块肱骨、两块肩胛骨、两块锁骨……"

安喆甘当灯柱，高举着手电，凝神看着强光下正在认真数着骨头的林蕾，一张白皙的小脸在灯光下，两颊细细的汗毛都清晰可见，嘴里脱口而出的却都是白骨的名字。

看着林蕾认真数着骨头的样子，安喆突然有些心酸，心想这个年纪的女孩子不是应该逛逛街买买化妆品，念叨着新年新款时装的吗，同样的年华，不一样的青春，又有谁知道法医的青春都是与什么相伴的呢？

"嗯，齐了！"林蕾很有成就感地宣布道，声调也不禁上扬了几分。

"好的，我跟董浩楠说一声咱们就走！"安喆关了手电，看着林蕾拍拍手，掸掸裤子，忍不住上去帮忙拍掉她后背上的尘土。

"哦，好的！"林蕾看着安喆拿出手机，拨通了董浩楠的电话。

"董浩楠，我们先撤了，光线条件不好了，我们回中心进一步检验！"安喆听董浩楠说了几句，接话道，"我们检验完了，第一时间给你个情况！"

"没有新的发现吗？"林蕾追问道，她一直担心是不是还有没被发现的尸体。返回的路上，林蕾从自己带来的大包中，掏出消毒湿纸巾、免洗消毒液，清理好自己的双手后，又从包里掏出一串香蕉，同时剥开了两根，右手举着一根自己吃起来，左手举着一根，打算喂给正在开车的安喆。

安喆有些不好意思，但是真的肚子饿了，就直接咬了下去，这是他有生之年吃到的最香甜的香蕉。

林蕾吃完香蕉，动作麻利地又掏出独立包装的小饼干。安喆拒绝道："我可不吃了啊！"林蕾又啃起饼干来。

安喆好奇地问："包里全是吃的？"

"对啊，您想吃什么？我这儿什么都有！这都是我老妈担心我吃了上顿没下顿的，硬塞给我的，今天倒是用上啦！"林蕾解释道。

安喆心生羡慕，感慨道："世上只有妈妈好啊！"

林蕾明白安喆的意思，心里很是愧疚，觉得自己勾起了安喆的伤心事儿。她明显想转移话题地问："安老师，您说这两具尸体，一男一女会是什么关系啊？这案子会不会是情杀？丈夫杀妻子和姘头，或是姘头杀夫妻二人？"林蕾充分发挥自己的想象力，很多狗血电视剧的镜头在她眼前一一浮现。

"为什么这么说？"安喆好奇地问，"又是女性的直觉吗？"

"您看，这男的肋骨都被杵断了，说明凶手下手狠啊，仇大啊！可是女的就肋骨上一个那么小的划痕，明显下手就比较轻了，这不是说明凶手对这个女的有感情吗？"

"有道理！"安喆看着林蕾兴致很高，不像以前总是想着打击她，反而鼓励道。

林蕾头头是道地说着自己的猜测，安喆却在欣赏她陶醉于分析案情的样子。林蕾越说越来劲儿，几乎把剧情都前后连接上了，让安喆既可笑又无奈。到底是新人，天真一些并没有错，也用不着使劲儿打击，不过适度地指引还是要的，于是安喆打断她的猜想，反问道："关于创口的问题，有没有可能是技术纯熟了？第一次杀人的时候觉得下刀太费力，所以研究了研究，第二次下刀地方找准了？或者干脆就是凑巧了呢？"

"呃……"林蕾瞬间从仰头朝阳的向日葵变成了低头寻思的蔫儿茄子，安喆说的两种情况确实都有可能，而且在没有证据的情况下，一切猜想都是主观臆断，毫无意义。

解剖室里灯火通明，安喆和林蕾背对背地站在平行的两个解剖台旁边，安喆低头检查 1 号尸体，林蕾把法医人类学的书干脆摆在解剖台旁边的记录台上，一边检验，一边对着书查漏补缺。

"林蕾，你过来看！"安喆基本完成了对 1 号尸体的检验，他拿起 1 号尸体左侧的肩胛骨，指着这三角形的骨头背面隆起上的一条缺损，"看到了吗？这有一处砍痕。"

"嗯！"林蕾赶紧拿起自己这边的两根肩胛骨，"我这边都没有。"

"好。"安喆又拿起 1 号尸体右侧的尺骨，指着这个细长条的骨头上两处不光滑的痕迹，"这个看到了吧，能说明什么吗？"

林蕾拿着安喆递过来的尺骨，抚摸着上面的凹槽，脑子飞快地转动着，瞬间反应过来，说道："抵抗伤！"

"正是！"安喆对林蕾迅速的反应十分满意，声音里也充满了笑意，"你那边有吗？"

"没有，我现在只发现她左侧第四肋骨上骨皮质的缺损，其他的损伤真的没有看见啊！"林蕾沮丧，"难道这不是一个凶手干的？"

"从现在的情况看，1 号尸体上的损伤主要是砍创和刺创，2 号尸体能看到的就只有刺创，是不是一个凶手咱们现在可说不准，凶手也是会学习的，就像咱们工作时候也是时而柳叶刀好使，时而尖刀好用，并不能单单通过工具来定夺。"

安喆继续推断道："1 号尸体是男性，结合着耻骨联合和牙齿的磨损情况看，死者在 37 岁左右，但是你看他的腰椎和下段胸椎都出现了唇状的增生，再结合明显与他身高相比较粗壮的股骨、胫骨，我推断 1 号尸体生前极有可能从事的是重体力的劳动，身强体健，所以肯定对于凶手来说，行凶时比较难控制。反观 2 号尸体，女性，32 岁左右，刚刚咱们也通过股骨长测算了，身高也就 156 厘米左右，对于凶手来说肯定比较好控制……"

"嗯，可惜没有软组织了，不然的话凶手采取的手段就更好判断了！"林蕾叹息道，第一次接触白骨化尸体的她，还是觉得有血有肉的尸体更加直观，信息量更大。

"不过就算是只剩下白骨，也会带我们找到凶手的！"安喆轻声安慰林蕾，也是给自己鼓劲儿。

"嗯！您说得对！这才是我们法医工作的价值所在啊！"林蕾听安喆这么一说瞬间气势高涨，满眼崇拜之情地望着安喆。

安喆突然发现自己真的很享受林蕾的这种目光，男性的虚荣心和在异性面前被崇拜的骄傲感，让他也干劲儿十足起来。

"1 号和 2 号虽然是一男一女，但是两人是有共同点的，你发现了没有？"安喆继续讲解道。

"啊？"林蕾挠头。

"你看看两人的牙齿，是不是卫生情况都不是很好？"安喆挑眉。

"咦，还真是，您不说我还真没注意！这说明什么呢？"林蕾把所有的注意力都放在找损伤、找死因上，刚刚安喆说的粗壮的腿骨、增生的脊柱，还有牙齿的情况，她看见了却没有入心，丝毫不知道这些非损伤的特征藏有更重要的信息，这就是菜鸟和大神的区别啊！

"这说明了 1 号和 2 号的社会地位都不高，1 号很有可能是农民工，2 号不好说，但是也绝非公司白领之类的身份。"

"嗯……"林蕾想想也是，忍不住看看安喆洁白整齐的牙齿，再想想从小到大父母在自己牙齿上花费的心思和金钱，瞬间了然，国外的一些书上确实是有介绍通过牙齿的整齐度、卫生情况以及修补情况来推定死者的生活环境、受教育程度、收入情况的，只不过国外牙科诊所都会有非常完备的记录档案，所以有很多通过牙齿侦破案件的成功先例，而我国目前还远远没有能满足办案所需要的信息积累。

"林蕾，你那边舌骨什么情况？"安喆手里拿着1号尸体的一个类似U型的小骨头，皱眉研究着。

"舌骨？！"林蕾一拍脑门，"安老师坏了，2号尸体这边我就没见着有舌骨！"

"嗯？怎么会没有舌骨呢？别着急！你再好好找找！"安喆看着明显慌神的林蕾，"如果这里没有那就是落在现场了，当时的现场条件不好，没找到也是正常的。如果确实没有，我们明天天一亮就返回现场，再去找找。也不一定是我们落下了，有可能是被动物叼走了，毕竟尸体埋得这么浅。而且我也只是想确定一下，凶手行凶的过程中有没有掐颈之类的动作。"

不知道是兴奋还是紧张，想到重返现场，林蕾根本无心睡眠。她随便地在凳子上靠了靠，连衣服都没有换。天刚蒙蒙亮，林蕾就回到办公室里正襟危坐，两只耳朵仔细地捕捉着楼道里的声响，恍惚间她觉得自己像是在守株待兔，只等那熟悉的脚步声响起。

林蕾从来没有像现在这样如饥似渴地学习，她恨不得自己能像哆啦A梦那样直接把书吃到肚子里去，耳朵听着楼道的动静，眼睛却仍然在法医人类学的教科书上狂吸有用的知识点，对照着解剖图谱。"书到用时方恨少"，如今林蕾读书就如同考场作弊时一样，看一眼就会如梦方醒，过目不忘地印在脑子里。

"嗒……嗒嗒……"熟悉的声音一响起，林蕾就蹿了起来，她现在已经能够非常精准地分辨出安喆的脚步，尤其是下楼的时候，非常轻快，而且节奏准确——一个一拍，两个半拍。

林蕾猛地拉开门，轻声地叫了一声"安老师早"。这一嗓子虽然声音不大，但还是明显把安喆吓了一跳，他以为他是最早起的，根本没有想到会突然蹿出一个人来。

"林老师，你起得真是够早的啊！"安喆看着林蕾明显的黑眼圈，暗想是不是应该问到底睡没睡更合适。

"不是说要复勘现场吗？"林蕾问道。

"十五分钟后出发吧！"安喆叹了口气。作为法医，因为不知道什么时候就会出现场，所以安喆一向是能吃就吃能睡就睡，只有蓄积了充沛的体力，才能更好地开展工作。可是眼前这只小熊猫显然还不知道做法医的门道，看来以后还要慢慢教育啊！

"好的！"林蕾立刻从身后拿出一个购物袋，里面竟然装的是她在办公室里种花用的小铲子、小耙子，三步并作两步跑下了楼。

也许知道林蕾着急，安喆没有等到十五分钟，就已经把车停在了楼下，"上车吧！"安喆手上拿着一个大箱子，放进了后备厢，看着林蕾疑惑的目光，调侃道，"这是我的秘密武器，一会儿你就知道了！"

安喆开着车，林蕾还在抓紧时间看手机上的人体解剖学图谱，也没注意安喆把车停下来，还以为是等红灯。

"下车了！"安喆看着还在苦读的林蕾，这丫头真是心大啊。

"啊？"林蕾惊诧，不可能这就到了呀，才几分钟的事，"车坏了？"

"吃早饭了！"安喆解释道。

"啊？还吃早饭？我的舌骨还没找着呢！您还优哉游哉地要吃早饭？"林蕾表示不解地问安喆。

"对！先吃早饭！"安喆也懒得废话了，拉开副驾驶的门，直接把林蕾拉下车，拽进肯德基的店里，不由分说地问，"吃什么？"

"猪柳蛋套餐吧！"林蕾嘴上不服气，心里却是甜滋滋的，心里暗想，"听说过霸道总裁，难道我遇上了霸道男法医？！"

"请拿两份猪柳蛋套餐，配豆浆！"安喆对着服务员客气地要求道。

"好的！您稍等！"服务员也是小姑娘，看着高大帅气的安喆，也是满脸的窃喜。

"等下！我，我要咖啡！"林蕾不满意了，怎么不问问她要喝啥？

"喝什么咖啡？女孩子家的，也不怕钙流失？"安喆瞪了林蕾一眼。

"我要咖啡，我要咖啡啊！"林蕾直接对着女服务员说，女服务员望向安喆，安喆果断地说："豆浆！"女服务员转身走了。

"不是，我需要提神啊，我困啊！"林蕾很委屈地对安喆诉苦道。

"谁不让你睡觉了！该睡觉的时间你在干什么？"林蕾词穷，安喆就是不给她咖啡喝！

安喆递给林蕾豆浆和汉堡，自己就大快朵颐起来，说实话林蕾觉得安

141

喆吃东西时最帅了，特别男人，大快朵颐型的，可是却一点也不粗俗，反倒透着那股活力和阳刚劲儿。

安喆吃了汉堡，喝着豆浆，看林蕾吃得正香，赶紧抓住机会教育起徒弟来："本来咱们的工作就不分晨昏，所以更要学会珍惜休息的时间，注意自己的身体，别到时候身体把搞垮了，想做什么都不行了，知道不？"

林蕾刚想辩驳几句，结果直接被安喆抢了话，继续教训道："知识摆在那，跑不了，就算我是科班出身，很多知识也是慢慢积累起来的，而且随时都要温故而知新。别这么心急，一口吃不成胖子，只要用心学，用心积累，肯定是没问题的！功夫，是需要一点点堆积起来的！"

林蕾不由得点头，本来满心喝不着咖啡，努力学习还被说得怨念，被一种被人关心、被人指引的温暖轻易地化解了。

"你去后座吧，能睡就睡会儿，后座有靠垫可以当枕头。"两人坐进车里，安喆嘱咐道。

"哦！"林蕾乖乖地坐到后座上，躺在后座看向窗外的天空，林蕾前所未有的安心，说来奇怪，自从来到法医中心工作，少年时期开始的睡不安稳的毛病慢慢地减轻。眼前的树梢迅速后移，仿佛有催眠的作用，不一会儿她就沉沉地睡去，一直睡到了现场，林蕾感觉到车停了，才慢慢地醒过神儿来。

"嗯？安老师，这不是昨天咱们来的那条路啊！"

"对，这是树林的另一头……"安喆看着明显还有些迷糊的林蕾，索性没急着下车，给她个时间缓缓神儿，"刚才高速上有车祸，堵得厉害，我就绕了出来。"

"哦，我竟然睡了这么久？"林蕾赶忙搓搓脸，生怕脸上有啥不妥的痕迹，可是安喆丝毫没有注意她的反应，跳下车，到后备厢拿工具去了。

"走吧，从这里到现场那边可能走得会久些……"安喆拎着他的"秘密武器"，看到林蕾也拿着自己的小铲子、小耙子下车不禁失笑，"你那家伙事儿就免了吧，还是留着刨刨你那小花盆里的土吧！"

林蕾看自己的装备被嫌弃了，也不生气，仍旧拿在手上，"别的不敢说，刨刨舌骨周围的土，这个正合适！"

安喆笑了笑，也没多说，就自己往里走，等着林蕾跟上来。

"咱们现在得走到山那头儿去，没问题吧？"安喆边走边问。

"没问题！"林蕾紧了紧勘查包的带子，越发显得腰身纤细，人也更加飒爽精神。

两人一路走着，感受着初春清晨林子里的独特氛围，地上的土凹凸不平，林蕾深一脚浅一脚跟在安喆身后。

"安老师……"林蕾突然停下脚步，吸了吸鼻子，"您闻没闻见有烟味儿？就是烧东西的那种？"

安喆也立刻站住，先前没留意的嗅觉也被林蕾唤醒了，他努力地嗅着气味儿，"是，是有点烟味……"

安喆和林蕾随即向四周望去，这个味道越来越浓郁，两人停在原地，并四下寻找着火源。

"那儿！在那儿！"林蕾小声地指给安喆看，那个方向就是往现场去的方向。

两人拔腿狂奔，跑到近处看到地上火苗乱窜，竟然是一些衣服，安喆打开手上的箱子，将里面的东西迅速地组装起来，竟然是一套工兵铲子。他快速地铲起火堆旁边的枯叶和泥土盖在上面，几下的工夫，火苗就被压灭了，他仍然没有停下，又加了几铲子土盖在上面。他迅速把林蕾拽到身边，警惕地朝四周望着，在一处灌木矮丛处隐蔽起来。

"怎么了，安老师？"林蕾感觉到了安喆鲜有的紧张。

"没事儿！"安喆嘴上说着，但是左手仍旧抓着林蕾的胳膊，右手将铁锹反手握住，"帮我给董浩楠打电话！"

林蕾拿出手机，拨出了董浩楠的电话，放在安喆耳边，"董浩楠，快点到昨天的现场。对，我们现在就在昨天现场往北大概一公里左右。对，有问题，你快点过来，最好多带点人！"

"安老师？！"林蕾也紧张了，她不知道为什么一瞬间安喆整个身体都变得紧绷了。

"没什么，我感觉咱们俩有点势单力薄，这么大的林子瘆得慌，所以叫点帮手来！"安喆勉强挤出一点笑意，"再说了，没理由大清早咱俩在这忙活，让董浩楠在家里睡觉吧！"

"哦，也是！"林蕾也乐了，可是她还是觉得哪里不对，因为安喆还抓着她没放，可她也不好意思提醒安喆。

"林蕾，你昨天晚上是不是挑灯夜战来着？"安喆突然发问。

"呃……"不是今天早上就知道了吗？还教育她来着？不过林蕾还是如实回答，"是啊，我昨天看《法医人类学》来着，及时巩固知识嘛！真是书到用时方恨少啊，这几天看书效果特别好……"

"是吗？那你背背看，从颅骨上如何区别男女的那个表！"安喆挑眉，示意林蕾开始。

"啊？"林蕾蒙圈了，饶是自己记忆力再好，也不能看一遍书就能背诵了吧？

"有哪几个指标可以区分，这个你总记得吧？"安喆假装生气地提示。

"哦，对，有额结节、眼眶、下颌角、下颌支……"林蕾掰着手指头，一个又一个地数着说完。

"嗯，不错，那从耻骨联合判断年龄的那个表呢？"安喆又问。

"那个表好细的啊！"林蕾崩溃地说，"安老师，别告诉我你都记得？"

"我是记得啊！"安喆理所当然地回答。

"骗人的吧？！"林蕾不可置信，那个表光是数字就多得吓人。

"数字我是没记住，不过每行、每列我都很清楚，不信你试试看，我看你手机上有照片……"

"那你开始说吧！"林蕾掏出手机，紧紧地盯着屏幕上的一行行小字，结果安喆竟然真的一字不差地全部背了下来。

"安老师，我跪了，真的，五体投地！"安喆说完最后一个字，林蕾脱口而出，"不对，全体投地！"还真的深深地作了一个揖。

就这样，大概将近一个小时后，突然听到树林边上有汽车停泊的声音。

"安哥！安哥！"董浩楠的声音响了起来，除了他，还有大部队行进的声音，脚踩在枯叶和断枝上，显得有些七零八落，但却无比让人安心。

"这边！"安喆喊了一嗓子，松开了紧抓着林蕾的手，刚才董浩楠的声音一到，林蕾明显感到安喆长长地松了一口气。

"安哥，怎么了？"董浩楠明显是寻着声音跑过来的，声音里带着喘息和焦急。

"不错，来得够快！等等，我先看看！"安喆直到董浩楠走到了跟前，才戴上手套，蹲下身子，刨开了衣服堆上的土，把里面的衣服一件一件地拿出来抖开，竟然有五套衣服！

"安哥，这！"董浩楠指着地上一件一件摊开的衣服，有的已经烧得破破烂烂的，有的却基本完好，上面还能看见褐色的印迹。

"你猜得没错！"安喆严肃地朝董浩楠点点头，"林蕾，你过来，看这件夹克，胸口位置上有星星点点的痕迹……"

林蕾点头。

"这应该是喷溅的血迹！"安喆拿出车钥匙，甩给董浩楠，"你找俩人，把我车上的勘查箱拿过来！"

"我去吧！"林蕾莫名其妙，虽然安喆现在比较照顾她，但是也不能照顾到麻烦别的队的人啊！

"你别去！"安喆和董浩楠竟然同时出声，最后还是安喆想了想说道，"嫌疑人可能就在附近！"

"什么？！"林蕾大惊失色，"怎么会？"

"咱们过来的时候，火明显刚起，而且我铲土的时候听见远处有脚步声！"安喆回想起那一瞬间仍然汗毛倒竖。他没说的是，他铲土的时候就看到了衣服上可疑的血迹，更没说他跑过来的时候隐约看见前面有一个人影。

"天哪！"林蕾此时一身冷汗，怪不得刚才安喆会问那些奇奇怪怪的问题，原来是为了分散自己的注意力；也难怪他浑身紧绷，原来是进入了战备状态。想到这儿，林蕾就不禁多看了安喆几眼，他紧紧地抓住自己原来是为了保护自己，宁愿什么都不说，自己担心也不愿意吓着她。

"还有，浩楠，这块儿，也就是原来火堆底下的土也有点问题，我刚才铲的时候土比较松！"安喆沉吟。

"嗯，好的！"董浩楠也一反常态，警惕地向远处查看，大概是真的感觉到了事态的严峻，他果断地从安喆的"秘密武器"箱里拿出另外一把铲子，站到安喆身旁。

安喆也没再多说话，闷头开挖，大约下挖了40厘米，安喆就停了下来，说了句："这底下有东西！"

董浩楠和安喆一起加紧了速度，一缕玫红色的土壤暴露出来，林蕾也赶紧戴上手套，拿着自己的小耙子，一点一点地刨开玫红色的土壤，一具女尸就这样显现在三个人的面前。

"天哪，这个埋了没多久吧？"董浩楠长叹一声。

"嗯，也就是一周左右！"安喆肯定地说，"咱们把尸体抬出来吧，接着挖！"

"我能干什么？"林蕾明显觉得自己帮不上忙，赶快问。

"照相！把证据固定好！"安喆指挥道，抬尸体这件事情女生还真的胜任不了。

"还挖？"董浩楠瞪大了双眼，满眼的不可置信。

"五套衣服说明了什么呢？估计还有！"安喆若有所思地自言自语，指使着董浩楠一块儿把尸体抬到坑外。

董浩楠一边嘀咕，一边挥铲，"不能吧，不会这么惨吧？"

董浩楠左边试试，右边试试，土坑的四周土质都非常实，只有下面的土有些松动，他继续往下深挖；没一会儿，他再一铲子下去时，就感觉到铲子被卡住了。他不由得气沉丹田，大喝一声，铲子拔了出来，一铲子土和一个黑绿黑绿的东西也一起飞了出来。他明显看到了什么，一屁股坐到了坑里。

林蕾在旁边看着，马上感受到了扑面而来的那股恶臭，林蕾强忍着反胃的感觉，定睛一看，"安老师，是人的脚！哇！这味儿！……"

"安哥！我的神啊，真让你说中啦！"董浩楠一骨碌爬起来，赶紧跳出了土坑。

安喆却跳下坑里，拿起铁锹，招呼着另外几个人，"继续挖！"

结果一共在这个坑里挖出三具高腐的尸体。尸体是分两次埋进来的，一次埋了两个人，在最下面；一次埋了一个人，在上面；两次之间有大概20厘米的土层隔离。

这时候，林蕾也找到了她苦苦惦记的那一小块儿舌骨，兴高采烈地向安喆报告，"找到了，找到了，没有被动物叼走！"

林蕾忙不迭地往林子边上去了，她想回车里拿物证袋儿，赶紧把这重要的证据妥善保存好。

林蕾刚走到车边上，"同志，这里头是死人了吗？"一个男人从车身后探出头来问道，这一嗓子把毫无准备的林蕾吓了一跳。

"无可奉告！请你退回警戒线以外去。"林蕾下意识地学着安喆的样子回答，她看了看离着自己大约10米远的警戒线，不知道这个男的怎么会突然跑过来问她，心里瞬间升起一股防备之意，不自觉多打量了他几眼。

"您别误会……"男人上下打量着林蕾，"我本来是想跟你们汇报点情况的。"

"什么情况？"林蕾接话儿道。

"呵呵，是这样。"男的一笑，露出一口黄牙，"我见过几男几女到这片小树林里喝酒聊天。"

"然后呢？"林蕾追问。

"然后我就听说这里边死人了！是不是真的啊？"男人打探的口气。

"你杀的吧？"林蕾不知道自己为什么冲口问了这样一句，也许潜意识中，林蕾觉得这个男人很可疑。

"没，没有啊！我哪里有本事杀那么多人？！"男人显然没有预料到林蕾突然的发问，极力为自己辩解。

"那么多人？你说是哪么多人啊？"林蕾继续着自己的判断追问。

那男人面色开始慌张了，张了张嘴好像还想为自己辩解，但是什么也没有说出来，撒腿就往外跑。

林蕾大喝一声，"站住！警察！"电光石火间一个箭步猛扑过去，反手抓住了男人的衣袖，"安老师！凶手在这儿呢！安老师！……安喆……"林蕾近乎声嘶力竭地喊叫着，手里却死死地拽着男人的衣服。

"放开我！放开！"男人拼命地要摆脱林蕾的手，林蕾哪里肯放手，一个踉跄摔倒在地，手却仍然死死地抓着男人的衣服，那男人也被拽倒在地。

闻声赶来的安喆和浩楠一行人，刚跑到林子边上，正好看到这惊人的一幕。林蕾紧抓着男人，两人揪扯着，一同倒地。

安喆当时只觉得自己心脏都快要跳出胸膛外了，浩楠大喊一声："孙子！你敢动，我就开枪了！"

那男人看见有人过来增援也急了眼，加大了挣脱的力度，眼看林蕾手中衣服的就要松开，男人掏出匕首转身刺向林蕾，嘴里还喊着："松不松开？！"

林蕾知道自己是绝对不会放手的，这会儿让他跑了，再想抓回来可就没那么容易了，好几条人命啊！这样的危险分子放走了，不知道还要残害多少无辜的人。林蕾本能地闭眼，却拼死也不放手，只觉得手被拽得生疼。没有迎来预想中的匕首刺伤的疼痛，只觉得一阵子天旋地转，有人直接扑倒在她背上。

原来是董浩楠飞起一脚直踹到那男人后腰上，那匕首应声飞出去很远，"当啷"一声落在地上。董浩楠一个飞身跪坐在男人的身上，用自己的体重控制住男子。只见董浩楠从腰间掏出手铐，小心地松开自己跪坐的左腿，从男人身下掏出他的左手迅速铐起；再松开自己的右腿，掏出男人的右手，拉到男人背部，直接一个漂亮的背铐！任你是什么武林高手，只要背铐一上也就武功尽废了。

安喆及时用自己的身体护住了地上的林蕾。

"疯了吧你！"安喆口气逼人的生硬，凶狠的目光灼灼地盯着林蕾，一把扶起林蕾，细心地检查林蕾的衣服，直到看到浑身上下完好无损才放下心来，嘴里还不停地斥责着："没长脑子么你？！真以为自己是金刚不坏之身吗？你只是个法医！你给我记住喽！抓人不是你的专业！"

"我，我……"林蕾显然是被吓坏了，两腿不停地发抖，仿佛已经不能支撑身体似的又跌坐回地面，"哇"的一声哭了出来。所有的一切都发生得太快了，林蕾纯凭下意识的本能反应，但是她也不知道自己哪里来的勇气，敢和持刀歹徒搏斗，现在想起来也确实吓得腿软。

"知道害怕了？！"安喆口气软了下来，想起刚才那一幕自己其实也是惊魂未定，他安慰着林蕾，手搭在她的肩膀上，努力给她坚实的安慰。但是，他明显地感到自己的手也在不自觉地发抖。安喆慢慢扶起林蕾，林蕾觉得脚踝一阵剧痛，又猛地坐回地面。

"崴着脚了！"林蕾带着哭腔，眼含热泪地看着安喆，心中不由得后怕，幸好这次伤着的不是脸，不然家里老妈真的会直接把她拽回家再也不许她干法医了！

林蕾哆哆嗦嗦地本想借着安喆的手站起来，却不想安喆一把抱起她，她下意识地挣扎，却被安喆喝止："别动，搂着我脖子！"

"啊……"林蕾不敢再乱动，怯怯地搂住安喆的脖子，就这样被他抱着走向勘查车。她大气儿也不敢喘，却默默地红了脸。安喆人高腿长，抱着林蕾几步就走到车跟前。直到把林蕾扶着坐进车里，安喆都没敢正视林蕾，林蕾也是有意无意地回避着安喆的目光。

安喆转身要走，林蕾一把抓住安喆，本来想要说些什么，却惊觉手下一片濡湿。

"安老师！"林蕾看着自己手上的血，顺着血迹向上再看，原来刚才不是那男人没刺中自己，而是安喆替自己挡了那一刀，"你受伤了！"

"啊？是吗？别大呼小叫的！"安喆听着林蕾的声音里又带了哭腔，马上强力制止！他是觉得手上疼了一下，但是当时大量的肾上腺素让他根本无暇分析是什么情况，只是想着保护好这个麻烦的女徒弟。但是此时，手臂的疼痛却越发深入骨髓。

"让我看看！"林蕾不顾安喆的抵抗，勉力站起来，从车里备的急救箱里拿出剪刀，不管三七二十一就剪开了安喆的袖子。

"哎！我衣服……"安喆话音未落，就被林蕾红红的白兔眼瞪得心软，无奈，剪吧。

袖子下的皮肤白皙，肉骨均匀，结实的肌肉线条体现着男性的力与美，但是一道将近十厘米的血口子刺目扎心地呈现出来，林蕾看得五脏六腑都跟着疼。眼泪瞬间飙出，她吸了吸鼻子，拿出瓶装的酒精，毫不留情地朝伤口上倒了下去。安喆疼得尖叫一声，林蕾也跟着"啊"了一声。反倒是安喆立马收声正色，嘴里不停地倒吸着凉气，边安慰着林蕾："没事儿，没事儿，就疼了一下！没事儿！"

林蕾翻了半天没有找到纱布，想了想，撩开自己的毛衣，利落地剪开了里面贴身的吊带背心，顺手一扯，齐腰的吊带背心立刻变成了时下流行的露脐短款。

安喆被那一抹白皙烫了双眼，不自在地转开脸去，手臂上的疼痛感觉愈发尖利地挑逗着神经承受的底线，林蕾轻轻地把他的伤口包裹住，然后快速打结。安喆嘴里倒吸着凉气，在酒精的作用下，尖锐的疼痛是持续的，没有一点缓解。

"安老师，您怎么样？等一会儿到了医院再重新消毒，现在必须压迫止血，希望不要伤到筋腱！"林蕾又有了哭腔，内心自责不已，因为自己的莽撞，让安喆受了这么重的伤。如果伤到筋腱，日后影响到手部的精细动作，那对于法医可是不可弥补的损失啊！想到这，林蕾的眼泪二度飘出。

"没事儿，你别多想……"安喆忍不住吸着凉气还努力安慰着。

这时候，董浩楠大声地吆喝打断了他们，只见董浩楠押送着那个男人大踏步地往回走，路过他们的时候，那个男人恨恨地盯着林蕾，安喆默默地挡在了林蕾身前。

"走吧，咱们回中心，尸体还得检验呢！"安喆转身要上驾驶位，却被林蕾一把拽住。

"安老师，我来开车！"林蕾不由分说地抢着往驾驶室蹦。

"你行吗？"安喆关切地问道，他还真不知道林蕾会开车。

"我左脚崴了，开车用右脚！"林蕾果断点头，"我大二就有车本儿了，就是这种车开得少些。"林蕾补充道。

林蕾不甚熟练地挂挡加油，全程战战兢兢，警车开出了拖拉机的速度。好在安喆也不催她，就是告诉她这种商务车和轿车没有区别，就是拐弯时多留出量就好。

林蕾慢慢地适应了车子，速度也开始平稳加快，但是安喆突然发现林蕾没有把车开回单位。

"林蕾，这是要去哪儿？"安喆看着林蕾把车停在清润医院大门口，一瘸一拐地往副驾驶这个方向走。

"带您清创缝合！"林蕾拉开副驾驶的门，一副大管家的架势，不由分说地让他下车。

"唉，哪儿至于啊？这么点小伤！"安喆有些无奈地说道，觉得林蕾有些小题大做。

"不行，必须仔细检查，您的手很重要！"说着林蕾眼眶又要红了。

"好好好！走！"安喆怕了林蕾的眼泪，在医院门口停下来，"我说林老师，您也是伤员，您也乖乖地坐轮椅上吧！"安喆从大厅找来一辆轮椅，单手推到林蕾面前。

中心领导齐大红已经接到了消息，知道林蕾和安喆都受了伤，紧张地赶到清润医院。一进门儿就看见师徒俩，一个坐着轮椅，一个胳膊上已经缝了12针，吊着绷带！简直本事大了，出了一个现场，差点两人都丢了小命。

齐大红拿手指完林蕾指安喆，一脸的恨铁不成钢，咬牙切齿了半天，憋了一句："俩熊孩子！完蛋玩意儿！我说你们什么好呢！我……"他假装着举起手要打安喆似的比画了一下。

安喆一缩脖子，和林蕾相视一笑，"哪有您这样当领导的？我们是因公负伤，您不夸奖，还要打我？！"

齐大红心疼得好像自己的孩子伤到了，嘴上却没一点儿好气，"完蛋玩意儿，把你们俩能的！你们就是法医！还打算包打天下吗？"

"都是我不好！"林蕾真诚地向齐大红检讨："是我考虑不周，害得安老师负伤。"说着眼圈又开始泛红。

齐大红赶紧安慰道："好了好了，不怨你，我只怪这个当师傅的！怎么带的徒弟！我知道你们都是好样的，但是，不许有下一回啊！必须要保护好自己，保护好队友，不能头脑一热不计后果。"齐大红轻轻拍了拍林蕾的肩膀，是告诫也是安慰。

齐大红急忙检查安喆的手，"你把手指头捏上给我看看！"

安喆不敢反抗，也知道领导是怕自己伤了神经，所以尽管一动就有些疼，还是把拇指依次和另外四指做了一遍对指。

"嗯，估计问题不大，好好养着，应该没有什么影响！"齐大红好像自己安慰自己似的说道。

"谢谢您，我没事儿，这点小伤，不会武功尽废的！"安喆笑嘻嘻地安慰师傅。在安喆心里早把这个师傅兼领导当成了自己的亲人，只是男人之

151

间没有那么多肉麻的表达方式。

"齐处，那您说说那个案子呗？"安喆有些讨好地问，这还是林蕾第一次看到这样的安喆。不过想想也正常，自己在导师面前也是撒泼耍赖卖萌啥都使过，好像在自己父母身边一样，瞬间就会变回小孩儿的状态。

"说个屁！看见你俩熊蛋我就来气！"齐处夹着手里的包，转身就要走，又拧过脸来，"我走了，你俩给我踏踏实实回家养着，好了再来！"

"安哥！林妹妹！"齐大红刚要迈步走，董浩楠的大嗓门就出现了，"呦，齐处也在呐！"

"能不在吗？！"齐大红看见董浩楠，也不管董浩楠比自己高出一个头的身高，直扑过去，假装拿着手里的皮包往董浩楠头上砸去，"你个倒霉玩意儿，也不知道护着他们！他俩是拿手术刀的，你让他们抓贼？！"

"哎哟，齐处，齐爷爷！我冤，我冤哪！"董浩楠一个大高个儿被齐大红凌乱的打法弄得无法招架，四处闪躲，一劲儿告饶，"赖我，赖我！没保护好您的爱将！"

"告诉你，要是再有下一回，你瞅着的！再别进我们中心大门！"齐大红站直了顺了顺气儿，把"运动"过后翘起的衣服整好，狠狠地瞪着董浩楠。

"必须不能，必须没下回！"董浩楠低三下四地跟齐处点头哈腰，一眼看见林蕾在后头幸灾乐祸的笑脸，实在气不过，"不过齐处，这回真不赖我，是你们家林蕾太猛了好不好！"

董浩楠的话还没说完，就被齐大红瞪了回去，"要你干啥的？还敢跟我狡辩！她是新人，要你们这群哥哥、前辈是干啥吃的！"又举起包要抢他。然后转身瞪了后头咧着大嘴看热闹的安喆和林蕾，"等你俩好了，我再收拾你们俩！"说完绝尘而去。

林蕾看着董浩楠被打得乱七八糟的头发，实在是忍不住了，哈哈大笑起来，学着齐大红的口气："你个倒霉玩意儿！"然后又看看安喆，"你个完蛋玩意儿！"

"小样儿，活过来了啊？不是刚才给吓得哇哇哭的时候了？"董浩楠哪里是肯吃嘴上亏的人。

"还没好好谢谢董哥呢！救命之恩，来日必报！"林蕾坐在轮椅上做了一个武侠片中的抱拳。

"行了行了，女大侠，今儿真被你吓着了，哥哥我今天跪服！不知道的一定以为您是京城名捕呢！"董浩楠也抱拳回敬给林蕾，"不过，要说这救命之恩，那可是你安老师啊，不是我！"

林蕾羞涩地看向安喆，只见安喆又恢复了日常的面瘫脸，问董浩楠："你那边儿怎么着了啊？赶紧说说啊！"

"基本完事了，一堂都问完了！"董浩楠拿手指指林蕾，"被妹妹突然那么一诈，这家伙也是被吓得不轻，知道也没有什么可狡辩的，没两分钟就全撂了。"

"一共杀了几个啊？"林蕾想起来那个男人在现场问话的样子，"当时他就说他来这小树林喝过酒！"

"一共五个！"董浩楠答道。"在焚烧衣服的地方又挖出了三具尸体，其中最上面的尸体最新鲜，是个女性；另外两具尸体是叠在一起埋的，都是男性，腐败程度比上面的女性严重很多。加上之前那一男一女，正好五个！"

"啊？都是他一个人干的吗？"林蕾得知跟自己过招儿的竟然是如此穷凶极恶的家伙，吓得后背发凉。

"是，这人叫曾大可，是河南来荆安务工的人员，他确实没说谎，他和几个工友经常来这片小树林喝喝小酒。"董浩楠他们回去的路上，就已经突击摸清楚这个人的来历。

"他呢虽然收入微薄，但嗜赌成性，逢赌必输。刚开始的时候这几个工友还借钱给他，可是他老还不上，要也要不来，死皮赖脸的，这几个工友就开始躲着他，而且话里话外的老挤对他。"浩楠开始讲述。

"所以，这个曾大可就把他们杀了？"林蕾简直匪夷所思了，这欠债还钱天经地义啊！

"其实他第一个杀的是你们说的 2 号，叫陆小芳，一个卖淫女！咱们路上细聊吧。"董浩楠示意他们边走边说，"我送你们回去，不然回头齐处又要抽我了！"

"添麻烦了！兄弟！"安喆诚恳地道谢，林蕾也给董浩楠作了个揖。安喆扶着林蕾上了车，自己就钻进副驾驶的位置。董浩楠载着他们缓缓驶出医院的大门。

"要说这陆小芳也挺倒霉，曾大可是她的常客，俩人又是同乡，所以关系比单纯招嫖关系要好些。所以曾大可刚开始管陆小芳借钱，陆小芳也就借了。可不承想，这个曾大可隔三岔五地就来找陆小芳，不但欠的钱不还，竟然连嫖资也不结了，说是先欠着。人家陆小芳是要吃饭的，这曾大可实在让她忍无可忍，她决定不再接待，所以曾大可再上门的时候她就没有好脸色给他了。"

董浩楠在红灯的地方停下，继续说道："那天曾大可因为欠钱，被那几个工友给狠揍了一顿，正一肚子火，本来是想找陆小芳求得一些慰藉，结果让陆小芳大骂了一顿，要轰他出门。他越想越气，想着自己被个卖淫女这样羞辱，这样咒骂，终于在骂声中恼羞成怒。他掏出防身用的匕首，一刀刺进了陆小芳的胸腔。"

"真不要脸，拿女人撒气！"林蕾想到曾大可油腻腻的样子，就忍不住唾弃。

安喆却在头脑中思考着陆小芳尸骨上的伤痕是否如浩楠描述的一样可形成。

"杀了人，曾大可没有一点后悔之意，竟然还觉得前所未有的舒爽、痛快，被打被骂的不快全都随着这一刀烟消云散了！他熟悉那片小树林，知道那里基本没什么人去，是个埋尸的好地方，于是他将陆小芳用编织袋装好，弄了辆破三轮板儿车，骑了一宿，把她给埋到那片树林里。"董浩楠想起曾大可供诉第一次杀人作案时那种享受的感觉，心里就忍不住厌恶。

"变态么这不是？"林蕾接茬儿道，"然后他就大开杀戒了？"

"应该说找到了新的刺激！"董浩楠看看后视镜，继续讲道，"他把陆小芳埋了不到两天，就又因为和张永利发生口角，把他也残忍地杀害了，他自己说先是用斧子砍，然后用匕首刺，就是你们说的那个1号，那个男的。"

"这个人是揍他的工友之一吗？"安喆猜测地问。

"不是，还没轮到工友哪！"董浩楠夸张地摇摇头，"这个张永利是曾大可之前打工认识的工友。曾大可欠他的钱都一年多了。张永利这次因为要回老家，不打算再回来了，所以找到曾大可讨债。结果这哥们没搞清楚，曾大可压根儿就没打算还给他。张永利对曾大可的态度很生气，两人对骂起来。这曾大可可是今非昔比了，你不是看不起我吗，那我就让你认识认识。曾大可杀心已起，就佯装和张永利约定了还钱时间，还打着给张永利赔罪的旗号，邀请张永利喝酒，约定的地点就是那片小树林。不明就里的张永利就这样来到了小树林里，喝了人生最后的一顿酒。曾大可说，张永利压根就没想到他敢杀他，说他当时把刀捅进张永利胸腔的时候扑哧一声，张永利还睁着大眼，张着大嘴看他，好像十分吃惊的样子。你们是没看见，曾大可说到这儿，竟然还得意地笑了！"

"看来他真的是变态了！不，应该说他本就是变态人格，只是之前没有显现出来！"安喆发表自己的观点。

"那后面那三个呢？"林蕾问，她听得也是后背发凉，不自觉地抱着自己的双臂。

"后面三个你们当时不也看了吗？"董浩楠一个转弯，车子拐进了林蕾家小区方向，"3 号和 4 号，就是埋在最下面那两具高腐的，都是参与过狠揍曾大可的工友。曾大可一直不还他们钱，揍了他一顿也还是没有拿回自己的钱。于是两人就在工地里和别人说曾大可人品不好，欠债不还，搞得工地上所有人都对曾大可态度不好。结果这天正说曾大可坏话的时候被他撞了个正着，曾大可就故技重施，也借着赔罪还钱的由头把这俩人约出来，不过这回他多买了两瓶白酒，是趁着两人喝醉的时候动的手。工友也是根本没有防备他会这一手，不然就他那身板，未必能一下杀俩人！"

"那他不是更加自信了？"安喆沉吟道，"这种变态，会觉得自己掌控能力更强了！多亏及时抓捕了，否则这样的人，几句口角都可能成为行凶杀人的理由啊！"

"可不是吗？5 号就是这样啊！"董浩楠在林蕾家楼下停了车，坐在车里，看着安喆，"安哥这在犯罪心理学里是不是叫作升级？反正这哥们是胆儿越来越肥了，每次杀人后还觉得挺刺激。5 号死者叫李红梅，是个保姆。曾大可喝多了碰见打工回家的李红梅，上去就问人家价钱，当时就被这个李红梅大骂了一顿。曾大可立马就把李红梅一路勒着脖子，用刀逼迫着到了树林的西边，先奸后杀。后面你们就都知道了，他听说树林里有警察来破案，知道自己的事情可能败露了，但是也不甘心，就探头探脑地来看情况。他打算把前面作案死者的衣服都一块儿烧了，这不就遇到重返现场的你们俩了！"

三个人坐在车里，陷入一片寂静。人们通过努力、通过奋斗、通过丰富自己的阅历来树立自信，改变生活，这是认知的成长。可是曾大可却是通过毁掉别人获得某种自我能力的认可，并从中获得快感，令人发指，简直是十恶不赦。

"回家吧！"董浩楠率先发话，他自己都觉得疲倦极了，更何况这两个伤员。

"嗯！"两个人都还陷在系列杀人案件中回不过神儿，却也都木木地跟着下车了。夜风凛冽，三个人都禁不住从心底打了个寒战。

站在林蕾家门口，两个男人搀着林蕾敲开了家门。

"谁呀？"林蕾妈妈开了门。一开门，老太太愣住了，只见高高大大的两个男子，一左一右地架着女儿站在门口。

"妈，我回来了，我不小心把脚给崴了，同事把我送回来了……"林蕾佯装镇定地解释。

"啊？怎么又崴脚了呢？她爸，你快出来，出来啊！"林妈妈有点紧张地叫着林爸爸。

林爸爸和林妈妈赶紧扶着林蕾进去，刚一进门，安喆就告辞说："叔叔阿姨不用担心，拍过片子了，没伤到骨头，养几天就好了，我们这就回去了。林蕾你好好养着，过几天我们再来看你！"

"别急着走啊，小伙子，进来坐一会儿吧！"林爸爸返回来招呼道。

"不了，不了，叔叔，下次再坐吧！"说着，安喆和董浩楠像逃跑一样已经快步走出了一段距离。听着林爸爸关了门，俩人才安心地从楼上下来。

"不能让二老看见我吊着胳膊啊，否则还怎么敢让女儿干法医啊！"安喆解释道。

"知道知道！你是怕你岳父岳母心疼女婿！"浩楠开玩笑道。

"别胡说八道！哪儿跟哪儿啊！"安喆有点翻脸。

"逗你呢，逗你呢，还急眼了！安哥，你现在都不跟美帝联络了？"董浩楠扶着安喆出了电梯，安喆没有回答，仿佛没有听见似的。

"我可跟你说啊，美帝电话都打到我这来了！"董浩楠一脸为难，挠着头，一条单身狗实在不知道如何在前夫妻间自处，"美帝说要回国休假，你打算怎么办？"

安喆神情平静，"与我何干！难道要我去接机？"

林蕾在家休养，父母看《法治进行时》里正在播放关于曾大可系列杀人案的报道。突然，节目中出现了林蕾和安喆的照片，林爸、林妈才知道女儿是和战友英勇抓捕凶手时负的伤！林爸和林妈对视一眼，心情复杂，嘴上却什么都没有说，默默地给林蕾熬汤去了。

齐大红打来电话，告诉林蕾，因为她表现英勇，果断出手，迅速抓捕了凶手，被授予战时个人三等功一次。安喆关键时刻舍身保护战友，擒凶有功，一并授予战时个人三等功一次。林蕾并不知道，刚入警队就能立三等功可是非同小可的大事儿，在法医中心引起不小的轰动。同时因为法医中心快速锁定5号尸体上的DNA，刀柄上的DNA与曾大可完全符合，被烧的衣服上的血迹也都对中了死者，这起重大系列杀人案件得以快速破获，法医中心也被市局授予了集体二等功。

可是紧跟着高兴的事儿，后面就是不好的消息，简直可以称为噩耗！林蕾陷入极大的恐惧和担忧之中，因为齐大红同时也告诉她，曾大可是艾滋病毒携带者，那把刺伤安喆的刀，曾大可曾经用来自残，那就是说，安喆很可能因此感染艾滋病毒！林蕾只觉得天旋地转，忍不住发抖！

第七案
孽恋迷情

　　董浩楠在审问曾大可的时候，曾大可突然得意地掀开自己的衣袖，只见他的左手臂上纵横着深浅不一、新旧不一的刀伤。曾大可狞笑着对浩楠说："告诉你们那个法医哥们儿，我有艾滋病，这下他要给我陪葬了！哈哈哈，可惜了那么英俊了！还有他的那个女朋友也要守寡了！哈哈哈……"

　　董浩楠被他的狂笑惊得浑身一震，他一把揪起曾大可的衣襟，真想狠揍他一顿，但是他突然意识到什么似的，赶紧放手，还忍不住把手在衣襟上狠命地蹭了蹭。曾大可更加肆无忌惮地哈哈大笑起来，"我有艾滋病，我怕谁！有种你过来啊……"

　　董浩楠立即向上级汇报了这一情况，上级指示，先带曾大可去医院检查，证实他的说法后再做定夺。医院检查结果很快就反馈回来了，情况属实，曾大可的确是艾滋病毒感染者。浩楠当时就被这个结果吓蒙了，那么老安怎么样？老安会不会因此感染上艾滋病毒呢？浩楠急忙拿出电话，拨通了齐大红的手机。

　　"齐处，不好了，出大事儿了！"董浩楠说到这里竟然眼泪不受控制地滑落下来，"曾大可有艾滋病，刺伤安哥的匕首他曾经用来自残，所以安哥很可能因此感染上……感染上艾滋。"

　　齐大红的电话从手里滑落，浩楠还在电话中叫着他，但是他已经听不清、听不进去了，他的脑子里已经如同倒带的电影，画面丰富又错乱，一会儿是艾滋病的可怕宣传，一会儿是安喆。慢慢地画面有了主题，那就是安喆，安喆闹脾气时候的样子，安喆讨好他的笑脸，他还想起多年前安喆刚来到法医中心跟着他出现场的许许多多的事情，冬天安喆总是体贴地帮齐大红泡好红茶，亲自端着跟在身后。专案会上，如果遇到僵局，齐大红急躁的时候，安喆总是及时地递上茶杯。他心细如同女孩儿，洞察着师傅的一颦一笑。有段时间，中心同事都说你们师徒俩怎么行为举止越来越像，连走路的姿势都越来越像了。齐大红知道，那是这个徒弟打心眼儿里认下了这个师傅。他本来以为这些都已经埋葬在时光的墓地中，而此时此刻那许许多多的画面都如同激活了一般，蜂拥而来，挥之不去。

　　"怎么办？怎么和安喆说？怎么做才能减少对安喆的刺激？"一连串的问题在齐大红脑子里穿梭，他觉得他的脑子要爆炸了。他跌坐在办公室的沙发上，过了许久，才捡起电话，那边的浩楠仍然在线，因为浩楠也想知道，下一步到底要怎么做？怎么告诉安喆这么残酷的事实？他这个铁哥们儿能干点什么？

　　"浩楠啊，浩楠，你还在听吗？"齐大红的声音虚弱无力却又急切盼望着浩楠的回应。

　　"在呢，在呢，齐处，您说，我听着呢！"董浩楠一直举着电话，默默地让不争气的眼泪顺着鼻梁不停地滑落。平时他是最讨厌男人流眼泪的，他总把这种表现称之为娘们儿叽叽的。

　　"浩楠啊，你开辆车来接我，我现在估计是开不了车了，你带着我赶紧去安喆家，快点来！"齐大红说完这些仿佛就再也没有了说下去的力气，他仰靠在沙发上，努力抬起头，不让眼泪冲出眼眶。他现在心里清楚，此时此刻，他不能退缩，更不能软弱，这个没有爹妈的徒弟，就是自己的孩子，这个时候只有他这个师傅去面对安喆，去和他共同面对这么难挨的时刻，而且他还有更多更艰难的工作要做。

　　安喆吊着胳膊，仍然穿着得体的家居服开了房门。他被眼前站着的齐

159

大红和浩楠吓了一跳。他看他们两个人如霜打的茄子一样，神色很差。不由得打趣道："师傅，浩楠？你们怎么了？案子出问题了？抓错人了不成？来来来，先进来再说吧。"

齐大红神情漠然地进了门，浩楠也异常安静地跟在身后，安喆感觉到"应该是出大事儿了"。

在客厅坐定，齐大红稳定了好半天，平静地开口了，"安喆啊，我跟你说个事儿啊，你先不要紧张，但是这个事儿咱们必须防患于未然。"

"您说，您说，是不是刀伤到筋腱了？"安喆还在努力地猜着。

"这个事儿是这样啊，虽然有风险，但是不是百分之一百的，但是我们必须要把风险降到最低，所以我和浩楠连夜赶过来了。"齐大红努力控制着情绪，以免造成安喆的过分紧张。

"嗯嗯，您说吧！"安喆百思不得其解，因为他很少看到师傅像现在这样谨小慎微的样子。

停顿了好半天，齐大红鼓起勇气说："曾大可是艾滋病毒携带者，那把匕首他曾经用来自残，所以有可能，我是说有这种可能啊，你也会被感染……"

"啊？"安喆脑子里转过的将近十种猜测都没有这样子的结果，他能明显地感觉到自己的血一齐向上涌，头瞬间感觉大了好几圈，耳朵里是嗡嗡的声音。他明显感到自己肾上腺素快速分泌，心跳狂飙，后背却一片冰凉……感染艾滋病！太可怕了，这与判了死刑无异啊！

安喆踉跄着站起身，嘴里嘟囔着："我被传染了吗？怎么会这样呢？为什么？……"他往前走了几步，脑子里全是关于艾滋病病发后患者的样子，高烧不退、浑身溃烂、骨瘦如柴、虚弱至死！安喆猛地甩了甩头，他不相信这些也会发生在他的身上！他是一个好人，他洁身自好、几近洁癖，怎么会感染上这样的致命病毒，他感到一阵恶心……

"你先冷静一下，安哥！齐处的意思是只是有感染的概率，并不是百分之一百的！"浩楠想安慰安喆，他不忍心看到平时自信冷面的安喆被打击得如此无助，失魂落魄。

"唉！怎么会这样？！不过多亏是我，如果是林蕾，她的爸爸妈妈怎么受得了？！"安喆自言自语道。

齐大红和浩楠对视了一下，面色凝重。

"安子，你也不要太担心，明天一早我们就去医院检查，一定要把这种风险降到最低。"

"谢谢您，师傅，我想一个人静一静，你们先回去吧。"安喆转身回到自己的卧室。

浩楠跟着到了门口，安喆却果断地把门从里面锁了，浩楠还想安慰什么，可是此时他觉得说什么都显得那么苍白无力。他转身背靠着房门坐在地板上，隔着房门对安喆说："安哥，我哪也不去，就在这里陪着你！"

客厅里传来了齐大红打电话的声音，他正在联系他的同学、朋友，他要得到最权威的解释，他要制定出最有效、最安全的方案。

房间中的安喆，就那样坐在桌子前面，房间里没有开灯，此时他开始从最初的震惊中恢复过来，耳朵又能开始听见声音了，但是他的大脑中仍然一片空白……他仿佛置身荒芜的沙漠，只有他一个人，那么孤独，那么无助，仿佛死亡正在一步一步地向他靠近，而他只能安静地等待着……他眼睛空洞地望向窗外，慢慢地他想起了妈妈的容颜，然后是姑姑，他现在多么渴望她们中的任何一个人仍然活在人间，此时此刻能够给他一个大大的拥抱，可以让他在她们的怀抱中尽情地大哭一场。想着想着，安喆已经泪流满面。就这样，不知不觉中安喆坐了一宿，他一点儿也不困，完全没有睡意。他好像想了很多很多的事情，又仿佛什么都没有想，只是眼泪干了又流出来，一会儿又干掉了。安喆已经记不得自己上一次流眼泪是什么时候的事情了，而这一次，他就这样默默地无声无息地不断地流着眼泪，却又无法控制。

第二天当安喆打开房门的时候，他看见歪倒在地上睡着的浩楠，他没有叫他，轻轻地盖了一条毛毯在他身上。他轻手轻脚地来到客厅，看见师傅也蜷缩在沙发上睡着了，手里还攥着手机。他径直来到卫生间，看着镜子中的自己，白皙的皮肤透出惨白，眼睛又红又肿，胡子拉碴满脸憔悴。安喆开始安静地洗漱，刮胡子，用凉水给眼睛消肿。经过一番整理，安喆觉得平时的自己又回来了，只是眼睛里多了些红血丝，脸色惨白了一些。

他开始给师傅和浩楠做早饭，烤面包片、热牛奶。他吊着手，仍然可以煎出好吃的鸡蛋。不知道什么时候，浩楠走过来帮忙，浩楠明显感觉到安喆一夜没有睡，他什么也没有说，只是帮忙打下手，很快早餐就摆好在餐桌上。

三个大男人坐在一起吃早餐，但是都没有说什么，大家安安静静地，安喆首先打破了这种平静问道："我做的早餐，你们敢吃吧？"

齐大红应声笑了笑说："嘿，你个臭小子，平时老听你自己吹牛，厨艺如何如何的好，今天终于有机会亲自尝尝了，我看看你这煎鸡蛋能打多少分！"说着拿起片面包，夹起鸡蛋放在面包片上。

浩楠却把面包中间掏了一个洞，把鸡蛋塞进洞里，嘴上还说着："看着还行，但是味道肯定不如法医中心门口的鸡蛋灌饼，将就着吃吧！"

安喆用脚踹了浩楠一下，脸上露出平时打闹时候的神情，只一闪，就又恢复了平静。三个男人再也没有说什么，寂静无比地吃了这样一顿食不知味的早饭。

当林蕾在林爸爸的陪同下赶到医院的时候，安喆正在抽血化验，注射免疫球蛋白。医生给安喆开了很多抗病毒药物，并且告诉安喆定期抽血化验，至少坚持6个月的随访检测才能确定是否染艾。

林蕾看到安喆的时候，发现他眼窝深陷，两腮瘦削了不少，眼睛红红的，神情低迷。她从来没有看到过如此萎靡的安喆，忍不住直接抱住了安喆，大声痛哭起来。安喆在林蕾的哭声中，也忍不住地流下泪来。

齐大红握了握林爸爸的手，好像在解释着眼前的情况，只见林爸爸的表情由惊讶到震惊，又到悲情，林爸爸走上前去，拍了拍安喆的肩膀。他把林蕾拉坐到椅子上，"你和安老师慢慢聊，不要惹得安老师又伤心了。"

安喆和林蕾坐在椅子上，安喆什么也没有说，只是眼睛望着情绪崩溃的林蕾欲言又止。林蕾哽咽着说："都是我不好，我真的没有想到后果会这么严重，安老师，我对不起你啊！都是我的错！"林蕾掩面而泣。

安喆拉起林蕾的手，看着林蕾的眼睛说："林蕾别哭了，这不怪你。你很英勇，我为你自豪！"

"可是，可是，万一您感染了艾滋，那可怎么办啊！"林蕾又呜呜地哭起来。安喆也控制不住自己的眼泪，更加无力安慰眼前的林蕾，他默然地坐在那里，听着林蕾的哭声，内心的痛苦只有他自己能够体会。

再次回到家中的安喆已经筋疲力尽，他昏昏沉沉地睡去，睡醒了，听见外面有人声，就又睡去，又醒来，又睡去。安喆不知道自己到底睡了多久，直到林蕾拿着药进来，看见他醒着，就赶紧把药递过来，"该吃药啦！"安喆迷迷糊糊地仿佛回到童年和姑姑一起生活的日子，他嘴里叫了一声："姑姑，姑姑，你回来了？"

林蕾想起他们俩被困尸库电梯那一夜，安喆讲过他和姑姑的很多趣事，她知道，此时的安喆是多么渴望一份来自长辈的温暖和支持，内心女性独有的母性让她没有纠正他什么，只是默默地扶他坐起身，先把水递了过去。她手搭在安喆的额头上，试了试温度。

安喆发现眼前是林蕾，有些难为情，"刚才做了一个梦，梦见我的姑姑了。"

林蕾安慰道："嗯，没有发烧，你想吃点什么？有蔬菜汤和米粥，润润喉咙吧。"

林蕾话音未落，只见林妈妈端着汤走过来，"小安哪，你尝尝这汤还合你口味吗？这个伤口感染啊，一定要多喝鸡汤，鸡汤本身就是一剂疗伤补药啊。"

安喆知道一定是林蕾把父母都动员来照顾他了，长久以来，他一直想象着林蕾在父母身边幸福生活的样子，现在幸福来得这么突然，他嘴里感谢道："谢谢阿姨，真是辛苦您了。"他却没有接过那碗汤，因为他实在是没有什么胃口，焦虑和恐惧让他感觉胃里又胀又难受。

林蕾接过汤碗举到安喆眼前说："我查了很多资料，资料上说现在这种情况必须要调养好身体，保持最好的状态才能防御病毒入侵，降低感染风险。所以，安老师，您必须要喝。"林蕾忌惮着身边的老妈，强忍着眼泪，眼圈红红的，安喆只好接过碗来，喝中药一样的，几口就全喝掉了。

"这就好啦，过一会儿咱们再喝点粥啊！"林妈妈开心地出去了。

"怎么阿姨也在这儿呢？"安喆问道。

"我爸爸回家告诉妈妈，说你伤口感染了，没有人照顾，老妈知道你是为了救我才负的伤，就死活也要来照顾你。"林蕾抽泣着说。

"怎么又哭啦？"安喆安慰林蕾。

"都是我不好，我现在真的死的心都有啊，安老师！……"

"林蕾，你不要这么自责，就算当时不是你，我也会冲上去的，只是发生现在的情况，是我运气差而已。你不要过分的自责，现在我倒是觉得多亏这一刀刺的是我，反正我无牵无挂，孑然一身，如果换了你，要有多少人伤心啊。"安喆安慰林蕾，又仿佛是在说服自己。

林蕾的眼泪又如同开了闸门的水龙头，她见安喆又躺回床上，就抹了抹眼泪说："安老师，您先休息吧，我出去啦。"

整整三天的时间，安喆除了吃药就是躺在床上，有时候会陷入沉思，有时候就昏昏沉沉地睡着，他不想起床，不想洗脸，什么也不想干，只想这样一直躺在床上，等待着那个结果，那个判决。林蕾不放心安喆，坚决不肯离开，林爸、林妈索性将家里的锅碗瓢盆都搬了过来，每天换着花样做好吃的，两个伤员都照顾了。

这期间市局的领导、总队的领导来了好几拨，他们都在努力地疏导着安喆的心理压力，有的讲述自己年轻时的危险经历，有的积极推荐心理专家来给安喆进行辅导。法医中心的同事们更是一拨一拨地过来，说着单位这几天的什么案子，哪个科室又出了什么趣事儿，食堂这几天又抓了几个浪费粮食的年轻人。只要是聊到单位，聊到案子，安喆就又恢复了往日的神采，听到有趣处也会略微笑笑。而这个时候也是林蕾最开心的时候，现在对于她来说，仿佛这世界上没有什么比安喆的笑容更让她开心的了。

度日如年，一星期的时间总算是爬过去了，第一次检测抽血的日子林蕾如临大敌，早早就沐浴更衣，祷告一遍，其实她什么教都不信，现在也神神道道地整天睡前祷告一番！第一次抽血结果一切正常，艾滋抗原阴性！每周一次的血检，第二周正常，第三周也正常！虽然距离6个月还只是万里长征第一步，但是这几次抽血的结果不断鼓励着安喆，他心里也会不断地告诉自己，我不一定会感染，我是一个好人，我在做一件好事儿、善事儿，也许我真的可以从这次的危机中逃脱！

他仿佛开始恢复了状态，又开始早起跑步、锻炼身体的日常生活。加上林爸、林妈这三周以来的贴心照顾，每天保证安喆充足的蛋白质摄入，蔬菜水果的摄入，汤汤水水的供应，安喆的肤色一天比一天好转起来。每天从外面回到家中，一开门就是满屋子的烟火气儿，林爸、林妈拌嘴抬杠；林蕾有意讨他欢心似的，举着专业书问东问西，安喆突然觉得自己冰冷的房间有了家的味道，那么随意却很踏实的感觉。

齐大红和董浩楠如同走马灯似的，这个刚走，那个就来了，见面也不聊安喆的身体，仿佛是来开专案会议的一样，不停地讨论着单位的事情。

这一天巧了，齐大红和浩楠一前一后进了门，没聊几句，齐大红的电话就爆响起来。

"什么？又一个现场？"齐大红的圆眼瞪得溜圆，"今天是怎么了，三组人不是都派出去了吗？我也无兵可派了啊！"

"师傅，怎么了？"安喆看着齐大红沉下来的脸色，满眼的红血丝，有些担忧地问道。

"今天真是邪了门儿了，一连赶上三个现场：一个是学生跳楼，一个是疑似被侵害案件，一个是火灾；虽然都不确定是刑事案件，但是中心已经唱空城计了，现在总队又报来一个现场，这是要翻了天了吗？"

说着，齐大红急匆匆地往出走，结果被安喆叫住了，"师傅，这儿还有一组人马呢！"安喆说。

"林蕾！出来，出现场！"安喆朝着厨房方向吆喝。

"哎！"林蕾应声从厨房里钻了出来，手里还端着老妈炖的鸽子汤，顺手就递给了安喆。

安喆皱了皱眉头，这两天大补小补、汤水不断，而且天天还不重样。昨天居然还喝上了鲫鱼汤，前天是猪脚汤。他严重怀疑林妈妈是不是把给女儿坐月子的食谱都拿出来了！安喆知道多说也是无益，便仰头咕嘟咕嘟地把汤喝完，空碗默契十足地递回林蕾早就抬起的手里。

"林老师，咱们休假结束了，出现场吧！"安喆看着林蕾一脸呆呆的样子，"再不干活儿，齐处快把咱们俩除名了！"

"啊？"林蕾一脸惊诧地看着齐大红。

"你小子胡说什么？"齐大红指着安喆，"别胡说八道！你先好好养身体，工作的事情你不用操心！天啊，塌不下来！"

165

"我没问题的，师傅！"安喆知道齐大红担心自己的状态，他信誓旦旦地说，"师傅，真的，我现在满血复活了！我保证，我不是逞强！而且不单单是工作需要我，我也需要工作啊！"

齐大红看着安喆坚定的眼神，也听到了安喆恳切的要求，竟然点了点头，这既是对安喆出现场的同意，仿佛也在说："好小子，这才是我徒弟！"

"走吧，林老师！"安喆看到齐大红赞许的眼神，果断穿上外套，利索的动作完全是出现场的节奏，丝毫看不出来几天前的颓废，"有现场啦！"

"哦！好好好！"林蕾忙不迭地答应着，手忙脚乱地开始收拾东西，她脚伤没几天就好利索了，全部的重心都在照顾安喆身上，似乎一听到现场这两个字，内心也忍不住地兴奋起来，感觉身上充满了干劲儿。

"那我也得跟着去啊！"董浩楠也穿上外套，站到门边等着他们出门。看着安喆生机盎然的脸，他心里欣慰，更有些感动，他用力地拍了拍安喆的肩膀，"安哥，你出现场怎么能少了我？咱们可是出了名的黄金搭档啊！"

"噗！……"林蕾听到这里忍不住笑了，脑白金广告里穿着草裙跳舞的胖老头胖老太形象跃然眼前，这么久以来，她第一次这么舒心地笑！

"出发！"安喆一声令下，三个人鱼贯而出，安喆还朝站在门口的齐大红挥挥手，"师傅，您就放心吧，等我们消息！"

"你们三个给我注意安全，听见没？！"齐大红中气十足的嘱咐，随着电梯门一关，被隔绝在了电梯门外。

"身体行不行啊，到底？"林蕾充满担忧地看着安喆。

"不死的时候就别光等死了！"安喆有些自我调侃地说，他定睛看了看林蕾，这丫头这两天明显消瘦憔悴了不少，有点小心疼地逗她道，"倒是我得问问林老师，这几个礼拜尽熬汤来着，还记得怎么干活不？"

"啊？哦！"林蕾心里赶紧地默念勘查现场的要点，没注意到安喆和董浩楠含着笑交换的眼神儿。

现场在丰台区的一家小酒店里，说是小酒店，其实就是私开的旅店，没有营业执照，没有摄像头，没有入住旅客的登记。

安喆三人在酒店老板讪讪地指点下走到了位于二层的中心现场，那里已经围满了侦查组和痕迹组的同事们。

"安哥！""安子！""老安！"安喆一露脸，同事们如同发现大明星一般，热情的招呼声就此起彼伏地响起来了。安喆的事大家都听说了，也都很挂念，却又不敢贸然问候。如今在现场见到他神色如常，大家都免不了一阵激动。握手的握手，拥抱的拥抱，张崇礼还红了眼眶，看得董浩楠和林蕾都一阵的心酸。

这场面把安喆弄得也是热泪盈眶，他感谢同事们的惦念，这让在他最艰难的日子里倍感温暖！

"还干活不？"安喆深吸了几口气，压下内心的激动和感动，笑着看向大家，"哥儿几个现在都知道什么情况啊？说说！"

"啥都不知道啊，安哥！"一问到情况，侦查的小伙子就抱怨起来，"这地儿没监控，老板那儿一问三不知，屋里连个身份信息都没找到，现在真的是一筹莫展呢！"

"老张，你这边勘完了？"安喆看向张崇礼。

"嗯，没什么有意义的，屋里地面条件不好，没有采到什么足迹。"张崇礼皱着眉头说，"屋门没有什么异常，屋里我们提取了一些指纹，回去对对试试吧。"

安喆点了点头，长腿一迈，跨进了现场。现场也就是一间二十多平方米的一居室，进门就是一张大床，门的对面就是一扇窗户，床的一侧摆着一张桌子，另外一侧就是一个简陋的卫生间。

死者是一名男性，就穿着平角内裤平躺在床上，大大的棉被掀开了一半，露出死者一侧的身体，只见左手的手腕上缠绕着一圈铜色的金属丝，金属丝下面的床单已经发黑，和金属丝连着的是一根电线，电线的插头就插在墙上的插座上。

"别动！"安喆喝止了林蕾正要伸手去碰死者的动作。

"安老师？"林蕾诧异地看着安喆，不知道他到底想干什么。只见他快步走到大门边的开关旁，按了几下开关，屋里的灯都没有任何反应。

"老张，这屋里的电是你们断的？"安喆探头问屋外的张崇礼。

"没有啊！"张崇礼也一脸诧异，"咋啦？屋里没电？"

安喆撇了撇嘴，摇了摇头，弯下腰拔下了墙上的插头，"是不是这屋闸掉了？"

"我看看去！"张崇礼回身就去找电闸了。

安喆踱步回床边，敲了一下林蕾的额头，"这要是通着电呢，怎么办？上手前不能冒冒失失的！"

"是是是！"林蕾也一阵后怕，懊恼自己的鲁莽，她真是恨死自己了，就是因为自己鲁莽才连累了安喆，这次险些又遇险情，"对不起，安老师！"

"对不起什么？"安喆一看就知道她又想到了艾滋病毒这事上，有些无奈，也有些心疼，这丫头心太重了，急忙安慰道："我就是无奈你们这些大小姐一点生活经验都没有！"

"我……我，下次注意！"林蕾看着安喆的笑脸，心里却有些发苦，暗想道："安喆以前不爱笑，反倒是最近笑得多了，难道是为了安慰自己吗？还是觉得生活无望，反而看开了？"

"我什么我？"安喆眨眨眼，"你有什么看法？"

"自杀？"林蕾胡乱答着，她真的出了门后就把所有的注意力都集中在安喆身上了，整个人晕晕乎乎的。

"依据呢？"安喆步步紧逼。

"……"林蕾哑口无言，她根本没什么依据，她脑子里乱哄哄的。

安喆叹气，又敲了一下林蕾的脑门，"回魂儿啦，林老师！我们现在是在办案，拜托您专业一点！FOCUS！"

"哦！好的好的。"林蕾耸了耸眉头，还是一脸的不放心，"安老师，你真的没问题吗？"

"你看我像有问题吗？"安喆挑着眉毛瞪着林蕾，"我看呀，你这样下去我才会有问题！"

"唉，好吧！"林蕾甩甩头，努力凝神静气，安喆的要求确实是对的，她真的需要专注在案子上，拿出平时的专业水准。

"这被子原来就这样，还是谁给掀开的？"安喆朝屋外喊道。

"是老板掀开的,到了退房的时间他以为这哥们儿还睡着,叫也不理,才过来掀被子的,这不一掀开就报警了!"外面的侦查员喊着。

"等等!"安喆制止了林蕾要全部掀开被子的动作,走到她身边,指着被子上和床单对应的黑色改变,"你把被子复原回去……"

林蕾听话地将掀开的被子重新盖到死者身上,对上黑色的位置,被子竟是平平整整,严丝合缝。

"安老师,这是?……"林蕾诧异地张开嘴,她看着安喆,果然安喆给她回复了一个肯定的眼神。

这时,屋里的灯亮了起来。

"老安,还真是保险丝断了!"张崇礼出现了,一脑门子的汗。

"和我猜的一样!"安喆沉吟道,他从勘查箱里拿出脱落细胞的提取器沿着被子的边缘一下一下地蘸着。

"安哥,什么想法?透露一下!"董浩楠从门口挤进来,打探着。

"你们去摸情况吧,这是个刑事案件!"安喆抬头看着董浩楠,也看了看林蕾调侃道,"就说吧,跟他在一块儿绝对不会有好事儿的!"

"不是自杀吗?"董浩楠挠挠脑袋,一脸无辜,还想让安喆多解释下。

"A.死者自己绑上电线,插上插销,然后还能回到床上,好好地盖上被子?"安喆比画着,模拟着口述的情形,在床和插座之间来回走着,挑眉看着董浩楠,"B.有人给他绑上电线,盖上被子,再插上电源,出门,死者一过电,电路短路了。哪个更合理?"

"那当然是 B 了!"董浩楠琢磨了一下,点点头。

"安老师,你说凶手把被子给死者盖上,是一种悔过的表现吗?"林蕾抬头看着安喆,她隐隐地觉得犯罪嫌疑人是一个细心谨慎的人,盖被子这个动作对于杀人来说真的有些多余。

"有可能……"安喆掀开了被子,开始初步检查尸表情况,"不过也不排除凶手是想点着棉被,顺带把尸体也给烧了,只不过没想到短路了……"

"熟人作案?"林蕾脱口而出,"现在这间屋里一点死者的信息都没有,如果再毁尸灭迹得了手,那真的就成了无头案了!"

"可能性极大!"安喆扳了扳死者的下颌,看了看颈部,"不过很幸运,保险丝帮了咱们大忙！"

"还真是！"林蕾凑过去，"安老师，您休息吧，我来检查！"

"干吗？还真当我弱不禁风了？"安喆瞪了林蕾一眼，看她一脸忧虑的样子，安慰林蕾道，"你别老这么小心翼翼的，让我压力好大呀！"

"可是，医生说了，您不能累着，这样容易抵抗力下降的，你知不知道！"林蕾咕哝着。

"林老师，咱们能科学一点嘛！"安喆无奈地扶额，"这点工作量能累着谁？再说了适当的体力劳动是能够刺激免疫系统的，学过吧？"

"那倒是……"林蕾扭着手，"可是……"

"别可是啦！"安喆凑到她耳边小声说，"工作使我愉快，愉快能加强免疫系统。"

"好！工作！"林蕾像打了鸡血一般，瞬间振作了精神。

安喆被她突然大声一喊吓了一跳，但是随即就笑了出来，早知道刚刚自己的话这么有用，就早说了！

"安老师，这个线圈绑得可真紧，而且也挺细致的！"林蕾蹲在地上，拨弄着死者左手的线圈，电线的外皮被整齐地切断，露出铜色的金属丝。多根金属丝并没有散开，而是被最外面的一根一圈一圈地缠成了一股，然后紧紧缠在死者的左手上，竟然有些美感，像是女人的发带。"安老师，我怎么觉得是个女人作案啊？"

"何以见得？"安喆感叹，这小丫头进入状态倒是快。

"这个电线绑的特别像女生编发辫的一种手法，还有这个被子盖得也特别整齐，像是女生的标准。"林蕾头头是道地说，"不过我还是觉得现场太过平静了，一点打斗挣扎的痕迹都没有，你看这床单平整的，要不就是凶手故意整理过，这种行为简直是强迫加洁癖的表现啊，安老师，你一定很了解这种体验吧？"林蕾坏笑着看着安喆。

"嘿！你还调侃起我来了？！"安喆乐了，"不过我可不是女的啊！女人心海底针呐！"

林蕾也抿着嘴乐，这是好久没有的轻松气氛，两人对案子你一言我一语的分析，仿佛把"艾滋病"的阴影都吹散了。

"你说得有道理，不过咱们现在还缺乏支撑的证据！"安喆摘了手套，"走吧，咱们回中心，回去把心血抽了！"心血可以了解死者死亡时是否有被麻痹、药物作用、酒精作用等等，这也是指导侦查方向的重要依据之一。

"嗯，好的！"林蕾也果断地点头，确实所有的事情都有待尸检来寻找证据。

解剖室里，林蕾死活不让安喆上手，她义正词严、霸气侧漏，安喆无奈只能拿着相机喊着林老师，干起了林老师秘书的工作。

"安老师，你记一下吧！"林蕾捧着死者的左手，放到眼睛的水平方向道，"铜丝缠绕左手腕部三圈，然后和电线近端对合缠绕。"

安喆飞快地做着记录，派克钢笔与纸张摩擦的声音细腻悦耳。林蕾喜欢安喆的字，洋洋洒洒的字迹中透露出阳刚、洒脱的性格。

安喆拿起相机，在林蕾默契的配合下，对着左手腕的正面、侧面、反面各照了一张相片，然后示意林蕾："把电线取下来吧。"

林蕾小心地拧开铜丝的断头，一圈一圈地反向绕开，她每绕开半圈，安喆就照一张相。

"安老师，左手手腕可见环形的皮肤焦炭样改变，符合电灼伤的改变，电灼伤改变的皮肤宽度为0.6厘米，周围没有看见划伤、挫伤，这可以说明在绑电线的时候死者没有挣扎。"林蕾一边说着，一边检查死者的眼睑、口唇和颈部，"眼睑没有看到出血点，没有窒息的征象；口唇和颈部也没有看到损伤，说明没有使用过闷堵口鼻、扼压颈部的手段……"

"对，我在现场也看过了……"安喆凑过来，"我觉得咱们现在应该重点找到死者不反抗的原因，是吧林老师？"

林蕾心领神会地拿出一根长约八厘米的套管针，拿着里面的针上下通了两下，在死者左胸部按了两下，然后果断地垂直进针，只听"噗噗"两声，林蕾抽出套管针的内芯，暗红色的血液就如泉水般冒出。

安喆迅速地递上针管，林蕾接上套管针，轻松地抽出了50毫升的心血，打到塑料管内，递给安喆。安喆熟练地用物证袋封好，说道："这几管心血一定能告诉咱们死者不反抗的原因。"

"但愿如此啊！"林蕾埋头于尸表的检验工作，她的目光从上到下，顺着死者的皮肤一寸一寸地扫描着，"安老师，咱们现在还不能做解剖吧？"

"还没找到家属，再等等吧！"安喆知道林蕾刨根问底的精神，毕竟仅仅一个尸表检验远远不能解答所有的问题。

"那我能取局部的皮肤吗？"林蕾眼光定在一处。

"你是说电流斑？那个当然可以取啊！"安喆有点不明就里。

"不是！"林蕾用手搬起死者左侧的臀瓣，指着死者的左侧臀部的外缘，"这里！"

安喆凑过去一看，一个点状的皮肤缺损隐藏在暗红色的尸斑里，周围的皮肤还隐隐有一些发红。

"林老师，你怀疑……"安喆和林蕾一个对视，一拍即合，"取吧，一半做病理，一半做毒检！"

两个人走出解剖室，一个人去送毒化检验的检材，一个人去送 DNA 的检材。

"安哥！"去送 DNA 路上，董浩楠又踩着点及时赶到了，"累死我了！"

"怎么样？有什么有用的信息没有？"安喆看着董浩楠一脸的颓败，知道可能不太顺利，但是内心还是存有一线希望的。

"啥也没有啊！"董浩楠一声长叹，"身份信息什么都摸不上来，只知道死者来这家小旅店住了一个多星期了。老板是只要有钱就行，一概不多过问。倒是等来了住对门的人回来，说好像是见过女的来找死者，而且好像还不止一个人呢！"

"能找到人吗？"安喆不死心地问。

"对方的描述是，一个岁数大点，一个岁数小点……"董浩楠无辜地看着安喆，底气十分不足。

"就这些？"安喆叹了口气，"这下可费劲了！"

"安哥，那你这边发现什么了没有？"董浩楠兴致勃勃地问，看着安喆的眼神好比黑暗中的行者找到了灯塔的感觉。

"别这么看我！"安喆没好气地说，"你人找不到，解剖我们也做不了，你指望我能说出什么来？难道让我讲故事吗？"

"也是哦！"董浩楠有些不好意思地说。

"等着吧！"安喆扬扬手里的物证袋，"如果运气好，咱们能找到人就好说了！"

"那赶紧！安哥，咱们赶紧给物证室送去！"董浩楠拉着安喆就往物证接案室跑。

"安哥！"物证室的赵玉看见安喆也很是激动，"你怎么样啊？身体有什么感觉吗？伤口好了没有啊？"安喆一向女人缘不错！身边的浩楠好像空气一样，赵玉压根儿无视他的存在一样！

"还好！谢谢妹妹关心啊！"安喆把物证袋交给赵玉。

"安哥，你肯定没事儿！"赵玉没有着急打开物证袋，而是看着安喆，满眼诚恳，"我们都在为你祈祷呢！这是林蕾号召的，你要相信群众的力量！"赵玉说着还郑重地点了点头。

"还有这事儿？谢谢你！也谢谢大家伙儿！"安喆十分感动，有这么多人的祝福和关心，让他觉得自己的振作是对大家最好的回馈。

"小赵，辛苦你，这个检材抓紧一些，死者的身份到现在还摸不到，就靠你们了！"安喆还是适时地催促道。

"放心吧，安哥！结果出来会第一时间通知你们！"赵玉说着就埋头将血卡从物证袋里取出，熟练地剪下一小角放在 EP 管里，其间还不忘点头跟安喆举起右手握拳示意，"安哥，你加油哦！"

"好！我们都加油！"安喆一语双关，转身离开了物证室。发现跟在身边的浩楠，还站在接案窗口……安喆返回去找浩楠，只见浩楠目不转睛地看着赵玉忙碌的身影。安喆轻轻踢了浩楠一脚，嘴里小声说："再看，眼珠子都掉出来了！"

浩楠才发觉自己失了态，打闹着跟着安喆离开了 DNA 室接案窗口，赵玉被他们笑着闹着的声音吸引，回头看见两个高大的男人的身影越走越远，他们步履轻快，彼此打闹着，青春洋溢的样子。赵玉忍不住笑了笑。

同一时间，林蕾也在毒化接案室送检，接待她的是中心最老资历的胡斌专家，"胡老师，辛苦您，这个案子现在没有什么方向，所以可能要给您增加工作量了！"

"呦！真的这么有意思吗？快说说！"胡斌的眼睛一亮，笑笑地看着林蕾，"大胆说你的怀疑，我来负责给你印证！"

"这个死者手上缠着电线，但却一点挣扎都没有，所以我觉得他体内肯定有能让他失去反抗能力的东西！"林蕾在胡斌的鼓励下大胆地阐述自己的猜测，"而且他左边屁股上还有一个针眼儿，我在想会不会是给他打进去的药？所以我把那个针眼周围的组织也给您取来了。不过胡老师，我们也不知道会不会是吃进去的，解剖还没有做呢，所以都只是猜！"

"这个好有挑战！就是要在你们解剖之前这个才有趣！"胡斌笑眯眯地看着林蕾，仿佛找到了高手，可以一起下一盘胜负未定的棋局。

"那辛苦您了！"林蕾也笑笑地看着胡斌，这个白头发的老头儿兴奋的样子让她也为之一振。确实，法医就是这么有魅力的工作，永远在探索，永远在猜测，永远在证实！

"不辛苦，不辛苦！"胡斌已经投入到对检材初步的处理中，仿佛迫不及待探险的小孩儿一样，充满了动力，"我加紧做，争取明天早上之前就能出结果！"

"好的好的！"林蕾期待地点头，"结果出来了，您随时给我电话！"

"安喆怎么样？"胡斌突然想起什么似的，叫住了走出去一段距离的林蕾，"这小子精神状况和身体状况都还好吗？"胡斌目不转睛地等待着答案。

"最后的结论要等到5个月后吧，到目前为止的血检结果都很正常！安老师特别坚强！"林蕾感谢胡斌的关心。

"坚强就没问题！"胡斌这时候却没有笑，神情有些肃穆，"我觉得任何病菌都是柿子捡软的捏，坚强的人不会让它们得逞的！还有我们室的人都特别惦记着他呢！告诉他放宽心，咱们宁可让它打死，不能让它吓死啊！"

"嗯！谢谢胡老师！真的谢谢您！"林蕾哽咽，热泪盈眶，她太感恩了，她只知道自己每天都默默地祈祷，殊不知这么多人也都在以自己的方式为安喆祈福。她真的突然觉得前所未有的正能量满满、信心满满，同时她也油然感受到这个集体是多么的可爱，多么的令人难以割舍啊！！

"好了，走吧！"胡斌跟林蕾挥挥手，"赶快回去歇歇！"

林蕾给胡斌鞠了一躬，赶紧回了办公室。

天还没有亮，安喆的电话先响了起来，是物证室的赵玉，"安哥，结果出来了，还真的挺幸运的，对中了一个人，这个人的姓名是赵云海，身份证号是××××××××，家住丰台××村。他之所以在库里是因为去年他的妻子非正常死亡，丰台分局的同志送了他的血样！"

"又害你一夜没得休息，真是感谢啊！"安喆由衷地感谢道，他特别体谅法医中心的女同志们，为她们的优秀和努力工作点赞！

"好的，安哥晚安，啊，不对，早安喽！您还是要多注意休息哦！"赵玉轻快地和安喆道别。

安喆随即拨打了董浩楠的电话，将死者的信息告诉他，并叮嘱董浩楠尽快联系家属，否则无法开展解剖工作。

"马上落实！"董浩楠元气满满的声音从电话那头传来，还伴随着起床的声音。

"安老师！"林蕾的声音在安喆宿舍门外响了起来。

"怎么了？"安喆赶紧起身，套上衣服把门打开。

"您的电话一直占线，我觉得比较重要，就过来跟您汇报！"林蕾还穿着睡衣，外面裹着勘查服，一副急匆匆的样子，"刚才胡老师的电话打来了，说在死者的心血里检出了乙醇，已经达到了醉酒的程度。同时还检测出了A药物的代谢物，而在左臀的那块组织里也检出了A药物的原型，而且含量都很高！"

"A药！"安喆不确定地重复了一遍。

"是的！"林蕾肯定地点头。

"这可是处方药啊！专门用来治疗抑郁、失眠的！"安喆果断地拿出电话，拨给董浩楠，"浩楠，你摸死者的人际关系时注意看看有没有人有抑郁症或者失眠的问题……"

"安老师，找到人了？"林蕾激动地问，只要人找到了，破解案件的谜题就解了一半。

"找到了，叫赵云海，52岁，去年他的爱人非正常死亡，估计当时不能排除他的嫌疑，所以他的血样就在库里。"安喆皱着眉头。

"还有这样的事？"林蕾惊诧了，死者的样子在她脑海中浮现，乌黑的经过精心打理的头发，富有弹性的皮肤，一点也看不出来已经 52 岁，"他老婆是怎么死的？"

"不知道……"安喆也仿佛在思考着什么，"董浩楠估计上午会给咱们回话的！再去休息一会儿吧，等董浩楠消息来了，咱们估计又有的忙了！"

"好的，那安老师你也再眯一会儿！"林蕾退出安喆的宿舍，又返回来不放心地问道，"你有没有不舒服？"

"没有一点不舒服！"安喆觉得林蕾已经快操心成一个啰唆的小老太太了，主动安慰道，"正相反，我觉得全身活力满满！"

"嗯，我也是！安老师，你知道吗，中心的每一个人都在为您祈福呢，包括所有认识你的人！所以你一定会没事儿的！"林蕾说完，突然伸开双臂，快速地拥抱了一下安喆，然后没等安喆反应过来就跑开了，嘴里还鼓励道："安老师，加油！"

"好！"安喆声音有些涩然，这个突如其来的拥抱，勾起了他内心的情感，只有他自己知道，他花了多大的力气克制住自己才没有回抱回去。

林蕾笑着跑走，仿佛有一丝害羞，但她的笑容足以让安喆的心情放起节日的焰火。但是，随后，安喆的心情又跌到谷底！这个世界上不是你爱的人不爱你，而是爱你的人，明明就在眼前，你却不敢接受。

清晨的法医中心，几盏亮着的灯熄灭，又有几个黑着的屋子变亮了；有的人刚刚忙完才睡下，而有的人已经准备迎接新一天的忙碌了。

早上九点半，董浩楠的电话终于打来了，安喆和林蕾正在办公室等得五脊六兽的。安喆索性把电话按到免提，"安哥，赵云海的家属我都找到了啊，两个姑娘，一个儿子，我们队的人正一个一个往法医中心带呢！"

"好的，那他们来了我们就可以跟他们谈解剖的事宜了！"安喆习惯性地敲着桌子，"这两个女儿里有得抑郁症或者失眠的吗？"

"没有。"董浩楠回复，"不过他老婆有，我是说赵云海死去的老婆！"

"哦？详细说说！"安喆感兴趣地问，"还有她老婆到底是怎么死的？"

"具体的我还要再问问当时的办案人员，不过大概的情况是赵云海的老婆去年六月自杀，是上吊死的，据说是因为有抑郁症！"董浩楠那边传来了关车门的声音，"安哥，我现在就去找当时的办案民警，你还有什么需要问的吗？"

"你看看能不能问到赵云海的老婆生前服用过什么药物吧？"

"好嘞！"董浩楠直接挂断了电话。

"安老师，您什么意思？"林蕾摸不着头脑，"您是怀疑赵云海的老婆不是自杀？而且杀了他老婆的人也杀了赵云海？"

"这个现在还不好说。"安喆一副请听下回分解的样子。

十点半，赵云海的两女一儿到了法医中心，林蕾带着他们去了解剖室，陪着他们指认尸体。

"是他！"赵云海的大女儿赵燕冷冷地说道，然后扯了扯赵云海的儿子赵亮，"你看看呢！"

"就是他！"赵亮不耐烦地回答，再也不愿意多看第二眼的样子。

"行了吧？还有我们什么事？"赵云海的小女儿赵玲也颇为不耐烦，看着林蕾问道。

"呃！……"林蕾倒是被这种突如其来的情况弄得尴尬了，本来准备的请节哀等安慰的话语一句都没说出来，"这个，那个，那您跟我到接待室来吧！"

林蕾挠挠头，暗叹真是人生百态，面对死去的家属竟然还能这么冷漠。

安喆早就等在接待室了，自从上次林蕾被死者的老婆推倒蹭破了手之后，他就不敢再让林蕾一个人去跟家属谈解剖的事宜。

"您好！我是赵云海死亡案的负责法医，我叫安喆！"安喆跟几个人点头示意，"你们几位节哀！我主要想跟几位沟通一下您父亲尸体检验的事宜。因为案件的需要，我们需要对您父亲进行解剖检验，但是这种检验是有创的，可能破坏您父亲遗体的完整性，所以必须征得……"

"该怎么验你们就怎么验！我们在哪儿签字？"赵亮打断了安喆的话。

"这里。"林蕾不顾安喆诧异的神情，拿着准备好的解剖协议举到赵亮的面前，指着签字的地方。

"好了！"赵亮火速地签上了自己的名字，递给赵燕。赵燕看都没看，就签上了自己的名字。又递给赵玲，赵玲也是直接就签上了自己的名字，速度快得让林蕾和安喆都有些不知所措。

"行了吧？我们可以走了吧？"仍旧是赵玲火急火燎地问。

"可，可以了。"林蕾有些结巴，她本来以为安喆要跟往常一样费半天的力气跟家属解释解剖检验的必要性、检验的过程以及检验后遗体的处理等情况，目前看，这些都不需要了。

"我怎么觉得……"林蕾正要和安喆讨论目前的情况。

"嘘！……"安喆示意林蕾安静，悄悄地跟着家属，推开解剖楼的门，赵云海儿女的声音立刻传了过来。

"活该！"赵燕说得咬牙切齿。

"就是，我早就恨不得他死了，真是报应！"赵玲冷笑着说道，"哥，咱们一会儿去给妈上坟吧！告诉妈一声！"

"嗯，好！"赵亮的话却不多。

"解剖？！我恨不得让那几个法医把他剁碎了！"赵燕恨恨地说道。

"有什么用？活着的时候就该把他千刀万剐！"赵玲附和道。

他们的声音渐渐远去，留下安喆和林蕾面面相觑。

"这个，不会是他们三个人联合起来杀了赵云海吧？"林蕾对赵云海的儿女们起了疑心，她从来没有想过有这样恨自己父亲的子女。

"我把这个情况跟浩楠反映一下吧，看看他那边能有什么发现，咱们还是做咱们最擅长的吧！"安喆拨通了董浩楠的电话。

林蕾想想也是，是与不是都还是要靠证据说话，她走进解剖室，穿上隔离服。这时安喆也走进了解剖室，很顺手地从背后帮林蕾系上了隔离服的带子。

"林老师还是不同意我上手？"安喆整了整林蕾隔离服的后襟，语气十分谦虚。

"嗯！不同意！"林蕾一点不客气，领导派头说来就来，雄赳赳气昂昂地拿起了解剖刀，"您做好记录和照相的工作吧。"

"得令！"安喆嘴上爽快地答应，但是心里却十分不忍心，他深知一个女孩子独立完成一台解剖有多辛苦。

"头皮下、颅骨、脑组织未见损伤……"电锯的声音响起又停下，林蕾的话语中有明显的喘息声。

"嗯……"安喆看着林蕾甩了甩手，知道她又被电锯震得手疼，"要不我来吧？"

"不用不用！"林蕾忙不迭地摇头，"我能行！"

"哎，林蕾……"安喆刚想要说话，浩楠推门冲了进来。

"安哥，小蕾子！你们猜怎么着？"董浩楠兴奋地喊着，"这个赵云海老婆死的时候，他的三个孩子都说是他们爹害死了母亲，所以当时办案的民警才会采他的血样。"

"他们为什么这么说？"林蕾好奇地问，"反正刚才三个子女来的时候，看遗体的眼神真的用厌恶来形容都一点不为过！"

"不知道，办案民警也不知道，这两女一儿当时都不说原因，但就是跟警察说怀疑他们父亲！"董浩楠也奇怪。

"那他们三个有没有嫌疑？"安喆问道。

"没有，他们三个都有确定的不在场证明。"浩楠肯定地回答，"其实这个案子办案民警认为性质就是自杀，在现场留有遗书，是她留给孩子的遗书，交代了财产的分割，不过根本就没提她老公。他们的儿女也说赵云海和母亲的感情不怎么好。"

"那看来赵云海的子女在感情不好的父母中，感情天平全部都倾斜在了母亲这一边？！"林蕾补充道。

"那赵云海的妻子之前服用的药你问到了吗？"安喆问。

"问到了，就是 A 药，呐，就这个！"董浩楠还掏出手机，把里面药的包装给安喆看了看。

"安老师！"林蕾打开了赵云海的胃，舀出了里面的食糜，"成型的东西有西红柿、芹菜、米粒、鸡蛋、肉，嗯，还有很大的酒味……"林蕾现在已经能够坦然面对这些了。

"浩楠，你让人去摸摸情况吧，看看小旅店周围有没有餐馆的人记得死者去就过餐的？"安喆快速地按下了照相机的快门，顺便扶了扶林蕾头上往下出溜的帽子，"不过你别去啊，我还有问题需要你解决！"

179

"那我打个电话，把活儿分配下去就回来。"董浩楠快步走出去。

"安老师，我觉得真的有可能是赵云海的儿女杀了他！"林蕾开始缝合。

"为什么这么说？"安喆拿出纸巾，给林蕾擦了擦额头上的汗，这小丫头这一台解剖做下来确实累得够呛。

"现场的情况特别像是女性作案，干净、整洁，而电击这个事情，我觉得女性一般不擅长，可能是男性的主意，毕竟男性对于物理的东西更擅长！你看他两个女儿一个儿子对死者意见那么一致，都是恨之入骨的！"林蕾头头是道地分析。

"擅长物理的男性却把电线弄短路了？"安喆不敢苟同。

"那可能是意外！您对此有什么想法呢？"林蕾也觉得自己的推测开始站不住脚。

"林蕾我不反对女性作案的推断，但是我更倾向是一个人作案……"安喆右手戴上手套，在林蕾每穿出一针的时候，帮她拽住线，变相地帮他省力。

"一个人？为什么？"林蕾看安喆坚持，自己也确实有些累了，就也没有反对，不过她还是很好奇安喆为什么会倾向一个人作案，便问出了口。

"你不觉得手段很多吗？这么大量的酒精，这么大剂量的 A 药，然后再加上电击，这么多种手段没有一个是费力气的，所以我同意你女性作案的推断。同时这也能说明是一个人，因为不确定自己的力量，所以才会使用这么多的手段。如果是三个人作案，力量悬殊这么大，还需要这么多的手段？这么麻烦吗？"安喆仔细地说给林蕾听。

"那如果是三个人合谋连续作案呢？老大灌酒，老三下药，老二捆电线，不约而同，或者相约分别行动？表示一种泄愤！"林蕾大胆地做了极端的推测。

"我也不能排除有这种可能，毕竟三个子女对这个父亲有明显的敌视和厌恶，所以我没让浩楠走！必须排除各种可能。"

正巧，浩楠从外面走进来，"已经分配下去了，摸排周边餐馆。"

安喆说道："浩楠，我觉得可以把三兄妹叫来问话了，看看他们三人是否有嫌疑。"

"我也正要说这事儿呢！目前看，三兄妹的确有杀父的动机和可能，您先忙着，我去啦！"临走还给林蕾使了个眼色，林蕾心领神会地点了点头。

尸检完成了，林蕾仍然在实验室里将处理好的臀部皮肤和手腕部的皮肤浇上蜡，在模型里灌成一个一个正方形的蜡块，然后放在一个仪器上，转动把手，一片又一片带着皮肤切面的薄片就这样落了下来。林蕾迅速地用毛笔卷了一片薄片放在旁边的水里，再拿着一块玻璃片迅速在水里一捞，带着皮肤切面的薄片就紧紧地附在了玻璃片上面。

"林老师，到哪一步了？"安喆敲了敲门，走进了实验室。看着林蕾把玻璃片一片一片地放在一个铁架上，放进了一个装着有颜色液体的容器里，"这么快，都染色了？"

"嗯，一会儿就能看了！"林蕾没想到安喆还会来实验室，"您怎么还不休息？忘了自己什么情况吗？"

"等董浩楠那边的消息呢！"安喆没有说的是他看见林蕾的宿舍和办公室都黑着灯，忍不住在楼里转悠着找她。

"那可不行，您现在得保证睡眠！"林蕾推着安喆往实验室门的方向走，"我一会儿给董哥打电话，让他有情况通知我！"

"唉，行行行，你别推我呀！"安喆有些无奈，林蕾看着瘦瘦小小的，手上的劲儿还挺大，"我这就去睡，行了吧？"

"这还差不多！关手机，赶紧睡！"林蕾得意地看着走远的安喆，继续回到实验室，这时计时器响起来，林蕾拿着夹子把装着玻璃片的铁架子夹起来，放进另外一个装着有颜色液体的容器里。

此时，董浩楠也在挑灯夜战，他一个一个询问室地转着，全盘掌控着赵云海三个子女的询问情况。

"什么？你们怀疑我们？"赵亮大声地嚷着，"自从我妈死了以后，我们都没跟这个老家伙联系过！"

"不是吧？！"赵玲一脸无奈地说道，"我是一直想让那个老东西死，但是我才不会自己动手呢！"

181

"我们跟他的死没有关系，如果不是你们来找我们，我们压根儿都不知道他人在哪儿！"赵燕冷静地回答道。

"我是不知道那个老家伙什么时候死的，反正你们找我的前一天，我刚从南京出差回来，你们可以自己查！"赵亮满脸不耐烦地说道。

"我在医院当护工，每周上六休一，六天都是 24 小时，医院到处都是监控，你们自己查去呗！"赵玲翻了一个白眼，双手一摊，往后面的椅背上一靠。

"我天天上下班的，你们可以自己去查去问！看我是不是说谎。"赵燕疲倦地揉揉眼睛。

浩楠将队里的侦查员集合起来，"哥几个辛苦了！咱们连夜把他们这几天的活动查实，法医那边说死亡时间也就是三天左右。"董浩楠也疲倦得睁不开眼，给几个侦查员递上了香烟，这个时候也就是一口烟能够压制住浓浓袭来的睡意和烦躁。

"董哥，放心！"几个侦查员四散而去，都奔着不同的地方去了。

"你们为什么怀疑你们母亲的死和你们父亲有关？"董浩楠在办公室想了想，分别走进不同的询问室提问了同一个问题。

"我妈在家勤勤恳恳，他在外面搞破鞋！"赵亮义愤填膺地说。

"他对不起我妈！"赵玲声音有些哽咽。

"我妈就算不是他直接杀死的，也是他间接逼死的！"赵燕握紧了拳头，狠狠地砸在桌子上。

"你们知道是谁吗？"董浩楠追问着。

"不知道！"赵亮啐了一口，"一个破鞋我知道她干吗？也不嫌恶心？"

"反正是个年轻貌美的小婊子！"赵燕口不择言地骂道。

"是一个人还是一群人还不一定呢！"赵玲一脸的嘲讽，"一会儿听说是村里的，一会儿听说是城里的！也不怕得了艾滋病！"一听见艾滋病，浩楠心里就是一哆嗦，他现在一听见这个词就觉得刺耳，他使劲儿把烟蒂摁灭在烟灰缸里。

"董哥！摸上来点情况！"去小旅馆周围的饭馆摸情况的侦查员们回来了。

"快说！"董浩楠眼睛噌的一下亮了。

"有一家饭馆的伙计记得死者，因为那天他特别高兴，一个劲儿地加酒，可是跟他一块儿去的一口酒都不沾！"

"饭馆的人能反映出来同行的人什么样儿吗？"董浩楠追问道，"是他的孩子吗？"

"不是！"侦查员摇头，"我把他三个孩子的照片都给伙计看了，他们说都不是，比他们要年轻，而且是个女的。死者跟她还挺亲密，吃饭的时候还摸人家手……"

"长什么样？"董浩楠像是抓住了救命的稻草。

"说是一米六多，很苗条，二十多岁，长头发，圆脸盘儿，长得挺好看的！"侦查员翻着记录的本子。

"这可怎么找呀？！"董浩楠虚脱地靠在椅子上，"行了，你们赶紧去休息休息吧！"

董浩楠挥挥手，示意奔波了一天的侦查员赶快去睡觉，自己也靠在椅子上，闭上了眼睛。

"董哥，赵亮的确有不在场证明，他没说谎，确实出差刚回来！"

"队长，赵燕没说谎！"

"老大，赵玲这几天还真的一直都在医院，唯一休息的那天去商场购物了，监控录像全找到了，没毛病！"

天刚擦着亮儿，侦查员们一身疲惫和烟味，把情况都反映了上来，董浩楠头都大了——已有的三个嫌疑人全部没了嫌疑，有嫌疑的那个人还是一个未知的 X。

他看了看手表，洗了把脸，又绷了一会儿，一直等到六点才拨通了安喆的电话，将现有的情况都反馈给了安喆。安喆在电话那头也是一阵沉默，种种情况都指向了一个事实——调查又回到了起点，虽然有个可疑女子出现，信息却几乎为零！

"哎！林蕾，"食堂里赵玉端着饭跟安喆和林蕾坐到了一起，"你们那个现场被子上的提取物，我做出来了一个女性的分型，不过没对上人！"看着两人一脸的低气压，"咋了？没线索了？"

"是啊！"林蕾沮丧地说，"玉姐，那种小旅馆，不能保证每天换被褥吧，这个女的还不知道是不是路人甲呢！再说了，就算是嫌疑人留下的，嫌疑人是谁呀？上哪儿找去啊？！"

"一个怀疑的对象都没有了？！"赵玉看这师徒俩遇到难题了也想帮着出出主意。

"有！"林蕾耸耸鼻子，"二十多岁的漂亮女子，圆脸，一米六多……"

"啊？！这样啊……"赵玉一脸吃惊，"快吃饭吧，吃饭！安老师，别上火，保证营养要紧！"

"老安！"病理室的张斌也坐到了这一桌，拍着安喆的肩膀，"小子，食欲不错啊！我敢说你什么事儿也没有！对不住啊，我们这班邪了门儿了，太火了，拖累了你这疗伤的都来出现场了！"

"原来是你啊！"安喆也笑了，"太可怕了你，整个室都被你发出去干活了！张长老，快收了你的神通吧！"安喆双手合十作揖道。

"是是是，回头门口涮肉啊，我给大家赔罪！"张斌脸上的黑眼圈都比眼睛大了，明显也是没有休息好，但还是神采奕奕，笑呵呵的。"我们那个案子有点意思，林蕾，你要不要看一看啊？你要是有空也过去看一眼！"

"是吗？行，那赶紧吃吧，吃完咱们一块儿过去！"安喆加快了进餐的速度，林蕾也赶紧把碗里的粥喝完，林蕾拜托别的组的同事的，如果有特殊的、敏感案件的一定叫上她。

解剖室里，张斌简要地介绍了案情："昨天晚上发现的，就在通惠河里，我第一眼看吧，就觉得是淹死的。左手腕上还有几个刚刚愈合的瘢痕，有点像自杀未遂留下的创口。身上也没有别的损伤，我当时就觉得应该是投河自杀。可是回来一看吧，你们看看这手上，这个是什么？我怎么觉得像是电击伤啊？还有这划伤，跟手腕上的伤不是同一时间形成的，也就是这一两天形成的！"

安喆和林蕾同时戴上手套，拿着死者左手仔细地观察，只见左手食指的中节有一道浅浅的划伤，而末节指腹上一块白色表皮经过水的浸泡明显隆起，但是在隆起的中央确实凹陷下去，这分明是电流斑无疑。

"这一两天！"林蕾看了一眼死者手上的损伤，就跑到解剖台的上端，仔细端详着死者的面容，"二十多岁，圆脸盘儿，漂亮！"又目测了下死者的身高，"一米六左右！"

安喆也跑过去看，他瞬间明白了林蕾的意思，"老张，赶紧的把这姑娘的 DNA 送检了吧！这姑娘可能跟我们那个案子有关！"

"嘿！还有这事？！"张斌也不可思议地看着安喆。

安喆摘下手套，就给赵玉打电话，"赵玉啊，我们马上送一个女性的 DNA，你看看能不能和被子上的那个女性 DNA 对上？"

"好！"那边赵玉果断地答应。

下午，赵玉给安喆打来了电话："安哥，对上了！"

"对上了？"安喆不敢置信。

"对上了，这个姑娘叫赵晓红，今天早上派出所刚送来的走失人员，两边的实验结果是一块跳出来的！"赵玉那边的声音也掩不住的激动，真是太巧了。

"太好了！"安喆一直揪着的心也终于放下了，"辛苦了啊，谢谢妹妹！"

安喆立即给董浩楠打电话，让董浩楠去查赵晓红跟赵云海的关系，董浩楠的调查结果还没有回来，安喆和林蕾就知道了赵晓红是谁。

赵家的三兄妹来处理赵云海的尸体，一进屋就先看到了赵晓红的尸体。

"哎，姐，你看这个是不是咱们村里的赵晓红啊？"赵玲围着看了半天问她姐。

"还真是！"赵燕也一点不害怕，凑上去看了看，"就是她，你眼睛还真尖，都多少年没见了，你居然还能认出来！"

"你们认识她？"林蕾小心翼翼地询问着。

"认识，要说还是我们家的亲戚呢！"赵玲伶牙俐齿地答道，"她管我妈叫婶子，要说这孩子也挺可怜的，小时候爹娘就都死了，一直跟着姥姥生活，那会儿初高中的时候还老来我们家吃饭呢。她书念得还挺好，后来考上了市里的大专，就见的少了……"

"哦！"林蕾没有再多问，显然这三个人也不知道更多的情况。

"林法医，晓红是怎么死的呀？"赵燕一脸同情地问，"也是被人杀的吗？"

"不是，应该是自杀！"林蕾言简意赅地说。

"可怜的孩子！好死不如赖活着啊！"赵燕的声音中流露出浓浓的惋惜之情。

三兄妹让殡仪馆的师傅们带走了他们父亲的尸体，却跑回到赵晓红的尸体旁继续追思。

"林法医，这孩子的姥姥几年前就走了，要是这孩子的尸首没人认领，您再给我们打电话吧，她从小就跟在我后面姐姐长姐姐短的叫呢，唉……"说着赵燕竟然流下了眼泪……

"好，谢谢您！"林蕾不知道该如何应对。

接待完了赵家的三兄妹，林蕾把情况跟安喆汇报了，安喆和林蕾一致认为赵晓红极有可能就是赵云海的"情人"，而事实也正像他们猜测的一样。

"安哥！"董浩楠的电话适时地响起，"这个赵云海就是赵晓红杀的！"

"怎么查到的？"安喆迫不及待地问。

"赵晓红的走失是她现在的男友，或者说是前男友报的警！因为两人正在闹分手。"董浩楠明显还在路上，但是他也已经迫不及待地要把查到的全部情况分享给安喆和林蕾。

"一个礼拜前，赵晓红的男友发现赵晓红一直在吃抗失眠的药物，就是A药，问她原因她也不说，他又发现赵晓红背着他又跟那个老男人纠缠不清！一气之下就跟她大吵一架，赌气说要跟她分手！结果这个赵晓红就在家割腕自杀，幸好他回来拿东西及时发现了，送去医院就给救了回来！"

"嗯，赵晓红的左手腕上的确是有伤！"林蕾接话道，"不过，董哥，安老师问的是你怎么查到是赵晓红杀的赵云海？"

"别急呀，小蕾子！"电话那头传来董浩楠咕嘟咕嘟喝水的声音，"这个男友是赵晓红大学同学，两人分分合合也两三年了，但是经常因为那个老男人吵架。不过两人还是很有感情的，所以出于关心，出院没几天这男友就想看看赵晓红伤恢复得怎么样了，却发现怎么也联系不上赵晓红了，于是就报了警，然后我们就去了赵晓红的租住处，发现了赵晓红的遗书。"

"怎么说？"林蕾迫不及待地凑近电话，"她在遗书里承认的？"

"就是这样！"董浩楠打了一个响指，"说来这个赵晓红也挺可怜的，从小失去了父母，然后这个亲戚叔叔从她开始发育就动手动脚的，刚开始她还反抗，可是有一次还是不敌赵云海的力气，被他强奸了。赵云海为了封她的嘴，就给她钱。当时赵晓红就靠姥姥一点微薄的低保过生活，日子特别苦，还是赵云海的老婆看着她可怜才老叫到家里来接济，可是却不想反而把这孩子带入了魔窟。所以赵晓红就冲着这个钱，忍下了这份屈辱。后来她为了自己的学费，也算是予取予求了，只是内心一直觉得对不起那个真心待她好的婶子。"

"哎呀，真是的！"林蕾叹道，"那她婶子一直就不知道？"

"怎么可能？世界上哪有不透风的墙？"董浩楠夸张地喊道，"赵晓红考上了市里的大专，她需要最后一笔学费，所以她比以往都顺从赵云海的要求，每次赵云海事后都会给她一些钱，赵晓红就在决心最后一次迁就赵云海的时候，却被她婶子抓了个正着！"

"那她婶子的病是不是跟这个事情也脱不开关系了？"安喆问道。

"是，从时间上吻合，她婶子开始开药的时间就是前后脚！"董浩楠沉默了一下。

"尤其是这个婶子突然自杀之后，赵晓红也开始不正常了，她遗书里写的她开始彻夜不眠，被愧疚和羞耻啃噬；经常觉得她婶子鄙夷地看着她，她的服药记录也是那个时候开始的。"

"那她是为了她婶子复仇吗？"林蕾问。

"不是，还是因为赵云海的纠缠破坏了她自己的感情，让她没有了希望！"董浩楠的声音里也有了厌恶，"这个赵云海真的是个无赖，赵晓红考了大专以后就想断绝和赵云海的来往，可是赵云海一直纠缠不休。而且赵晓红找到男朋友之后他变本加厉，跟踪她，打骚扰电话，用曝光他们俩之间的关系威胁她！"

"怎么会这样啊？"林蕾骂道，"这个赵云海怎么这么龌龊呀！"

董浩楠"哼"了一声，"他肯定觉得碍事的老婆子终于死了，也许这就是他能和赵晓红长相厮守的最好时机了呢！"

"他也太扭曲了吧！他们是叔侄关系呀，这不是乱伦吗？"林蕾叫道！

董浩楠忽略林蕾的大呼小叫继续讲述，"还没说完呢，这个赵云海终于把自己折腾到赵晓红男朋友面前了，他胜利了，得逞了，赵晓红的男朋友忍不了女朋友这样的过去，坚决要分手，赵晓红也觉得万念俱灰，才动了杀机。假意同意赵云海的要求，跟他和好，把他灌得五迷三道的，还给他打了一针她事先准备好的 A 药溶液，再用从小说里看到的方法，给赵云海缠上电线……"

事已至此，真相大白，林蕾跟着安喆回到家中，林爸林妈却没有在家。

"我爸妈呢？"林蕾惊奇地问。

"我昨天打电话让二老回去了！"安喆坐在沙发上，静静地看着林蕾，"这段时间辛苦他们了，我也已经可以自己照顾自己了！"

"没事的安老师，他们挺高兴能照顾你的！"林蕾有些尴尬，自从那天没克制住自己拥抱了安喆，这种感觉在两人独处的时候就会反复地出现，但是林蕾还是希望能尽快发生点什么来改变这样的状态。

"嗯嗯，我现在心情好多了，不需要再麻烦两位老人辛苦照顾我了！"安喆看着面带绯红的林蕾，"你也回去吧！赶紧回去休息。"

"啊？！"林蕾知道这是安喆的关心，可是此时她是多么不想离开这里，他是在下逐客令吗？"可是……"

"没有可是！"安喆打断她的话，语气有些急切，"孤男寡女的对你影响不好，我是结过婚的人了，我不怕，可是你不行！赶紧回家吧！"安喆催促道。

"可是，我……"林蕾刚想继续说。

"不用可是了！"安喆又打断了林蕾的话，"你听话，我现在很好，你不用担心我，你快回家吧！"

"可是……"林蕾坚持喊出两个字，却没有预期的阻挠，她索性一闭眼，一跺脚，说出了自己的心里话，"安老师，我喜欢你！我喜欢和你在一起！"

一片静默，林蕾被自己的声音震得脑子嗡嗡直响，她感到自己心跳加速，血脉偾张，她不敢看安喆的眼睛，默默地低着头，仿佛一个等待砍头的囚徒，等待着什么。

许久，没有任何声音和反馈。林蕾忍不住抬起眼直望向安喆，只见安喆背对着她，一动不动。突然传来安喆的声音，"谢谢你啊，林蕾！可是我不能接受！"安喆语调低沉而悲伤。

这一句话声音并不大，可是在林蕾听来却是如同炸雷，她不知道该如何应对，只觉得在眼眶里转了好一会儿的眼泪终于冲出重围，肆意地流淌下来。

"为什么，安老师？你不喜欢我？你讨厌我？还是因为蔺雪老师？"对，林蕾觉得自己已经找到了答案，刚才安喆还在提自己"离异"，安喆可是从来没有主动在林蕾面前提过这个，此时他这么说是在告诉林蕾他还在想念他的前妻蔺雪吗？

"别问了，林蕾，我只当你今天的话从来没有说过，我们还是最好的搭档，好不好？"安喆声音沙哑地转过身来。

"不好！我一定要知道为什么？是因为艾滋病吗？我可以等！一直等！但是如果是因为别的，请您一定告诉我！"林蕾哭着嚷出自己的心里话！

"没有什么好说的！"安喆声音决绝地回复，然后又背过身去不再看林蕾！

此时此刻的林蕾仿佛是拳击场上一拳被对手打倒的选手，不，不对，并不是被对手打倒，而是直接被裁判裁定出局的那个人。她感觉两颊发烧，满心不甘和委屈，思维混乱不能思考，她抬眼又望向眼前这个男人，只见他决绝地僵直地背对着她，那样的冷漠和无动于衷。

身后的门"砰"一声地关上了，这一声关门声把安喆震得浑身一颤，林蕾跑走的脚步声越来越远……

安喆着急地跑到窗户边向下看去，他的心狂跳，血管被汹涌奔腾的血

189

液冲击得胀疼。他脑子里出现许多案件的现场，都是这些年他亲自出的自杀现场，年轻女孩子感情被拒绝后直接自杀的。他忍不住也开始害怕起来，林蕾不会的，林蕾不会这样的！他贴着窗户一直在找着林蕾的身影，"为什么还没有从楼里走出来？难道她往楼上去了？她会不会……"

正在焦急地胡思乱想的时候，林蕾的身影出现在安喆的视线里，只见林蕾大步流星地朝着小区的大门方向走去，还不时地抹着眼睛。

安喆的心一下子安定下来，而此时他才发现自己也流下了眼泪……他虚弱地倚着窗子瘫坐在地上，仿佛刚才的对话已经耗尽了他全部的力量，他心里一直默默地喊着："对不起，对不起，林蕾！"

第八案
隐秘的杀手

没有了林父林母的厨房一下子没有了温暖的烟火气，安喆眼前又浮现出林父林母进进出出，时不时拌两句嘴的画面，而此时那里一片寂静，仿佛一切都凝固了。安喆眼前又浮现出林蕾端着汤碗儿招呼他喝汤的样子……

唉！这一切都不会再有了，自己注定是孤独的命吧！安喆再望向自己冷如冰窖的房间，默默地将多日没有播放的留声机打开，又是那个哀怨的花腔女高音的声音飘将出来，绕梁高亢、优雅动听，却是掩饰不住的孤独与悲伤……

就这样，安喆已经两天没有见到林蕾了。安喆又恢复到一个人做饭、一个人看书的状态，前一段他负伤，林家举家来照顾他的画面好像是一场梦一样，了无痕迹。安喆忍不住掀起袖子看了看自己胳膊上的伤疤，丑陋、狰狞的疤痕，龇牙咧嘴地趴在他的手臂上，证明着一切都是现实，不是梦！也许正是他自己将幸福挡在了门外。

第三天一早，安喆一个人在床上发着呆，突然听到"咚咚"的敲门声，他以为是敲隔壁的人家。又是一阵咚咚声，他起身打开了门，只见是林蕾站在他家门口。才两天的时间，林蕾明显清瘦了不少，皮肤白得透明，却越发显出乌黑浓密的眉目。

"安老师，这是早上妈妈刚熬好的汤，这是今天包的饺子，还有一些素烧菜心。晚上我来取餐具，好了，我去上班了。"林蕾表情平静背台词一样说完，将东西塞给安喆转身就离开了。

"林蕾，你站住！"安喆叫住林蕾，声音冷硬，"你把东西拿走吧，让阿姨也别费心了，我们只是普通同事关系，用不着这么费心！"

林蕾的身形僵住，她没有想到连自己的关心安喆都要拒绝，他就这样讨厌自己吗？

"还有，以后我觉得私人时间咱们还是保持距离比较好，你这样让我很困扰！"林蕾没有回头，自然也看不见安喆紧咬的牙关，"我希望在单位你也能控制好，这样我们还是能保持好工作关系，否则……"

"否则什么？"林蕾转身，眼里满是泪花，但却掩不住熊熊的怒火，"安老师，我也希望您明白，这些吃的就是基于普通同事的关心，没有其他的意思！您放心，您的意思我听得很明白，我不会再来打搅您！"

说完林蕾头也不回地走了。安喆提着东西，一句话也没有说出来，就那样站在原地望着林蕾离开的背影，心里默默地想着，就这样吧，斩断情丝，长痛不如短痛……

他看见林蕾走进了电梯，转身回房间，放下东西，跑到窗台边，等待着林蕾出现在小区院子里。许久，林蕾的身影从院子中走向小区大门，那么纤瘦、落寞的背影，消失在熙熙攘攘的人群中……

林蕾一边走，一边抹掉眼角的泪水，她没有回法医中心，她也不想回去，她需要想一想，她从来没有这样挫败的感觉，以前不管怎么样她都觉得凭借自己的努力能拼出新的局面，可是现在这样的情况，让她感到一种无力感，她突然没有了努力的方向。

安喆的拒绝每一个字都刺在她的心上，一刀一刀的伤口已经鲜血淋淋，她本来以为喜欢一个人可以尽情地释放自己的关爱与呵护，虽然有可能得不到回馈，但是那样她也是心甘情愿的。可是现在看来，她的存在似乎已经成了安喆的困扰了，她突然觉得自己很渺小，很失败。她不知道如何自处，更不知道要如何在单位和安喆相处，她从来没有这么委屈过，这么不甘过！

　　林蕾漫无目的地走着，她想，或者自己该离开了！反正从来也没有人看好她当法医。

　　"切，得了吧你！"迎面走来两个女学生，穿着同样的校服，两个人手挽着手，嘻嘻哈哈的，好不热闹。

　　林蕾木木地看着两个姑娘，曾几何时，她也曾有过这样的玩伴，她和白婷婷也经常这样手挽着手去上学，又这样肩并着肩放学回家。

　　对，她还不能走，还有婷婷的事情，这是她魂牵梦萦的，她不能这么自私，被安喆拒绝了就一走了之，婷婷不会原谅她的。

　　林蕾快步走到路边，招手拦下了一辆出租车，奔往法医中心。

　　"玉姐！"林蕾敲开了赵玉办公室的门，看她正在忙着整理图谱，有些不好意思，"是不是不太方便呀？"

　　"怎么会？"赵玉一看是林蕾，就乐得见牙不见眼儿，"小蕾，快进来！你怎么瘦了这么多呀！"

　　"啊？没有吧！"林蕾搓了搓自己的脸，这两天确实睡眠不好，"玉姐，我想问你个事！"

　　"说吧！"赵玉看着林蕾肃穆的神情，也收起了笑脸，认真地看着林蕾。

　　"是这样，我有一个好朋友，15 岁的时候失踪了，这么多年也没有音讯……"林蕾抿抿嘴唇，组织着语言，"我想知道有没有办法找到她，毕竟现在 DNA 技术已经这么发达了……"

　　"嗯……"赵玉沉吟着，她没有想到林蕾还有这样的经历，平时看起来不谙世事，原来瘦弱的肩膀上还扛着这么大的一个包袱，她有些同情地看着她，"现在有数据库了，咱们所有打拐的数据和死亡的案件，都有了，只是……"

　　"玉姐，你怎么了？我需要做什么吗？"林蕾感觉到赵玉的欲言又止。

　　"林蕾，你确定吗？现在多数的情况是失踪者的家人主动到派出所去提供亲缘的样本，你确定她的家人现在愿意提供吗？"赵玉慎重地看着林蕾，她的话很含蓄，她省略的意思是现在资讯这么发达，按理说白婷婷的父母早应该知道有 DNA 这个渠道可以找回女儿，可是这么多年他们都没有采取行动，是不是说明了他们其实不愿意面对事实，毕竟事实都不会太美好。

"嗯！"可是林蕾却没有看出赵玉的顾虑，也没有体会赵玉的深意，只是重重地点头，她觉得不论是对于她还是白婷婷的父母，任何一个结论都是好的，尤其是她，她需要一个结果、一个了断，然后才能前行。

"那好吧……"赵玉看着林蕾，有些担忧。

林蕾再次离开了法医中心，她去了一个已经许久没有去过的地方——白婷婷的家。那是一处位于四环以外老旧的小区，20世纪80年代建起来的六层小楼，如果在当时绝对是最时尚、最先进的建筑了。但是随着时间的推移，在周边挂着玻璃幕墙的现代化高楼大厦衬托下，小楼显出了破旧、颓废的气息。

楼道的大门已经没有了，就那样洞开着，好像没有牙齿的老人的嘴。楼道的墙面上各种熊孩子的涂鸦，还有不自觉的住户们把自家暂时用不到又不舍得扔的各色物品堆放在楼道的角角落落，让人感到一种莫名的凌乱和压抑。

林蕾逐级而上，这么多年过去了，林蕾自从白婷婷失踪后就再也没有勇气来到这个地方，因为每一次想到和白婷婷有关的任何信息，都是对她内心伤疤的再一次撕裂，那种已经病态的自责与愧疚让她强迫自己忘掉这个地方和这个地方的所有人。

但是当她决定再次来到这里的时候，她惊奇地发现，她是如此清楚地记得白婷婷家的位置，就在小区10号楼二单元三楼的左手间。一走近这里，少年时代她和婷婷做作业后一起在楼下跳绳、打闹的场景就浮现在眼前，那么清晰、真实，耳边仿佛能够听到婷婷的笑声，听到那时候白妈妈喊她们上楼喝酸梅汤的叫声……

白妈妈乌黑的头发烫成时髦的大卷，总是喜欢穿着一身淡粉色的修身高领毛衣，精致的妆容衬托得她优雅而美丽，白婷婷的美丽主要来自于她的母亲，她们母女俩都有一种独有的江南女子温柔、娴静的韵味。

林蕾哆嗦的手敲了敲房门，房门打开了，眼前是一个佝偻着身躯，满脸皱纹、满头白发的老人，身后是坐在轮椅中，同样满脸皱纹、满头白发的老妇人。

林蕾几乎认为自己走错了房间，她无论如何也不能把眼前的两个人和当年白婷婷的父母联系起来。

"对不起，这是白婷婷家吗？"林蕾问出口就后悔了，如果这真的是白婷婷的父母，那么"白婷婷"三个字对于两位老人是怎样的禁忌和打击啊！

"啊……对，对，是！你是哪位啊？"白父好像如梦初醒似的接话道，的确这么多年没有人来找过白婷婷的家。

"叔叔，我是林蕾，我是林蕾啊！我是白婷婷的同学，小时候老来您这儿玩儿的林蕾啊！"林蕾看出老人已经不记得她了，希望给他足够的信息唤起他的记忆。

"林蕾，林蕾，来来，孩子，快进来坐。"白父仍然是一脸茫然，但是还是把林蕾让进了房间。

林蕾走进房间，她惊奇地发现时间仿佛在这个房间里凝固住了，因为家里的陈设和家具几乎都完全保留着原来的样子，客厅里还是那个小茶几，林蕾和婷婷经常把零食弄得到处都是，被白妈妈呵斥；沙发摆放的方向也同林蕾记忆中不差分毫。

林蕾望向沙发后面墙壁上的照片，能看出来个别的照片架是新换的，但是大部分还是旧的、当年的框架，照片里婷婷永远定格的少年时代的照片正娇艳地朝着她笑。

林蕾眼泪冲出眼眶，婷婷的音容笑貌这么多年从来没有离开过她的脑海，但是当婷婷本人的照片摆在她眼前的时候，她瞬间被一种巨大的悲伤和莫名的愧疚包围。

白爸爸递给她一杯热水，拉着林蕾坐在沙发上，又跑过去把老太太的轮椅推过来，三人围坐在茶几边儿上。林蕾突然发现，白妈妈从她进门到现在没有任何的言语。她探究地望向白妈妈，发现她凝视着她，脸上没有任何表情，又好像是在望向林蕾身后的远方。林蕾仿佛明白些什么似的，眼泪又模糊了她的双眼。

白爸爸嘴里还在念叨着："林蕾？林蕾！哦，我想起来了，你就是和婷婷最要好的那个蕾蕾吧，小时候我还驮着你们俩去游泳来着，是不是？"白爸爸眼睛里露出了欢快的光。

"是啊，是啊，叔叔！"林蕾努力地克制着自己的情绪，她知道自己此行的目的，是一项非常艰巨的任务。她不想再做当年的怀旧回忆，直入主题地说："白叔叔，我现在当了一名法医，法医，您知道吧？您知道，现在科学技术进步了，很多以前破不了的案子有可能破获了。所以，我想请您和白阿姨去我们中心取个血，这样有可能对找婷婷有帮助。"

"婷婷，婷婷，我的婷婷啊……"白妈妈突然插话进来，说完又恢复了平静地凝视远方的状态。

林蕾抹了一把鼻涕，红红的眼睛看着白爸爸，等待着他的回答。

白爸爸沉默了很久，眼圈红红地问："呦！真有出息，都当法医了？婷婷如果还在也该这么大了，不知道她会干什么工作呢？"

林蕾没有接白爸爸的话，那是她不敢触碰的话题，她现在根本不敢对白婷婷的生抱有任何希望，更不敢做任何的幻想，她有些焦急地开口道："白叔叔，现在 DNA 技术在侦查办案中作用越来越大，我希望您和阿姨同意去采血，我想找回白婷婷，不管她现在是死还是活。"

林蕾的声音不大，尤其说到"死活"二字的时候还下意识地压低了声音，但是这两个字还是被白妈妈听到了，她突然眼露凶光，箭一样射向林蕾。

"谁说婷婷死了？谁说婷婷死了？你胡说！我的婷婷不可能死！"白妈妈突然咆哮起来。

白妈妈划着轮椅，几下就扑到林蕾面前，大声地呵斥道："婷婷就是你害死的，你还我婷婷来！"

林蕾被这阵势吓呆了，她隐约猜到了白妈妈的情况，但是却没有料到白妈妈会做出如此激烈的反应，现在她可以肯定她的神志有些不正常了。

林蕾没有躲闪，也没有防护，任由白妈妈推搡着，突然白妈妈一巴掌抽在林蕾的脸颊上，林蕾猝不及防地"啊"了一声。

白爸爸一把抱住白妈妈，"你看清楚，这是婷婷的好朋友！是婷婷最好的朋友蕾蕾，你怎么能打人家呢？！"

白妈妈认真地顺从地好好看了看林蕾，好像在研究林蕾的脸，突然又变了个人似的，满脸笑容地拉起林蕾的手，"婷婷啊，婷婷，你跑到哪儿去了？婷婷啊，婷婷，你怎么瘦了这么多啊？……"

"她不是婷婷，是婷婷的好朋友林蕾……"白父有些抱歉地看了一眼林蕾，安抚着激动的白母。

"那我的婷婷呢？"白母无辜又无助地看着白父，眼光里完全没有林蕾的存在，她紧紧地揪着白父的手，"老白，咱们家婷婷呢？你看见我宝贝婷婷没？"

林蕾被眼前的情景震撼了，她没有预期到这样的情况，她以为白父白母一直不知道 DNA 技术，今天她过来跟他们说明后，他们就会欣然同意跟她去中心取血，可是眼前的现实就如同脸上刚才那一巴掌一样让她又热又痛。

她再也忍受不住内心的悲怆，眼中溢出眼泪，猛地站起身，冲出门去。身后还听见白妈妈大喊着："慢点跑，慢点跑，你这孩子，又去哪儿啊？！"

"那是婷婷的同学，你瞧你，把人家吓坏了！"身后还有白爸爸责备孩子一样的语气责备白妈妈的声音。

林蕾一口气冲出楼道，满脸泪痕，她抬起头，让阳光照在自己的脸上，却再也忍受不住心头的压抑和痛苦，蹲在地上大哭起来。

她就那样旁若无人、肆无忌惮地号啕大哭着，她觉得自己简直一无是处，对于安喆来说她是一个惹人烦的负累，对于白婷婷来说她是一个毫无用处的朋友，她的存在仿佛成了所有人严重的麻烦，她的感情让安喆困扰，她的到来打破了白父白母本已经千疮百孔的平静。

林蕾呜咽着，像一只受伤的小兽，她不知道自己该何去何从，她的感情得不到回馈和正视，她本想了却找到白婷婷的心愿，而白父白母的血样是她想找到婷婷的唯一途径，可是现在看来也是那么遥不可及，那她存在的意义又是什么呢？她太自私了，只想着自己的愿景，却让白父白母又受到了一次伤害！

被安喆拒绝的委屈、找不到婷婷的不甘、面对白父白母的愧疚此刻都化作哭声，化作眼泪，一齐宣泄出来，想停也停不下来。远处有路人在指指点点，也有好心的老大娘走上前来劝慰，可是此时此刻什么也阻止不了她的号啕大哭，她不顾形象、不顾路人，就那样在这个小区的空地上大哭着……直到林蕾自己已经哭不动了，才缓慢地站起身来，头也不回地走了。

林蕾漫无目的地在大街上闲逛，她现在开始怀疑起自己的人生来了，她想着自己是不是不该任性地当什么法医，不该一直放不下白婷婷这个心结，不该认识安喆，更不该今天突然跑来找婷婷的父母……她突然觉得自己做的事情都是错的、没有意义的，白婷婷再也回不来了，其实她心里早就知道，可是为什么就是不肯承认呢？为什么就是不能忘记这件事情继续生活呢？

算了吧，就这样吧，不再想念白婷婷！离开吧，离开这一切的源头，回到她本来应该有的生活中去吧。离开法医中心，离开安喆，在心里好好地埋葬了白婷婷。然后，按照妈妈说的去医院做一名人人尊重的临床医生；接受妈妈安排的相亲，然后选一个人去结婚、去生孩子，做一个妈妈眼中幸福的女人，也许这样就没有现在这么痛苦啦。

她拿出手机，拨通了电话，电话的那头是老妈慈祥又温柔的声音，"蕾蕾啊，怎么这个时候给妈妈打电话啊？我给你煲了汤，你什么时候回家来啊？"

话筒那边慈祥又温暖的声音，给林蕾内心注入了一股力量，她压下喉头的哽咽，坚定地说道："妈妈，我不想当法医了，也不找白婷婷了，我听你的话，我要去当医生……"

时间一天天地过去，又到了安喆抽血的日子了，林蕾这次没有主动请缨，却被齐大红点兵，她有些无奈，上次已经说过了不再去找他，这次去不知道会不会又被安喆误解、嫌弃。

林蕾开着车到安喆楼下，等着他下楼，可是很久，他都没有下来。林蕾拨通他的电话，他也没有接。

林蕾万般不情愿，但却没有办法，只能再次踏入楼门，上楼敲门，敲了好一会儿，安喆才把门打开。只见眼前的安喆，形同枯槁，满脸通红得站在门口，盯着林蕾半天仿佛才对上焦，只说了一句："林蕾，我发烧了！"

话音还没落，安喆就直直地向后倒了下去。林蕾大喝一声，立刻伸出双手，努力去拉住他，结果却被安喆直接带着摔向地面。

林蕾大声叫着安喆的名字，安喆眯着眼睛看着她，咕哝着，声音含混不清，林蕾努力靠近，才听到他有气无力的声音："这次完了，估计我这辈子是要交代了！"

安喆说完就晕了过去，林蕾更加慌了神儿，一遍一遍掐着安喆的人中，哭着给齐大红打电话。

林蕾摸着安喆微弱的鼻息，傻傻地抱着躺在地上的安喆哭，嘴里还不停地念叨："安老师，安老师你醒醒啊！你可千万不能死啊！都是我不好，都是我不好，如果你没遇见我也不会这样了！"

林蕾一直哭着，直到齐大红带着120急救人员上了楼，看见护士把安喆放在担架上抬走，仍然止不住眼泪……

"林蕾，林蕾别哭了，快起来，跟我去医院！"齐大红拍着她的肩膀不停地安慰着她，他知道林蕾吓坏了！因为此时的齐大红心里也没有底儿，安喆这次发烧是不是病情恶化了。

一行人急匆匆地跟着救护车赶到医院，急诊大夫知道了安喆的情况后，所有参与抢救的医护人员都做好了防感染的防护措施。他们的防护措施让林蕾的心更沉了一层，显然他们已经将安喆当成是艾滋病人一样对待了！

"体温40度！"

"病人有休克现象！"

"呼叫值班二线医生赶紧到急诊室！"

林蕾看着眼前跑来跑去的急诊大夫，她越来越听不清他们的话，只听见自己的心"咚咚咚咚"地越跳越快，她本还想摸摸自己的脉搏，却突然感觉天旋地转，眼前一黑，身体也不受控制地往地上出溜，她努力想控制，却使不上一点力气，只听见耳边传来齐大红的叫声："林蕾，林蕾……"

林蕾感觉如同在水下行走般，身边的声音飘来飘去，却始终不甚清楚，只有一个声音一直在耳边萦绕，她想知道是谁，终于发现是自己的妈妈，是她在抽泣，还有熟悉的唠叨。

林蕾努力地睁开眼睛，就看到她可爱的母亲大人目不转睛瞪着她的焦急的眼睛。

"妈妈？！你怎么来了？"林蕾还有些气虚，声音有些嘶哑，看着妈妈哭红的泪眼，心里愧疚又心疼。

"蕾蕾啊，这个法医不能再干了啊，你看看你，这才多长时间，进了两回医院了，妈妈的心脏病都要被你吓出来了啊！"林妈妈一见到女儿好转了，就忍不住地抱怨起来。

"大姐，您放心吧，林蕾只是一时情绪过于紧张才晕倒的，医生已经给检查了，没有大毛病，您放心吧。"林蕾听到齐大红的声音，才发现他也在病房里，显然刚才他一直安慰着林蕾妈妈。

"齐处长啊，您是不知道啊，林蕾小时候就落下病根儿了……她，她不能再做这个法医了，她太拼命了，这工作太不安全了，她一值班我就提心吊胆的，一宿一宿地睡不着觉啊！我就这么一个女儿啊……"说着，林妈妈忍不住又抹起了眼泪。

"哎呀，妈妈，您别说了，齐处，安喆怎么样了？"林蕾生怕妈妈说出辞职改行的事情，她还没有准备好跟齐处长提出要辞职的事情，更何况安喆晕倒了还不知道怎么样，她打断了妈妈的话，急不可耐地询问安喆的情况。

"退烧针已经打了，血也抽了，等结果吧！"齐大红简要地回答，"林蕾你要好好休息啊，注意身体，看把你妈妈急的，一会儿你就跟着老人家回去，好好休整几天再上班吧。"

"我不走，我要在这里等着安喆的结果出来，毕竟，他是为了我才受的伤！"林蕾坚持道。

"回去吧，在这等你也见不到他，他现在可是高危传染性病人啊，又发着烧，谁也不让见啊。"齐处明白林蕾的心思，向她解释道。

林蕾刚刚坐到自家的车里，赵玉的电话就打了进来，"林蕾，你怎么样了？好点没有哇？听说你晕倒了！"

"我好多了，谢谢玉姐关心！"林蕾客气地说道，忍不住又红了眼眶，这群同事真的是非常暖心，想起来要离开他们她就特别舍不得。

"那就好呀！你一定要好好休息，上次我就觉得你憔悴了好多！"赵玉在电话那头暖心暖意地叮嘱着，"对了，今天白婷婷的父母来中心抽血了！"

"真的吗？"林蕾蹭地一下从靠背上坐直了起来，这真是一个惊喜呀！

"是呀！"赵玉那边也明显感觉到了林蕾的激动，语气中带着几分愉快，"他们来刚好赶上我收案子，他们还问起你了呢。"

"啊？是吗？赵姐，他们抽血了吗？现在人在哪里？"林蕾激动地问道，恨不得立刻跑去法医中心。

"抽了，我给他们抽的！你就放心吧！我跟他们说你病了，在休息呢，所以他们抽了血就回去了。林蕾，你好好休息啊！白婷婷的爸妈还说一定让我告诉你一声，让你好好养病，回头结果出来了，他们等你的消息。"赵玉解释着。

"那么他们的 DNA 上线比对了吗？"林蕾迫不及待地询问结果，她所说的上线实际上是被拐卖妇女儿童 DNA 数据库，她希望通过这条渠道可以找到失踪的白婷婷。

"正在做着呢，估计结果怎么也得明天才能出来了！你放心，我会第一时间告诉你的。"赵玉宽慰道。

"谢谢，姐，拜托你了！"林蕾有些哽咽，勉强压抑着自己的情绪，不想被赵玉发现，她喃喃道，"你知道，这个结果对于我来说非常重要！"

"明白，放心吧，林蕾！"赵玉挂掉了电话。

只当是完成最后的心愿吧，林蕾心里默默地想着，再做最后的努力吧，虽然这个世界上有些事情也许就是终其一生也没有答案的吧！现在唯愿安喆身体早日康复，那个时候我也可以毫无牵挂地离开法医中心了，如同她根本没有来过一样！这几日以来的事情让林蕾精疲力竭，靠在车里的林蕾此时感觉身体被掏空了似的，一会儿就朦朦胧胧似睡非睡地睡着了。这次从梦中走来的不是白婷婷，而是那个面瘫脸的安喆。她看见身穿病号服的安喆直直地向后倒去，然后被一群身穿防护服、头戴面具的医护人员盖上白布，推走了！林蕾挣扎着要起身，可就是动弹不了！她还在梦境中不能摆脱，突然一阵电话铃声把她从可怕的梦境中解救出来！

齐大红打来的电话："小蕾子，告诉你个好消息，安喆这小子又活过来了，体温也降下来了，刚才还喝了点粥，你放心吧！"

"嗯嗯，好的齐处，谢谢您！请您代我向他问候……"林蕾悬着的心终于松快了些，她现在唯一的想法就是，希望安喆平安，别无所求。

第二天一大早，天才蒙蒙有点亮儿，林蕾就接到了赵玉的电话通知，刚开始她有些顾左右而言他，一直在问林蕾的身体情况，直到林蕾问她："玉姐，是没有比中吗？"

"比倒是比中了……"赵玉沉默着，仿佛找不到合适的话继续往下说。

"姐，你说吧，我受得了的！"赵玉的为难那么明显，林蕾心里明白，估计结果不会太好。

"林蕾，白婷婷没在被拐卖妇女儿童库，而是在咱们中心的无名尸库！"赵玉仿佛也是鼓足勇气才冲口而出，她所说的每一个字在林蕾听来仿佛耳边的炸雷，这是她想过一万次，但是却仍然没有准备好的结果，那就是"白婷婷已经死了"。

她怎么也没有想到，这么多年来令她朝思暮想、心念成疾的白婷婷就在法医中心的无名尸库中！她来法医中心半年有余的时间里，她们一直都在同一个院子里！造化弄人，日常办案下尸库的时候，也许她已经无数次地经过她的身旁……

林蕾晃了晃自己有些眩晕的头，终于，她得到了一个结果，这难道是冥冥中注定的吗？她离开法医中心前，是白婷婷让她找到了她吗？！

她一边胡思乱想着，一边激动不已地洗漱出门，她要第一时间赶到婷婷身边，告诉她这么多年来自己过得多么辛苦，也要看看婷婷到底经历了什么，让她变成一具无人认领的无名尸……

当尸库管理员拉开标有无名尸 579 号柜子的时候，一股恶臭扑面而来，她突然理解了尸库管理员刚才百味杂陈的表情是什么意思……

林蕾简直不敢抬头看，这就是那个在她印象中永远活泼、美丽、有才华、有脾气的女孩子吗？

在她的眼前是一具黑色里透着绿色和红色的膨肿的尸体。头部肿胀得有如篮球一样大小，眼球膨胀几乎要从眼睑中爆出，嘴唇肥厚暗黑，整个人仿佛肥胖不已。是的，林蕾知道这是尸体高度腐败后形成的巨人观，而且经过这么多年的尸库冷藏，黑色中还透着一丝丝的潮红，根本无法分辨出死者生前的模样。

这么多年来，林蕾无数次梦见自己见到白婷婷的各种场景，有时候看到白婷婷衣衫褴褛地站在自己面前，有时候看到白婷婷已经变成了被拐卖后沧桑的农村妇女，每一次看到白婷婷哀怨责怪的眼神时，她都会在压抑和愧疚中惊醒，全身大汗淋漓……

然而，今天，当她真真切切地站在婷婷面前的时候，内心却无比平静。眼前腐尸的臭味甚至没有让她作呕，而眼前腐黑色的头颅也没让她有任何的厌弃和恐怖的感觉。

"嗨，婷婷，好久不见！"林蕾平静地看着她，眼泪就那样自然而然地落下来，她也不去理会，只是努力眨掉，不想让它们挡住她看着婷婷的视线，"婷婷，你知道吗？我……"

尸库管理员默默地退了出去，林蕾就这样静静地与婷婷待了有半个多小时的时间，直到尸库管理员进来示意尸库监视的温度有变化，她需要离开的时候，她才立刻从包里掏出一条挂着一只可爱小熊的发带，默默地放在婷婷的头边，向婷婷三鞠躬后，离开了尸库。

林蕾离开了尸库，立刻就去调出了当年白婷婷案件的所有案卷、尸检报告，同时她也向董浩楠求助。在浩楠的追问下，林蕾告诉了董浩楠她的心病"她和婷婷的故事"。

董浩楠如梦方醒似的，"哦……难怪你有时候让我觉得很怪呢！"他非常仗义地帮她找到了当时关于这具无名尸的侦查案卷。

接下来三天的时间，林蕾每天就是看案卷、上网查资料直到深夜，困得不行了就直接昏倒在办公室的桌子上睡一觉。

这一天，林蕾顶着已经三天没有梳洗的头发在办公桌上醒来，她打算给当年相关的办案人员打电话询问一些细节，安喆的一条微信进来了："林蕾，当年白婷婷的现场是我出的，你来医院找我吧，我们聊聊！"

安喆！这几天的时间里，林蕾忙得忘记了医院里的安喆。她看到微信的时候心里麻麻的、酸酸的，还有一丝愧疚。她赶紧跑回宿舍梳洗，准备去医院看望她的安喆老师。

林蕾找了半天，才在普通病房中找到了安喆，安喆斜靠在床上，仍然在输液。

林蕾出现在病房门口的时候，安喆望向她，脸上竟然露出愉快的微笑。

　　林蕾这几天为了白婷婷各种忙乱，不知道安喆九死一生的经历，安喆这次真的差点挂了！高烧导致的痉挛和昏迷，着实让他有了在鬼门关走了一遭的感觉。迷迷糊糊中，他看到了自己的父母，看到了自己的姑姑，可是他们都对他爱搭不理，只有一个小女孩不依不饶地缠着自己，可是突然间，那个小女孩也不见了，他在后面追呀追，却怎么也追不上。那个女孩的身影就这样消失在一片白光中，安喆心里一阵恐慌，他大喊着："回来！林蕾！"是的，这是他醒来后说的第一句话。

　　他已经彻底清醒了两天了，这两天他想了许多，他之所以拒绝林蕾，是因为他不自信，他的婚史、他现在的身体情况，说实话他是自卑的，在面对林蕾的时候，虽然这种自卑的感觉于他也是平生第一次。

　　可是这次生病，他清楚地认识到了一个现实——比起被林蕾嫌弃，或者以后会面临的困难和阻力，他更害怕再也看不到她……

　　现在回想起来，他其实很是后悔，后悔之前自己"长痛不如短痛"的错误想法；后悔在面对林蕾的表白时因为不自信而愚蠢的做法。简直不给自己留后路，更加没有考虑到林蕾的感受……

　　他在病床上抓心挠肺地想，要怎么样才能弥补自己之前对林蕾的伤害，又怎么样才能知道林蕾是否还对自己保有之前的感情。

　　直到刚才，董浩楠过来探望自己，他才知道林蕾找到了白婷婷的下落，而且竟然就在中心的无名尸库！更加巧合的是，这个案子正是自己当年和齐大红出的现场，亲自经手办理的！他的身体本来还有高烧后的虚弱，可是听到林蕾已经不眠不休几天在单位研究白婷婷案子的时候，一股力量就自然而然地注入了身体，他立刻给林蕾发了消息。

　　眼前的林蕾比他上次见又瘦了一圈，小小的脸盘上挂着大大的黑眼圈，想起她这几天的经历，安喆着实有些心疼。

　　安喆朝林蕾伸出右手，语调轻快，"林老师，跟我握个手呗？"

　　林蕾本来还对他的动作不明就里，但是听到安喆轻快上扬的语调，也瞬间开心了起来，跑过去，拉住安喆的手握了握！

　　"林老师，你好，再见到你，真是太好了！"安喆仿佛初次见面似的礼貌而亲切地说。

"安老师，你好，再见到你，真是太好了！"林蕾想到，也许再过一阵子她就要离开法医中心了，那么她也就要告别眼前这个令她欢喜令她忧的男人了，她有点伤感地附和着他。

两个人同时笑了笑，安喆上扬的嘴角里有劫后余生的豁达和欣喜，也有幡然醒悟的开怀，而林蕾则更多的是一种释然和依恋，这样温暖的安喆不再是那个拒她于千里之外的冰山，不再对她横眉冷对，这样的温暖和快乐让林蕾不知不觉地笑出了眼泪，她有些尴尬，一边笑着一边低头翻着包包，想要找纸巾。

安喆已经心领神会，体贴地将床头柜上的纸巾递给了林蕾，看她情绪平复了些，才开口说道："难为你了，林蕾！白婷婷的事情我听说了，你还好吗？"

林蕾边擦眼泪，边抹鼻涕重重地点了点头，她也不知道自己怎么回事，自从出了尸库就没有再流过一滴眼泪，可是到了安喆面前却再也控制不住自己了，"我很好，您怎么样了？那天，真的把我吓死了！我怕您就这样死了，被我害死了！"林蕾越说越激动，眼泪和鼻涕流个不停。

安喆不停地递着纸巾，笑着调侃说："真正吓死的是我好吗！当时我就想我完蛋了，这次是真的要挂了，而且是死于艾滋病发作。我心里这个郁闷啊！你说这悼词可怎么写好啊？安喆，因公牺牲，死于艾滋病发作……"

林蕾想起那天安喆的呓语，却不承想安喆当时还能顾及自己的悼词……她破涕为笑，看着眼前的安喆能主动拿自己开玩笑，说明他真的恢复了。可她仍然不放心，继续问道："到底是怎么回事儿啊？为什么突然发起高烧来了啊？您这会儿发烧，这不是要吓死人的节奏吗？"

安喆也跟着笑："医生小姐姐说就是正常的雾霾咳，就是最最普通的上呼吸道感染吧！"

"那怎么烧到那么高的温度啊？"林蕾还是疑惑地问。

"我这人从小就是这样，要不很久不发烧，要不就是高烧到要抽风……可能是体质的原因吧，现在无爹无妈的，不知道怎么成了这样子。"安喆轻松地解释道。

"这也太吓人了啊，我都快吓死了！"林蕾想起当天的情况，眼泪又瞬间涌出。安喆不在的时候，林蕾即使再苦再难也能一个人撑着，可是一看到安喆，她就仿佛变回了那个跌跌撞撞的小徒弟。

"听齐处说了，说你当时直接吓晕过去了！"安喆调侃着说，"看你第一次出现场，见尸体也没咋地啊！怎么见了我这个活人，倒吓晕了呢？"

"呵呵，讨厌！"林蕾无言以对。

"这次抽血结果怎么样？"林蕾突然想起一件重要事情似的问道。

"没事儿，还是阴性。希望好运气一直在我这边，支持我！"安喆安慰她，也是安慰自己。

"一定会的，安老师，因为我们都是好人，我们都在做好事啊！"林蕾在安慰安喆，也是安慰自己。

三天后，安喆出院回家休养了。第一天林蕾还十分忐忑地将妈妈煲好的汤水给安喆送去，结果并没有遇到想象中的拒绝，于是她也就大着胆子，恢复了每日一汤的作息。同时她在单位还继续梳理着白婷婷案件的相关材料。

有时候林蕾索性直接带着案卷去找安喆，详细了解当时案件现场的情况。这期间，林蕾也独立地出了几个非正常死亡案件的现场。安喆发现这个小徒弟已经慢慢可以独当一面了，他倍感欣慰，同时成就感满满。

这一天林蕾照例来到安喆家楼下，由于前一天的夜里下了雪，整个世界银装素裹，行道树的枝条上都挂满了积雪，好像圣诞树一样，缤纷而浪漫。林蕾停好车，欣赏着雪带给这个世界的独有的纯净、圣洁的气息。她正打算上楼，刚好安喆从楼里走出来，只见他衣冠整洁、英姿飒爽，踏着积雪，自带强大气场大踏步朝着林蕾走来，好像他已经等待多时的样子。

林蕾一时看得呆住了，安喆拉开车门才如梦方醒地询问道："安老师，您这是要出门吗？"

"上班去，好美的雪啊，走吧！"安喆命令道。

"您这身体行吗？要不再休息几天吧！单位的事情，我们可以应付得来的，再说齐处答应您了吗？您不怕他骂吗？"林蕾一门心思想让安喆好好休息，口气也有些强势。这次安喆出院以后，人的状态有了很大的变化，不像以前那样沉闷，经常还开开玩笑、逗逗乐，林蕾的胆子也渐渐大了起来，现在说话经常没有了以前小徒弟的胆怯和顺从，反而有隐隐的霸气漏出。

"嘿，小徒弟这是要造反了吗？才几天不跟着师傅就不服从命令了是不是？"安喆假装严肃地责问。

"可是……"林蕾还想坚持自己的意见，她看安喆假装生气瞪着眼，立马软了下来说，"那我这汤怎么办啊？"

"拿单位去喝！"安喆脸色由阴转晴地答道。

在车上，林蕾突然对安喆说："安老师，你说我转行，不当法医了，怎么样？"

安喆刚刚还满面春风的微笑，听到林蕾的话，立刻又恢复林蕾最熟悉的冰冷面瘫表情，可是语气里的急切拆穿了他下意识套上的面具，"为什么？"

"也许您说得对，我不适合吧！您不是一开始就知道我不适合吗！？"林蕾有点赌气地说。

"林蕾，你说实话，为什么？"安喆追问。

"我觉得自己可能真的不应该做这一行，我可能真的是目的不纯，我是为了找白婷婷才想当的法医，找她一直是我最大的动因，现在找到她了，可是一点头绪都没有，我觉得法医这个职业要求我直面生死太可怕了，这要经历的东西太多、太沉重了，让我没有信心继续走下去了！我害怕……"林蕾开始有了哭腔。

"转行去做什么呢？"安喆的好心情显然在此时已经荡然无存，他甚至有点害怕听到这些似的。

"可能去当医生，也可能回学校，回炉再造！"林蕾吸了吸鼻子，眼泪在眼圈里打转。

"林蕾，现在不是已经找到白婷婷了吗？虽然案件没有破，但是也许明天，也许后天案件就破了呢？你不想抓住凶手吗？"安喆试图说服林蕾放弃改行的想法。

"就算是破了白婷婷案又怎么样，不是还会有王婷婷、李婷婷，不是还要和各种可怕的犯罪嫌疑人、各种可怕的尸体打交道吗？"林蕾终于说出了这几天她一直纠结着的问题。

"林蕾，我承认我以前对你有成见……有点性别歧视，但是我现在已经改了啊，你聪明好学、洞察力好、技术好，执着有冲劲儿，这些都是一个好法医可遇不可求的素质啊，你知道吗？！"安喆坦诚地说，以前他不肯表扬她，是怕她小尾巴翘上了天。

"不过，你说得对，法医的工作就是这样悲伤的、艰苦的，有时候还不被理解，甚至很多人都歧视和嫌弃我们，觉得我们不吉利、可怕、冰冷或者变态。但是，林蕾这半年多的时间里，你经历的这些事情没有一点点让你觉得自豪、光荣、神圣的时候吗？没有因为靠自己的努力和专业知识破获案件，为亡者安魂的巨大满足感的时刻吗？"安喆说得自己也激动了起来。

"我想真正困扰你的是我的存在吧？"安喆突然一针见血地说出心里话。

"林蕾，我明白你的心意，你知道我心里有多高兴啊，因为那么可贵、那么真诚的一份感情摆在我的眼前，可是我不能接受啊，林蕾！我配不上你！尤其是现在，我想都不敢想啊……"安喆见林蕾不肯回复自己的话，咬了咬嘴唇，有些自暴自弃，终于鼓起勇气剖析了自己的感情，"但是我不希望你因为我而放弃你自己的事业，你在这一行里是有才华的，你会做得很好的。"

林蕾沉默了，安喆的话让她重新审视自己的内心，撇开安喆的拒绝和白婷婷案件上的困境，安喆说得对，她认为自己是有才华的，或者说在法医的岗位上自己是有灵性的，而且那种破解谜题、抽丝剥茧般的工作确实让她着迷。逝者已去，总要有人解读死亡密码，高擎正义之剑不是吗？虽然这很沉重、很危险，有时甚至是痛苦的。林蕾又开始纠结了，前几天那种一定要离开的决心在安喆的几句话中轰然倒塌。

这时，林蕾的电话响起，林蕾放下电话，一改刚才的沉重，有些俏皮地对安喆说："安老师，您的威力可真是非同凡响啊，一上班，案子就上门了！"

安喆愣了一下，本来还有些尴尬，可是看见林蕾似乎也恢复了往日的劲头儿，心里对劝林蕾留下多了几分把握，自然也轻松了些："呦呵，这是让我补课呢吧，走起！我还是先喝两口汤吧，要不然不知道什么时候才能喝到这么美味的热汤了！"

　　林蕾和安喆换装，拿上装备再次从法医中心出发时开的是单位的现场车，车顶灯无声地闪烁，直奔现场而去。

　　现在是林蕾开车，安喆坐在副驾驶上，看着林蕾一丝不苟看着前方的样子，心里有些感慨，他回想起自己曾经的经历——当你放下全部的伪装，全身心地将情感交付出去的时候，那个人却毅然决然地离你而去……那种撕裂般的痛楚，他是熟悉的，恐惧的，却又无可奈何的。

　　不知道与林蕾一起出现场的日子还多不多？也许哪一天，林蕾会在他万分不舍中悄然离开吧……安喆努力想赶走内心的那股伤感，夸张地吸溜吸溜地喝着热汤，仿佛每一口热汤都证明着他的想法是错的……他感慨万千地说道："现在我才算找到当师傅的感觉啊！你可开得稳当点啊，可别洒我一身，我这身勘查服是刚刚熨过的！"

　　"安老师你好变态啊，估计咱们全局都没有几个人会把自己的勘查服经常熨吧！"林蕾自然不知道安喆心里千千结的惆怅，只是下意识地接话，习惯性地对怼，其实她内心里特别欣赏安喆的干净利落，嘴上却还是无情的吐槽。

　　两人谁也没有再提林蕾转行不再干法医的事，一路上刻意保持着一种轻松的氛围，彼此都很珍惜眼前这和谐轻松的师徒相处的时光……一会儿就按着导航到达了现场。中心现场在城郊一片废弃的荒地里，这片荒地位于本市几家制造业的厂区之间，早上其中一家纺织品公司的厂区保安新养的狗发现了死者的尸体。

　　董浩楠看见安喆和林蕾一起从远处走来，心里一阵欢喜，欢喜的是安喆这个亲密战友又活过来了，又能一起并肩战斗了。但是他马上又担心起来，他知道了关于林蕾少年时的经历，上次和林蕾一起去李晴雨那个现场，他是亲眼看见林蕾的状况的，那时他不明白林蕾的反常，现在明白了他非常担心林蕾这次会不会受不了刺激——因为死者又是一个花季少女……

　　"安哥，你恢复得怎么样了？嗨，林妹妹……"董浩楠向两个人打着招呼，庞大的身躯不着痕迹地挡在了林蕾面前。

　　"又干了一个通宵吧？"安喆给他递上了一个保温壶，"里面有热汤，给我留点啊，别都喝了。"

"安哥，你这日子也太滋润了，出个现场还带着煲汤！"董浩楠默默地接过保温壶，转头给安喆指了一下中心现场，低头在安喆耳边小声地说，"死者是个少女……"

安喆点了点头，便提着箱子往里走去，林蕾刚要绕过董浩楠跟着安喆进去，董浩楠的大块头却再次挡住了林蕾。

"董哥？"林蕾不明就里，"你干吗挡着我？"

"呃，那个你就别去了！"董浩楠支支吾吾，始终挡在林蕾面前。

"为什么啊？"林蕾有些不明白。

"浩楠，你让林蕾进来！"安喆闻声转头，看着背后较劲的两个人，大声叫道。

"安哥，你忘了？！"董浩楠挤眉弄眼地看着安喆，好像在提醒他什么。

"让她进来吧，她是法医，躲不过去的！"安喆明白董浩楠的意思，但是他仍旧坚定地说。

董浩楠像是霜打的茄子，侧身撩起警戒线，放林蕾进去了。

两个人默契地放下箱子，安喆看着林蕾纤细的手上戴上手套，她深吸了一口气，走向尸体所在的位置。荒草枯枝间有一个人形的隆起，上面盖着一块破破烂烂的布。林蕾走近才看清是一个床单，也并不破烂，只不过因为沾染了血迹，血迹干涸后床单皱缩了，显得破破烂烂的。

林蕾快速掀开床单，把它装进了安喆递来的物证袋里。就在床单掀起的瞬间，一个少女的尸体暴露在众人面前，现场有倒吸一口气的声音，也有咒骂的声音。面对花季少女或者孩童的尸体，办案人员的心理都会受到极大的挑战。

尽管林蕾大概知道要出的现场死者情况，她也努力做了最大程度的心理建设，但是当林蕾真正看到尸体的时候，还是忍不住心跳加速、呼吸困难、眼泪狂飙。

没有一个妙龄少女应该被如此对待，不，应该说没有一个生命应该被如此对待。床单下少女全身赤裸，躺在杂草丛中。她略微向右侧卧着，右臂压在身下，左臂搭在身体前，左腿和右腿交叠着，恰好隐去了最私密的部位。如果忽略掉身上大大小小的损伤，这样的姿势倒是很像欧洲文艺复兴时期的一幅神女图。可是少女全身上下的损伤众多，手段残忍到让人无法忽略。

左侧面部已经全部变形了，和右侧饱满的额头、圆润的颧骨形成了鲜明的对比；左边的脸已经完全塌陷，如果不是在一个裂口中看见已经破裂的眼球上瞳孔和虹膜的样子，大概都分辨不出来哪里是眼睛，哪里是损伤。少女的左脸血肉模糊，而右脸却布满了密密麻麻的暗紫红色的斑点。她的脸颊肿胀着，牙关紧锁，可是齿列间却看见一小节舌头，因为暴露在外面的时间长，已经变成了干干的黑色。

安喆大概扫了一下尸体，全部注意力便集中在林蕾身上，他的内心矛盾极了，他既担心她情绪失控而影响工作，也担心她把所有的情绪都压抑在心里，憋坏了自己。

安喆看见她扭过头，时不时地在勘查服的袖子上蹭蹭流下来的眼泪。

"林蕾，你什么都不用干，看着我就好！"安喆告诉林蕾。

林蕾哆嗦着的右手伸向死者，但是很快又缩了回来。朝向安喆重重地点了点头。

安喆在死者的头上摸索着，探查颅脑损伤的情况，却摸到湿漉漉的头发。他有些疑惑，索性他两只手都探进死者的发丝里。他拿出双手，看见左手的手套上湿漉漉的全部是水汽，而右手的手套上却是血水。

"林蕾，你看！"安喆猛然站起身来，回身寻找林蕾的身影，"尸体被清洗过……"

"怎么见得？"林蕾显然被这个问题吸引住了，她有些疑惑地看着安喆。

"头发是湿的！"安喆把双手摊给林蕾看，手心里的水汽还在，"我本来以为是因为颅脑损伤出血，血液浸染了头发，但是你闻到的是洗发水的味道，而不是浓重的血腥味。你看右边的头发上是水，只有左侧头发里却满是血水！"

"这……说明什么？"林蕾哆哆嗦嗦地问道。

"这说明凶手有足够的时间，有独立的作案空间，但是他为什么这么做？是愧疚心理还是反侦察呢？"安喆沉吟，不管原因为何，都让这个案子侦破的难度更上了一层楼。

安喆一脸的沉思，他突然想到了什么，脱下双手的手套，换上一副新的，又蹲下身子。他执起女孩的手，举给林蕾看，只见女孩儿的手指甲全部被修剪过，并且参差不齐，可见是忙乱中胡剪的！

"安老师，这样的话……案子是不是就破不了了？"林蕾心里咯噔一下，明显这个犯罪嫌疑人有反侦察的意识，是不是所有的证据都被他抹去了？林蕾有些绝望。

"别轻易下这样的结论，我们的工作才刚刚开始！"安喆的心里也不轻松，不过他不是轻言放弃的人，他始终坚信法网恢恢，疏而不漏，他皱着眉头继续探究着，他鼓励着林蕾，实际也是在给自己打气。

"林蕾，你来提取 DNA 吧，看看能不能有什么发现！"安喆给林蕾下达了命令，有时候抗拒焦虑做好的方法就是工作，林蕾在旁边抠手的动作被安喆捕捉到，她知道林蕾大概又有些焦虑了。

"好，好的！"林蕾还是蹲在尸体旁，用棉签擦拭着死者各处的皮肤，刚开始她还有些哆哆嗦嗦，但是她马上稳住了自己发抖的手，深吸了几口气，再伸出手的时候明显稳定了许多。

"没关系的林蕾，你已经进步很多了，你感觉到了吗？"安喆看到林蕾咬紧的牙关，原本苍白的小脸竟透出了几分潮红，他知道林蕾正在和自己做着激烈斗争，这次他没有吝惜自己的赞扬，并给她递去了鼓励的眼神。

林蕾感激地朝安喆笑笑，安喆的话像是一剂强心针，让她的心更加平静，手也更稳，她将一根根提好的棉签递到安喆的手里，安喆则帮着林蕾把所有棉签封装好、标记好。

转眼上班的工人已经开始陆陆续续地到达，已经有不少好事儿的工人在警戒线外围观驻足，三三两两地聚在一起窃窃私语。

董浩楠怎么可能错过这个走访的好时机，他眯着眼，一个人一个人地打量着，仰头示意，一队侦查组的同志立刻默契地分成几组，将工人们分成几堆，挨个询问去了。

"安子，怎么样？有什么发现吗？"张崇礼带着痕迹组的一队人马从远处走来。

安喆摇摇头，表情严肃，说道："不太乐观，你们那边呢？"

"也是没有什么有用的！"张崇礼烦躁地拍打着身上，上上下下蹭的不是土就是草木的枯枝，站直后他又开始到处拍衣兜和裤兜。

"你不是戒了吗？"安喆看着他翻兜的手和烦躁的神情，知道他在找什么。

"我就是想抽一口……"张崇礼骂了句脏话，"这孙子估计是开车来的，这么荒的地方他居然能找到！不过这孙子也真可以，这姑娘也至少得百十来斤吧，就这坑坑洼洼的路，他从路边深一脚浅一脚地过来，够有劲儿的！可惜天公不作美，在他抛尸后下了雪，条件不好，我们没找到什么有价值的足迹！"

"遇上高手了！"安喆指着尸体，对张崇礼说道，"尸体被清洗过……"

张崇礼爆了一句粗口，此时从外围回来的董浩楠也同时爆了一句粗口，显然他也听到了安喆的话。几个人合力把尸体装入尸袋，大家都皱着眉头，压抑着不说话，但是心里的愤怒就像火山爆发前的岩浆般涌动。

"等我们回去检验完再说吧！"安喆率先开口，"大家也别太灰心！天网恢恢，疏而不漏！"

林蕾掸了掸双膝上的浮土，也跟着起身，安喆看着她变得苍白的脸色，着实怕她头晕，扶了她一把，林蕾笑着摇头，示意自己没问题。但安喆还是固执地朝她指了指副驾驶的方向，自己则潇洒利落地发动汽车，带着林蕾回中心等待殡仪馆的车辆送来尸体。

死者的家属很快就赶来了，原来孩子名叫孟欣然，是荆安市海大附中初中二年级学生，少年跆拳道黄带；由于是住校学生，雪夜独自返校途中失踪。父母很快报了案，等来的结果是如此的令人绝望。

孟欣然的母亲在看到女儿的瞬间就晕死过去了，安喆和林蕾包括孟欣然的父亲三个人赶忙手忙脚乱地对孟欣然的母亲展开了抢救措施。孟欣然的父亲帮着林蕾把爱人放平，林蕾掐着她的人中，安喆找来了听诊器和血压计，初步判断没有大碍后，用力地在孟欣然母亲的虎口和小腿上点按了几下。

孟欣然的母亲在恢复神智的一刹那就大声号哭了起来，任谁也不能接受自己如花般的女儿就这样躺在冰冷的解剖台上，面容被毁，遍体鳞伤。

那种痛断肝肠的哭声林蕾仿佛无比的熟悉，在她冰冷的梦魇中曾无数次的出现，在她的梦里她曾经见过白婷婷不同的死法，尤其是做了法医之后，这种画面愈发的真实和生动，而这种哭声都会萦绕在她耳边。

这一次梦魇再次成为现实，虽然主角不是白婷婷，但是这种哭声还是条件反射地让她禁不住浑身哆嗦。安喆感受到了她的恐惧和不适，可是作为一名法医，她没有理由躲避，更加没有理由脆弱。职责面前只有胜任和调离岗位两个选择；灾难面前只有冲上去和掉头当逃兵两种结果。

安喆明白这是林蕾必须过的一道坎儿，这种心病没有药物可以治疗，更加没有人能替代。就像安喆自己一样，面对艾滋感染风险的恐惧，只有自己直面现实，放下心结挣扎着开始正常地生活，因为根本无处可藏，更不能令自己无限地沉浸在恐惧之中。

安喆抓住林蕾的胳膊，因为他看到她的胳膊随着身体发抖而不住地颤抖。林蕾慢慢地转头看着安喆，安喆就那样表情坚毅地望向死者的父母，手却一直稳稳地抓着林蕾，仿佛是狂风中擎住树苗的支柱，又好像是武侠小说中悄悄输送内功的武林高手。

与孟欣然的母亲相比，孟欣然的父亲显得镇静许多，虽然他的眼眶也是红红的、牙关咬得咯咯直响，但是他只是紧紧搂着怀中的妻子，没有发出一声哭声。

终于，孟欣然的母亲由号哭渐渐地变成啜泣，孟欣然的父亲也抬头看着安喆和林蕾，眼神里满是坚毅和隐忍，"你们需要解剖……吧？"

安喆果断地点头，"只有解剖才能保留并锁定证据，确定侦查方向，找到真凶！"

安喆正在犹豫什么时候和死者的父母谈合适，没有想到孟欣然的父亲这么直接地发问了，但是他也留意到了，他说不出来"尸体"二字！

"什么？不！"孟欣然的母亲听到以后，大声哭喊着捶着丈夫的胸膛，"你怎么能让女儿连个全尸都没有啊？！"

"孩子妈，你冷静点！"孟欣然的父亲喝道，"难道你让丫头白死吗？我教的丫头不可能不反抗，只要反抗就会留下证据，就能去抓凶手！他们警察也想抓凶手，所以必须要解剖！"

"啊……我心肝啊！我的宝贝女儿啊！"孟欣然的母亲大声哭喊着，内心的绝望和悲切仿佛随着哭喊一同宣泄而出，孟欣然的父亲拍抚着她的后背，任她发泄，因为他知道她最终是不会反对解剖的，他的老婆他了解。

"需要我们做什么？"孟欣然的父亲询问着安喆。

"是的，需要您签字同意。"安喆点头，将解剖的知情同意书递给孟欣然的父亲，大概男人之间的交流就是这么简单有效，孟欣然的父亲甚至没有看上面都具体写了什么，就在上面大大地签上了自己的名字。

"您放心，我们会……"林蕾冲动地想告诉他们，我们会很温柔对待孟欣然的尸体，会一针一线地缝过她被划过的每一处，可是话并没说出口，因为她觉得无论怎么说都是那样的苍白无力——她再温柔又怎么样，那都不是一个活生生的叫孟欣然的女儿了！

孟欣然的父亲抬起手，止住林蕾的话，说道："做你们该做的吧，拜托两位了！"说完，他向林蕾和安喆深深地鞠了一躬，朝解剖台上的女儿深情地凝望了一眼，转身扶着孩子妈妈走出了解剖室。

"林蕾，那么你准备好了吗？"林蕾望着两夫妇的背影出神，安喆的声音唤回了她的理智。

林蕾沉沉地呼出一口郁结在胸中许久的气，开始准备工具。孟欣然爸爸那深深的一躬给了她极大的鼓舞和勇气——林蕾你是法医，"为死者言，为生者权"就是你的职责；"查明真相，为亡者安魂"就是你的目标，除此以外任何个人的软弱和情感都是无用、无益、无价值的！

林蕾拿起手术刀柄，熟练地安上柳叶形的刀片，她望着这个亮亮的金属工具，突然觉得就是要把自己磨炼成一把锋利的手术刀——坚强、果敢、冷静。

林蕾一旦安定下来，高超的手艺也就显露了出来。安喆和林蕾现在的配合已经十分默契，几乎不需要过多的语言沟通，林蕾执刀，安喆负责照相和记录，有时候安喆也会戴上手套帮帮林蕾。

让安喆和林蕾松了一口气的是，虽然孟欣然的大腿内侧布满了挫伤，但是她并没有受到性侵，这也让林蕾和安喆深刻地体会到，孟欣然爸爸所说的"抵抗"的含义。

安喆把孟欣然的头发全部剃掉后，林蕾用水冲刷着，然后用纱布蘸干，孟欣然头面部的创伤一览无遗。她的左脸上纵横交错着十几道口子，有的创口相互融合，有的创口则呈星芒状向四周裂开，额骨、颧骨、顶骨这些本该凸起膨隆的地方，现在都塌陷了下去。

林蕾一处一处地描述着、测量着，她用刀挑开了头皮，左侧顶部和额部的骨头碎片随着林蕾手中手术刀的走行，有的直接掉到解剖台上。

林蕾不疾不徐地把这些碎片全部收集起来，一片一片地把它们恢复到了原来的位置。四裂的骨折线相互截断，但又神奇地汇集到几处，林蕾把标签摆在这些汇集处，安喆则迅速拍下了照片。

这几处汇集处都有特点，骨质凹陷，像是楼梯一样。有两处是条形的，有一处则是角形的。

"林蕾，你觉得工具是什么？"安喆直接问道。

"嗯，是金属类的东西，有棱边，也有角，还有面的特征。我觉得像是什么东西的底座，台灯？奖杯？"林蕾摇头，不确定地分析道。

"差不多，具体的东西咱们现在还不好说，但是你说的方向是对的！"安喆惊奇地发现林蕾越来越出色了，这是经验的积累，更是天生的悟性的觉醒，他心中有一种隐隐的自豪感。

"嗯，反正可以排除榔头、锤子之类的钝器。"林蕾刚要准备开颅，却被安喆抢过了电锯。

"我来吧！"安喆示意林蕾进行胸腹部的解剖，这样可以帮助林蕾恢复下体力。

电锯的声音响起来，林蕾的刀也一字形快速地划过孟欣然的颈部、胸部和腹部。

"林蕾，你来看！"安喆完成了开颅，照了相，指着脑组织让林蕾看。

只见包裹着脑组织的硬脑膜在左侧半球裂开了数个口子，里面的鲜血汩汩而出。林蕾小心翼翼地沿着颅骨被锯开的位置剪开硬脑膜，左侧的大脑半球上覆盖着薄薄的一层血凝块，和右侧大脑的苍白相比极为刺眼。

林蕾待安喆照完相后，拨开那层血凝块，脑组织的损伤也暴露了出来，原本的沟回已不复存在，变成了烂糟糟的豆腐渣，还是黑色的豆腐渣。

林蕾将剪刀伸进颅底，将连着大脑的出颅神经一根一根剪断，再用解剖刀插进椎管，轻轻画了一个八字，整个大脑就被林蕾捧出了颅腔。

林蕾把大脑摆在一张蓝色的塑料布上，安喆将脑组织的各个面都照相存证。

"安老师，我觉得孟欣然的颅脑损伤虽然严重，但是却不是最后的致死伤！"林蕾蹲在地上抬头看着安喆，"您看，并没有形成明显的脑疝，说明还没有足够的时间让脑出血、水肿进而造成死亡，人就已经死了！"

"那么，接下来看下是否是窒息致死！"安喆肯定道。

林蕾快速地回到解剖台边，将心脏、肺脏一个一个取出，脏器表面上星星点点的出血，证实了他们的猜测。当林蕾垫高了孟欣然的肩膀，孟欣然的头就自然地垂下了，纤细的脖子自下颌至锁骨完整地暴露了出来。解剖刀在林蕾的手里换了一个位置，像是拿着笔一般，一下一下地游走在颈部的皮下，暴露出颈部的肌肉。林蕾仔细地分离每一条肌肉，暴露出深层的组织，两人猜测的一点都没有错，颈部的肌肉多处出血，甚至连舌骨和甲状软骨都骨折了。死亡原因明确了：孟欣然先是被人反复击打头部造成重伤，然后再被手扼住颈部，最终因为窒息而导致了死亡。

解剖结束了，林蕾一针一针地缝合着胸腹部，安喆则缝合着头部，他找来了一些软质的材料，衬垫在颅腔里，尽可能地让孟欣然的头部看起来形变没那么明显。林蕾此时的感受和安喆相同，她恨不得自己的双手有化腐朽为神奇的功力，让孟欣然恢复为生前的样貌。

尸检完成后，两人步出解剖楼，安喆看着夜色朦胧中亮起的万家灯火，转头看向林蕾，"闯关成功了吗？！"

"啊？"林蕾摇了摇头，没有明白安喆的意思。

"我觉得今天是你涅槃重生的日子，每一个法医不都是这样成长成熟起来的吗？林蕾，从今天起，你才真正成为一名优秀的法医，无所畏惧！"

"安老师，谢谢您，我会永远记住这一天，还有您！"林蕾低声说道。

"反正 DNA 的检验结果还没出来，咱们去庆祝一下你我重生后的第一次合作！"安喆提议道。

"不用了，我也累了，想躺在床上等待结果！您也休息吧，后面还有很多事情要做呢，别忘了，您也是病人啊！"林蕾礼貌而客气的回答，让安喆对林蕾投去探究的目光。他心里默默地想："一定是在报复我的拒绝吧！"

林蕾默默地走回宿舍，把自己整个扔在床上，仰面朝天地望着天花板！今天发生的一切，一幕一幕地在她眼前回放……没多久，她就沉沉地入睡了。

夜深人静，电话突然响起，安喆接到了 DNA 室的电话，"送检的全部检材都没有做出嫌疑人的 DNA！"安喆看了看表，凌晨两点钟，他不忍心现在告诉林蕾，他要给她时间修复内心的伤痛，更要给她时间舒缓这难挨的一天带来的沉重。

睡梦中的林蕾慢慢又开始走进了她的梦境，她看见有一个男人压在孟欣然身上，孟欣然奋力地反抗，而这时候好像自己又变成了孟欣然。她清楚地感受到内心恐惧至极，但却有一个信念，一定要反抗，一定不能让对方得逞！于是她踢他、抓他，但是男女之间的体力悬殊实在太大，她的手和腿轻易地被男人制住，她仍然奋力地反抗着，然后她张嘴一咬……林蕾大大地睁开眼睛，惊醒过来！

"安老师，陪我去下尸库！"林蕾拨通了安喆的电话，没有等安喆回答，她几乎是命令道。

"这个时候？"安喆叫她，"干什么去？"

"楼下等我，边走边说！"林蕾挂上电话，开始穿外套、拢头发，她麻利地在脑后挽了一个随意的发髻就冲下楼去。

"什么？"安喆简直不敢相信自己的耳朵，难道林蕾是在梦游？他赶紧起身，穿上外套，大步冲出办公室，赶到了林蕾宿舍楼下。

林蕾快步从宿舍冲出来，手里拿着棉签，直接奔着尸库方向就去了。安喆赶紧跟在她身后，非常配合地帮她刷开了尸库的大门，启动了那部老爷电梯！林蕾有点迟疑，但是还是果断地走进了电梯。她神情严肃地直视着远方，突然她发现安喆的手掌在她面前晃了晃。

"林蕾，林蕾，你醒着呢吗？"安喆轻声地问道。

"你是谁？"林蕾假装鬼上身似的，想象着电视里惊悚镜头的样子，直直地望向安喆!

安喆真的有点慌了，他不确定林蕾是不是清醒的状态，目瞪口呆地窘在那里。

"哈哈哈！"林蕾难得看到安喆不知所措的表情，开心地大笑起来！她知道安喆一定是被她的样子吓到了。

"哎呀，小妮子学坏了啊！吓死为师了！"安喆手按胸部责骂道，"我真的以为你在梦游啊！"

电梯到达地下三层，大门隆隆地开启，林蕾大步走到登记台查找孟欣然冰柜的号码376，直奔376号冰柜。她果断地拉开冰柜的门，拉出滑板，拉开尸袋，孟欣然的头露了出来，里面已经有了薄薄的白霜。

安喆不明就里地紧跟着林蕾，林蕾动作果断，她按着孟欣然的下颌关节，嘴里念念有词："欣然，张张嘴，张张嘴！"

安喆不明白林蕾要做什么，但是他也倾身前去，按着孟欣然的下颌，来回活动着。

"欣然，张张嘴！"林蕾把整个手都熰在了孟欣然的脸上，安喆暗暗用了几下力，孟欣然紧咬着的牙关松开了，林蕾高兴地欢呼，"太棒了，欣然，你真棒！"

林蕾拿着棉签快速地在孟欣然牙齿的内侧擦拭着，然后封装好，看着安喆说道："安老师，欣然给我托梦了！"

"啊，是吗？"安喆将信将疑地看了看欣然的尸体又看了下眼前的林蕾，他不知道该说什么好。

中午时分，补觉的林蕾被赵玉的电话叫醒，DNA再次送检的结果出来了，赵玉温柔俏皮的声音叫道："林蕾，这次做出来了！分型特别好，一个男性的分型！"

"太好了，玉姐，你真棒！"林蕾一下就从椅子上蹿起来，给安喆打电话，激动地叫道，"安老师，做出来了！真做出来了！"

"有比中的人员吗？"安喆冲口问道。

"哦，对了，这个忘记问了！我再问问！"林蕾迅速地挂断了电话。

　　不一会儿，林蕾噔噔噔地跑进办公室，打开大门，正撞见胡子拉碴的董浩楠往里走。

　　"董哥，孟欣然咬过凶手，玉姐做出了DNA！"林蕾高兴地拉着董浩楠说道，但是兴奋劲儿瞬间又低落了下来，"但是，没有比中人员！"

　　"浩楠，你们那边怎么样？"安喆敏感地察觉到董浩楠的疲惫。

　　"没头绪！"董浩楠瘫坐在安喆办公室的沙发上，双眼猩红，嘴唇干得裂口，几道血印子横在嘴唇上。

　　"喝点水！"安喆给他递了一杯茶。

　　"昨天我们通宵追了视频，在孟欣然下了公交车的那段，出现了一个男人，貌似跟她在交谈，这个男人身高180厘米左右，偏瘦！"董浩楠端着安喆递来的水一饮而尽，声音却仍旧嘶哑。

　　"孟欣然抓过他，咬过他，肯定会有痕迹的呀！"林蕾着急地叫道。

　　"妹妹，一个男人身高180厘米，身上也许有很多抓痕，也许还有咬痕，请问去哪里找，他又是谁呢？"董浩楠烦躁地说道，连续两天两夜不睡的坏脾气被沮丧激了出来。

　　"先喝点水！"安喆转身又给董浩楠续了一杯水，叹道，"别着急，咱们现在已经有了犯罪嫌疑人的DNA，大海捞针虽然难，但是总算掌握了他的证据啊！"

　　"可是没有比对源，有DNA又有什么用呢？你不知道他是不是本地人，就算确定他是本地人，我们也不能去给全市的男人抽血比对吧！？"董浩楠又是愁云压顶的样子。

　　确定侦查方向，缩小侦查范围，这是法医在刑事案件侦破中的职责和任务，安喆和林蕾此时也无言以对。的确，像荆安这样的国际化大都市，凭着一个人的DNA，一个没有前科人员的DNA，想找到他那是天方夜谭啊。现代化的交通工具，飞机三个小时就可以把人送出国境线；就算乘坐高铁也是不需要半天的时间，就可以到达祖国960万平方千米的任何角落。侦查陷入僵局，这个时候是最熬人的，这是正义与邪恶的较量，更是"魔高一尺、道高一丈"的智力、耐力的比拼。

　　这一阵子，林蕾一有空就会跑去尸库，她默默地站在白婷婷的存尸柜那里，念念有词地和她聊着天。尸库管理员一般都不会去打扰林蕾，他们默默地通过视频画面看着这个小法医。他们会看到林蕾抹着眼泪，会用手扶着冷柜的门说着什么，也会双手合十站上很久！然后，鞠躬，默默地离开。

林蕾心里一直在纠结怎么和白婷婷的父母谈，毕竟早日魂归故里、入土为安是遇害者家属的心愿，可是林蕾一想起白妈妈的样子就觉得心疼得不行。如果没有找到婷婷的尸体，也许她的父母心中还会有女儿仍然活在这世上的一丝希望；如果冷冰冰的尸体宣告了婷婷的离世，而且是这样残酷的现实和这样可怕的尸体，让两个老人如何承受呢？林蕾万分纠结，不知如何是好。

这一天，林蕾又来看婷婷，这次她直接拉开柜门，露出婷婷那个球状的头颅，她想再看一眼这个让自己心痛了这么多年的好朋友，她下定了决心要以自己的方式向婷婷告别，把她送回到父母的身边去。这也是她一直以来的心愿，了却长久以来的一个未完的心愿，并开启自己人生的新篇章。

这次她没有再跟白婷婷说话，只是静静地望着眼前的婷婷。这时她的头脑中不由自主地跳出了白婷婷生前的样貌，而当年案卷中反映出来的信息也像放电影一般迅速地在眼前闪过。

林蕾愣了一阵，迅速地回身，跑到另外一侧的柜子，拉开了376号，她仍旧只是静静地看着孟欣然的尸体，但是她的大脑却在飞速旋转，另外一组案件信息也如同电影般在眼前放送。

"白婷婷一米六五，身材纤细又饱满"、"孟欣然一米六七，也是瘦高又不枯瘦的身材"；"白婷婷15岁时失踪并死亡，初中生"、"孟欣然被侵害时正在读初中二年级"；"两个人都是抛尸在城郊不太偏僻的荒地周围……"；还有，"两具尸体被发现的时候都是赤身裸体，两具尸体上面都只裹着床单或者是被单之类的布料……"

两组信息在不停地相互比对、印证！白婷婷和孟欣然两个人生前的照片在林蕾脑海中重叠，太可怕了，两个人惊人的相似！

林蕾的脑子已经不能停下来，她疯狂地将时隔十年之久的两个案件现场信息不断地进行着重叠、区分，破解着两案可能的联系与密码。

尸库管理员看见今天的林蕾有些反常，不似以往一直对着白婷婷，反而拉出了另外一具尸体，他刚要下去询问林蕾是否需要什么帮助，就见她迅速地拉上孟欣然和林蕾的尸袋，关上柜门，她每次都要对白婷婷鞠躬，可这次却头也不回地走了。

林蕾几乎是奔回自己的办公室，她拿出一沓便利贴，一张一张地撕下，贴在桌面上，飞速地写上字，然后又几乎是扑进了安喆的办公室，把正在看卷宗的安喆和董浩楠吓了一跳，"安老师，董哥，我有个想法，你们帮我分析分析……"

安喆知道，林蕾一定是有了关于案件的新发现，眼睛也兴奋地闪闪发亮地望着她，"说！"

林蕾把手里白婷婷的案卷和孟欣然的案卷同时打开，同时她也把自己标注的便签贴在了相应的位置，一一指给安喆看。

安喆发现，林蕾的思路已经很清晰了，她条理清晰、论据充分，便开始按照林蕾的指示一页一页地比较着两个案件现场的情况。

"嗯，我觉得这不是巧合！"安喆果断地点点头，"两个人长得那么像，白婷婷一米六五，孟欣然一米六七，两个人身材、样貌的确有很多相似之处；孟欣然的主要死因是机械性窒息，白婷婷因为尸体高腐，所以不能排除机械性窒息；两个人都是被抛尸在荒地，两具尸体被发现的时候都是赤身裸体，两具尸体上面都只裹着床单或者是被单之类的东西！"

"但是，两人之间时隔十年；而且不同的是孟欣然有严重的颅脑损伤却没有被性侵；而白婷婷被侵犯过，还有就是白婷婷的指甲和阴道里提到了不完整的男性分型，而孟欣然的指甲被剪过、尸体被冲洗过。"林蕾提出了困扰着自己的问题。

现场一片寂静，安喆和董浩楠都没有接话，两人的眉头却都重新皱了起来。

"如果说白婷婷是第一具尸体，或者说是凶手早期的被害者，孟欣然是最近的被害者的话……"林蕾抿抿嘴唇，想着措辞。

"这孙子不会还杀过其他人吧？！安哥说的什么来的？犯罪习惯？！"董浩楠的熊掌一拍桌子，吓得几宿都没休息好神经脆弱的林蕾一个激灵。

林蕾看向安喆大胆地推断道："会不会还存在着咱们不知道的别的受害者？凶手多次作案，学会了隐藏自己的 DNA 证据？！或者说他的犯罪手法越来越娴熟？！"

"嗯……这十几年我都在侦查队，我印象中本地好像没有类似的案子了……"浩楠搜肠刮肚地冥思苦想后，给出自己的答案。

安喆看着林蕾满卷的便利贴，手指习惯性地敲着桌子，"外省市呢？有没有这个可能，流窜犯罪？！"

"那我们应该怎么办？"林蕾无助地看着安喆。

"喂，李哥，我安喆！"安喆没有回答林蕾的问题，而是直接拿出手机拨打电话，"哥，您那边这十多年有没有未成年少女被扼颈死亡的未破案件呀？孩子可能还被性侵了……"

林蕾激动地看着安喆，她明白了，安喆正在用实际行动来帮助她验证自己的推论。

"我们这边可能有案子能串并！"安喆言简意赅地回答着对方的问题，"好，我等您消息！"

"喂，青子！我是你安哥！"安喆在林蕾桌上的一张白纸上写下了"哈尔滨"三个字，然后接着和电话那头说着话，"你帮我查查看你们那边十几年内有没有未成年少女被扼颈死亡的未破案件？……对，还有可能被性侵过，你查到后回复我，多谢了！"

浩楠也给另外几个省市在侦查队工作的同学、朋友打了电话，求助他们一起帮忙筛一筛类似的案子和具体情况。

一上午的工夫，安喆在白纸上写下的省市的名字就已经多达二十几个。浩楠那边也有七八个的样子。

"幸好兄弟遍布全国，咱们也不能等着，浩楠，你也再梳理一下这些年相似的未破案件的档案，看看能不能提供什么线索。"安喆拨打完最后一个电话，看着两眼放光的浩楠。

浩楠已经摩拳擦掌地准备行动了，乐呵呵地站起身说，"得嘞！走起！"

"安老师，您觉得会有结果吗？万一是我说错了呢？"林蕾感动地看着安喆，她没有想到安喆会这么重视自己的观点，并如此大规模地去验证。

223

"一切要靠证据说话，我们静待佳音，我对你有信心！"安喆笑笑地说道，"走，吃饭去，如果林老师的推断是正确的话，下面是一场硬仗啊！咱们得养精蓄锐，吃好睡好准备打仗！"

董浩楠已经开着车子出了法医中心的大门，消失在繁华的街道尽头了，侦查员就是这样风里来、雨里去，默默无闻地守护着这座城市的大街小巷，却不被人知道。这是应了那句网络流行语："哪有什么岁月静好，只不过是有人负重前行……"

当天夜里，安喆的电话就开始陆续地响起，安喆就在刚刚记着省市的白纸上记着，有的省市后面写着"1"，有的省市后面写着"5"，更多的写着"2"或者"3"，而办公室里的传真机也开始不停地吐纸，一页一页的案件卷宗就这样被传输了过来。

两天后，从外地开会回来的齐大红踏进病理室的时候，看见全室的人都在会议室里埋头查卷，大桌子上有水、有面包，还有没拆封的方便面，而会议室的两块白板上贴着几个少女的照片、抛尸场所的照片、关系人的照片，下面写满了字，纵横交错的箭头标注着彼此的联系……

"嘿，你个不知死活的玩意儿！"齐大红底气十足的一声怒吼，一屋子的人都抬起头来，有的面露惊讶，有的面露疲惫，齐大红走到坐在里面的安喆身边，拿起包就打在安喆头上，一旁的林蕾想拦都没拦住，"几天没睡了你？不要命了？！你知道你现在什么情况不？"

"师傅……"安喆揉揉被齐大红打得有些疼的头，从兜里掏出来昨天出的验血结果，"这不是没事吗？"

"有事儿没事儿你说了算吗？啊？！不知死活的东西，赶紧回家休息去！"齐大红舐犊情深地继续骂道。

"安老师……"林蕾有些愧疚，这几天她的心思全扑在案子上面了，都忘记了安喆的情况，什么时候吃饭、吃的是什么，又是什么时间休息的。虽然妈妈打了好几个电话问汤什么时候送过来，林蕾也都忙着忙着就忘记了。

"没事儿，我心里有数！"安喆悄声对林蕾说，他没说的是，这几天他看着林蕾虎虎生风的干劲儿，心里别提多开心了，他觉得林蕾正在一点一点地从童年的阴影中走出来，一点一点地康复着、成长着……而这是最令他鼓舞的，就算此时艾滋病爆发死了也值了啊！

安喆又转而面向齐大红，"师傅，您看看，我们这两天真是颇具成效，至少串上了六起，您看看是不是应该上报公安部了？"

"公安部？什么情况？快说说！"齐大红一听来了精神，但是他看了一眼手表，转而对大家说："哎哟，饭点了！走，都给我到食堂吃饭去，吃什么方便面？！走走走！都给我去食堂，安喆我告诉你，查什么案子也得给我吃好睡好！身体第一，知道不？边走边说吧！"

"哎，好！"安喆忙应着，示意大家起身跟随齐大红去食堂，大家看着室主任挨训，心里却都暖洋洋的。方便面是安喆买来怕大家饿了加餐的。其实两天来安喆都还是让大家规律作息的，但是大家总忍不住加班。对于法医来说，总有几类案子是最难以释怀的，而这起少女系列被侵害案件，涉及这么多省市、跨越十年之久就是其中的类型之一。所有人都恨不得立刻抓住凶手，以免凶手再次作案，这无疑是一次与凶手的竞赛，也是拯救生命的赛跑。

"喂，钟局吗？我是法医中心齐大红啊！"齐大红一坐进食堂先忍不住拨起电话来了，"我那几个孬兵啊串上几个案子，不过还有几个省市的没统计上来啊，目前来看啊，很可能是一起多年流窜侵害少女的恶性案件啊！现在凶手还在四处游荡，没准儿正伺机再次作案啊！！您看？……好，嗯，好的，我们下午就去您办公室汇报。"

"师傅，什么情况？下午就去汇报吗？"安喆有些愕然，这个在别人看来黑脸神煞的齐大红，其实心里比谁都更关心案情，他不只是法医中心的领导，他同样是这群与他摸爬滚打在一起的兄弟们的依靠和支持。

"师傅啥？！赶紧吃，然后咱们一起去钟局那里汇报，看看下一步能不能请公安部介入成立专案组！"齐大红拿筷子敲了敲安喆的餐盘，又瞪起了圆圆的眼睛，"对了，我可告诉你啊，注意自己的身体，医生怎么说的，你就怎么办，下次验血如果有一项异常，你看我不削死你！"

"哦，知道啦！"安喆笑笑，赶紧低头扒饭，顺从地听着齐大红没完没了的数落，心中暗笑，"师傅真是老了，啰唆起来没完！"

在公安部的协调指挥下，全国所有省市的少女被扼死的卷宗都汇集到了法医中心，由法医中心开展前期现场证据梳理工作，齐大红也亲自参与了卷宗的查阅和案件的串并工作。两星期后，齐大红带着安喆和林蕾来到公安部汇报，横跨十余年时间，涉及七个省市自治区，共串并了八起案件，其中长春一起、天津一起、青岛一起、绍兴一起、郫县一起、珠海一起、荆安两起。

公安部刑侦局领导听了前期梳理情况的汇报，立刻成立了专案组，由钟局担任专案组组长，齐大红担任副组长，安喆、林蕾都在专案组中，具体负责法医学部分工作。董浩楠带着两队的侦查人员和部里的专家一同作为专案组的成员，听取了安喆和林蕾的案件串并的汇报。

"除了荆安的两起案件，白婷婷和孟欣然，我想大家都已经熟知了。天津的案件最早，发生在 2007 年，死者叫王蕊，16 岁，被发现在天津某工业厂区周围的荒地里，尸体赤裸，外裹白色床单，死亡原因是扼颈所致的机械性窒息。死者生前曾遭受过多次的性侵和虐待，因为死者身上的损伤新旧程度不一，已愈合的损伤情况都还比较好，所以我们不排除犯罪嫌疑人曾经囚禁过她，并且还为她治疗过伤口。"

安喆播放着幻灯片，"遗憾的是那个时候没有留下 DNA 的检材，所以没有可以比对的材料。"

"白婷婷的案子是第二起，因为尸体已经高腐，所以死亡原因不排除机械性窒息，但是舌骨和甲状软骨的损伤和王蕊的相同，而且抛尸的地点和方式也一致！"林蕾接着安喆的话说道，"白婷婷的指甲里和阴道里都发现了男性的 DNA，只不过因为检材降解，没有办法完成同一认定！"

"第三起是长春的张雨，也是在 2009 年，17 岁，尸体也是在工业厂区周围的荒地里发现的，死亡原因和王蕊相同，不同的是张雨没有被性侵的迹象，而且她的躯干部有多处锐器损伤……"安喆的话被董浩楠打断。

"安哥，这个案子为什么并进来？"董浩楠问，作为侦查员在串并案件的时候多一个选项或者少一个选项都可能导致整个案件导向的偏移，说白了就是数据存在偏差，自然结论也不会准确。

"这个案子我们也思考了很久，才决定把它放进来！"安喆说着，放出张雨的尸检照片，"虽然她的损伤多出来了锐器伤，但是我们认为损伤发生的时候张雨已经死亡或者濒死，这个动作完全可能是凶手泄愤的行为，为什么泄愤？我们推测认为是性侵没有完成，毕竟国外的犯罪心理理论里，刀也是宣泄性欲的一种方式，而且张雨不是处女，她的处女膜是陈旧性破裂，所以说有可能是张雨不符合犯罪嫌疑人的预期所以导致他的手段有变化。"

"嗯……"董浩楠沉吟，似乎还有意见保留，但是也没有多说，只是在下发的材料上张雨的名字旁边画了几个大大的问号。

"第四起是绍兴的刘曼丽，25岁，2010年被发现死亡，这个刘曼丽虽然年龄大，但是从外形上与十五六岁的女孩没有区别，身材娇小，致死方式和抛尸情况与前几案吻合；第五起是青岛的张晓霞，15岁，2011年被发现死亡；第六起是郫县的李红，17岁，2013年被发现死亡；第七起是珠海的王双，15岁，2014年被发现死亡……"林蕾列举了四起案件，幻灯片放出了一张横向的对比表，"这四起和第一起十分相似，都是有过囚禁的可能，反复性侵的过程，死亡原因都是扼颈所致的机械性窒息，抛尸的地点和方式一致，只不过凶手有了反侦察的动作，他开始给死者修剪指甲，阴道里没有精液的成分，大概是用了避孕套……"

"间隔了3年，犯罪嫌疑人再次出手，对象就是孟欣然，只不过他没有料到孟欣然身手矫健和反抗程度之激烈，性侵没有得逞，反而在控制的过程中多了一个动作，就是用钝器击打孟欣然的头部，但是其他的环节还是吻合的……"

"所以，你们的推论是？"公安部的专家侧身看着坐在身边的齐大红，"你们是不是对犯罪嫌疑人有了行为刻画？"

"说吧，别卖关子了！"齐大红指了指安喆，下了命令。

"我们做出了这样的推断：第一，犯罪嫌疑人具备流窜作案的条件，这八起案件遍布全国七个省市，并且其中多名女孩都有曾被囚禁的可能，说明他的职业或者是职业状态允许他流窜作案，也允许他在某处停留。第二，犯罪嫌疑人应该有一定的经济实力，他不是低端的打工者，他具有独立的住房，这是他囚禁死者而不引起怀疑还有处理尸体的最基本条件，还有他必须能有独立住房和运输工具，不然他无法完成抛尸。第三，他现在应该在 35 岁到 45 岁之间，这当然是根据前面这一点，还有就是他抛尸的时候需要抱着尸体走一段时间，应该是处于壮年期……"

安喆停顿了下来，喝了口水，接着说道："第四，他在 2014 年到 2017 年间没有作案，说明他受到了某种羁绊，家庭上还是工作上不得而知。第五，我们发现他抛尸的地点都选择在工业厂区的附近，说明要不他对这些地方有着某种情结，要不他就是有某种便利条件对这些地方非常了解，个人倾向后者。第六，最后一点，也是完全个人的推测，我认为这个人在个人经历上对女人有着很矛盾的情感，一方面他抛尸在荒地，全身赤裸，一点尊严也不给死者留，好像是对女性的一种轻蔑；另一方面，他又会囚禁死者一段时间，并且可能还给她们疗伤，这方面又能体现出他对死者还存有着某种怜悯和情感；再加上这八名死者都有着相似的体型和外表，不能排除犯罪嫌疑人的生活轨迹里有过这样一名女性让他刻骨铭心……"

"精辟！"公安部的专家带头鼓起了掌，他大力地拍着齐大红的肩膀，"老齐，你这强将手下无弱兵啊！"

"啥呀啥呀？就是愣头青一个，完蛋玩意儿！现在还养着伤呢，自己出现场就上手抓人去了！"齐大红圆眼滴溜转，护犊子的心理，生怕公安部领导把安喆相上给挖走了。

"瞅你稀罕的，不跟你抢啊！"公安部专家哈哈大笑着说，齐大红多少年都这样儿，稀罕的宝贝就喜欢藏着掖着，生怕让别人抢了去！

相对于安喆和林蕾汇报完的释然、两位专家之间的笑谈，董浩楠一行侦查人员的面色凝重多了。

"安哥，我还是不太同意把张雨的案件并进来，至少现在没有充分的理由……"董浩楠很是直接地表述了自己的看法。

"可是张雨的长相和外形都和其他几个女孩很是类似，光是这一点我就觉得应该并进来呀！"林蕾打断了董浩楠的话，并且她认为多一个案子找到犯罪嫌疑人的可能性就越大。

"林蕾，我想浩楠的意思是稳中求稳……"安喆倒不像林蕾那样激动，反倒十分理解董浩楠的想法，"浩楠，你看这个样子可不可以，你们先不考虑张雨去找其他几个案子的交集，我去趟长春再多了解了解这个张雨的案子，等我了解清楚了，咱们再探讨是否串并，你看怎么样？"

"安哥，这……"董浩楠有些不好意思，"你身体可以吗？"

"这有什么的？大家一个专案组的，你按着你的思路来，我来求证我的思路，放心吧，我没问题！更何况还有林老师呢，是吧？"安喆挑眉看了看林蕾。

"我……"林蕾是同意把张雨的案子并进来，可是她并不想和安喆一起出差，确切地说，她现在并不想和安喆独处，因为她现在还不确定未来到底要怎么样，一切维持现状是最好的。

"那敢情好！"董浩楠又一个熊掌拍到了林蕾的小肩膀上，"小蕾子，那你就把你师傅照顾好啊！哥就带人先奔其他六个地方了！"

"哎……"林蕾被董浩楠拍得一口气憋在胸膛，转头就看向了嘴角挂着笑的安喆，心里有些怨念，分明就是赶鸭子上架嘛！

"那走呗，林老师，辛苦您跟我一起去趟长春，看看咱们的分析到底对不对？"安喆乐呵呵地说，他哪能看不出来林蕾不情不愿的样子，可是他现在就是要抓紧一切时间和机会，把她留下！

就这样，林蕾和安喆两人一组，去长春补充把张雨的死亡案串并进来的证据支持。而侦查方面的公安部领导和市局领导指挥董浩楠把人分成了六组，显然是一个地方去一组人，然后布下了几个走访的关键点，一行人就冲出了会议室。

长春的某厂区宿舍里，林蕾和安喆在安喆师兄的带领下，找到了张雨的哥哥，那是一个木讷憨厚的中年男人，高大粗壮的身躯、黝黑的面庞，和两人资料里张雨的照片没有一点相似。

"你们，你们有什么事？"显然张雨的哥哥没有料到会有警察找到自己。

"张亮，我们是荆安市公安局的法医。"安喆向他出示了自己的警官证，"我们想要了解一下你妹妹被害案的一些详细的情况……"

"还能有啥呀？当时该说的都跟你们公安说了？咋这么多年又问起来了？"张亮抓了抓头皮，有些不想旧事重提。

"是这样的，我们想多了解了解你妹妹的性格、为人。"安喆回答道，"还有就是她被害前有没有什么反常行为？不知道这些您都记得不？"

"咳，那还能忘？！"张亮从兜里拿出一包烟，刚要点，看见林蕾在，有些不好意思，"介意不？"

"没事没事儿，您抽吧！"林蕾迫切想知道有关张雨的一切，来的路上安喆已经跟她分析了受害人学的一些内容，他俩也列举了白婷婷和孟欣然的性格特点，如果说孟欣然刚烈的性格使得犯罪嫌疑人难以控制她而产生变化，那么同样让犯罪嫌疑人的手段变化的张雨又是什么性格呢？

"那妮子吧，从小就是个疯丫头！"张亮抽了几口烟，缓缓开口，"她自小就漂亮，咱们厂区里的小伙儿都稀罕她，她也喜欢和别人一起疯玩，蹦迪吧，唱 KTV 吧，有时候整宿整宿不回来。那时候我妈还在，我就说得管管她，不然迟早得出事儿，太招人了，可是她会哄啊，把我妈哄得乐呵呵的，老太太就说还小呢，大了懂事了就好了！"

"那时候她有男朋友吗？"安喆看了看明显陷入回忆的张亮，看得出来这个男人对于妹妹的死也是不能释怀，只不过都深深地压在心底。

"她？男朋友就没断过！"张亮说到这里明显有些烦躁，语气也有些急，"我当时就跟你们公安说过，得查查她这些男朋友，弄不好就是她把哪个气得和耍得红了眼，才杀了她！"

"哦？您为什么这么说？"安喆和林蕾交换了一下眼神，显然这部分内容并没有在当时调查的案卷中，虽然有时候家属的猜测并不准确，但是他们始终是最了解被害者的人，有时候他们的猜测还是有一定参考价值的。

"这个丫头吧，心比天高命比纸薄，总觉得我们这个小厂区容不下她这个美凤凰，今天嫌李家小子穷，明天嫌张家小子抠，后天吧生气人家刘家的逛街没给她买贵的饮料……"张亮叹气，"你说她这是挑男人呢，还是找金主呢？"

"那她被害前有什么变化吗？"安喆引导着张亮的思路，看来这一趟长春来得值，单单从案卷材料里，张雨和其他的女孩子无异，但是这仔细了解起来，性格和思想上还是差距很大。

"变化……"张亮沉吟，仿佛在努力回忆，"我不知道我说的对不对，但是我那会儿就是感觉这丫头嘚瑟劲儿起来了，那会儿那不是在我妈她们厂区里混着干活嘛，突然那段时间晚上也不出去玩了，我还以为她终于懂事儿了，收心了，还夸她来的。结果她可嘚瑟了，说什么来着？"

"别着急，您慢慢想……"安喆和林蕾都感觉问到了关键的地方，两颗心也都提着。

张亮又点了一根烟，狠劲儿地嘬了两口，眯着眼睛想了一会儿，"我记得她那会儿说什么白玫瑰红玫瑰，什么她要做别人的白玫瑰，我都不明白她说的什么意思……还有，有一天我下夜班，特别累，她还说，哥，等我有钱了，你就等着吃香的喝辣的吧！"

"这都是在她被害前？"安喆再次确认道。

"嗯……"张亮沉吟，"如果我没记错的话，说这话那天我还告诉她别做梦了，第二天她就失踪了……"

"谢谢！"安喆诚恳地道谢。

"咳，我这，都应该的！"张亮显然不太适应安喆的尊重和客气，他有些局促，但是看着安喆和林蕾都要走了，又赶紧追出来，"警官，是不是我妹妹的案子有眉目了？这么多年了，我这颗心呀，一直惦记着这事儿啊……"

"是有一些进展，您放心我们会努力查明的！"安喆和林蕾都不便多说，但是安喆还是伸出右手，"有消息我们会第一时间通知您！"

"哎呀妈呀！该我谢谢您呀！我那冤死的妹妹啊……"张亮握住安喆的手，激动地摇着，大概这几年来他从来没有真正忘记过妹妹的事情。

"安老师……"林蕾刚要说话，就被安喆打断了。

"我先给浩楠回个电话，刚才在屋里，他一直在给我打，不知道是不是有什么急事？"安喆拿出手机，上面果然显示了十多个未接来电。

"喂，安哥，你们干啥呢？我这电话都打爆了！"电话一接通董浩楠的大嗓门就传了过来，安喆直接把手机拿远了些，这个动作惹得林蕾呵呵直笑。

"我们找到张雨的哥哥了，了解了一下情况。你有什么事吧？"安喆干脆把手机变成了免提模式，"把你放免提上了啊，林老师也在呢。"

"那太好了，跟你们说啊，我们发现了一个人，正在往回押的路上

231

呢！"董浩楠激动地嚷着，"怎么样，哥们儿效率高吧？"

"什么情况？"安喆和林蕾也很激动，没想到董浩楠动作那么快。

"不就是找交集吗？"董浩楠得意的样子几乎已经从电话那头跑了出来，"我们就把这十几年在这些厂区住过的工厂都摸了过来，结果你猜怎么着，其中有一个大华皮具公司，然后这厂子里就有一孙子，老偷看女工友洗澡，偷女工友内衣，但是这孙子手艺活好，厂子也不愿意开了他，所以他就被各个厂区调来调去的。这孙子叫张奎，就是荆安人，然后 2014 年在珠海这边结婚了，所以这空档期也对上了，而且前两天刚回荆安探亲……"

"那他之前有独立的作案空间吗？"林蕾问，这种工人应该都是住集体宿舍的吧。

"厂区那么大，他又是个老油条，总能找到一两处空地吧？"董浩楠回答道，但是这次底气不那么足了。

"你的意思是犯罪嫌疑人是在厂区里囚禁的被害人？"安喆有些不认同，但是也没有急着否认。

"完全有这个可能吧，我们这次各处摸排，看见那厂子里空的房子有的是！"董浩楠说道，这时电话那头明显有人在跟董浩楠说话，董浩楠就跟安喆和林蕾说，"安哥，小蕾子，我们这边打算押着那孙子回去了，咱们就荆安见吧！"

"好！"安喆也没有多说，就挂了电话。

"安老师，那咱们也回去吧！"林蕾有些激动，杀害白婷婷的凶手终于落网了！

"嗯……"安喆出奇的沉默，完全不似林蕾的兴奋。

林蕾和安喆回到专案组的时候，董浩楠一行人都在会议室里坐着，看见安喆和林蕾也都蔫蔫地打不起精神。

"董哥，怎么了？"林蕾看向有如霜打的茄子一般的董浩楠，心里已经隐隐地有了预感。

"可能不是那孙子！"董浩楠扒了扒乱七八糟的头发，"孟欣然被害的那几天，他一直在养老院里陪父母，有一屋子的人都能证明他不在场，现在就等 DNA 结果了！"

"啊？"尽管有了预感，这样的结果还是让林蕾有些失望。

安喆走上前拍了拍董浩楠的肩膀，现在的情况不宜多说，还是静待检验结果吧。

一屋子的人都不愿意多说话，静静地等着报结果的电话，气氛压抑极了。

突然董浩楠的电话响起来了，大家噌地抬头，都紧紧地盯着他，只见他拿起电话，然后摇了摇头。

这时候有的人拍桌子，有的人骂脏话，几天的不眠不休让大家的挫败情绪汹涌如潮水。

"安哥……"董浩楠欲言又止，有些歉意，有些无助。

"浩楠，没事儿，这是好事！"安喆这时候还笑笑，"查实和查否在调查上价值是一样重要的！"

"别安慰我了，安哥！"董浩楠挫败地叹气。

"我真没安慰你！"安喆笑着拍了拍董浩楠，"听不听我们去长春的收获？"

"啊？好啊！好啊！"董浩楠眼睛都亮了，之前他一直沉浸在找到嫌疑人的喜悦中，根本没想到要问安喆长春的张雨案，现在安喆这么说，说明了安喆一定有别的思路。

"首先，这个张雨和其他的女孩儿不一样，她比较物质，而且应该可以说男女关系比较乱，所以我认为我之前的推测没有错，她不是处女这个事实不符合犯罪嫌疑人特殊的情结。"安喆头头是道地讲着，"其次，从张雨哥哥的回忆里，张雨被害前好像是认识了什么人，和她之前接触的厂区里的工人小伙儿层次不一样，所以张雨有变化，甚至还跟她哥哥说过有可能要当富太太，所以这也进一步证实了我的推测，犯罪嫌疑人的经济状况应该远好于厂区的工人！"

"安哥，你的意思是张雨这个案子还是得并进来是吧？"董浩楠摸着下巴说道。

"对，必须得并进来，而且正是这个案子我觉得提供了一些关键的信息！"安喆笃定地说道。

233

"大华皮具厂在长春没有厂区……"有一个侦查员喊道。

"得嘞，重新开始呗！"董浩楠一拍脑门，站起来抖抖双腿，一副又要开战的样子。

"浩楠，我记得你说过，其中一个是大华皮具厂……"安喆重复着董浩楠的话，可是董浩楠显然没有抓住他的重点，不明就里地看着安喆，"那其他的呢？有没有哪个还在长春有厂区？"

"兴盈纺织品公司！"一个侦察员马上吼了出来，"队长，那个兴盈纺织品公司在长春有厂区！"

"纺织品公司？"安喆玩味地说着，"浩楠，给你指条路，记得那些裹尸的被单不……"

董浩楠犹如醍醐灌顶，拔腿就往外冲，大声道："走！哥几个，咱们去兴盈纺织品公司摸摸底！"

安喆和林蕾就在专案组等着董浩楠的消息，林蕾紧张地在屋里来回踱步，生怕又传回来让人失望的消息。反观安喆，则是一派气定神闲的模样，还闲适地泡了杯茶喝。

"林老师，你也来喝点茶吧，这两天出差估计都有点上火！"安喆朝林蕾招了招手。

"哪里有那个闲心呀？！"林蕾跺了跺脚，看了看时间，董浩楠他们出去这么半天了，怎么连个信儿都没传回来，她刚才看，那个兴盈纺织品公司距离专案组也就不到一个小时的车程呀！

"少安毋躁！"安喆干脆起身，把林蕾按到座位上，直接把茶杯塞到她手里，"林老师，你倒是说说，这法医当得有意思吗？"

"嗯？"林蕾喝了一口茶，还在想董浩楠那边什么情况，被安喆问得摸不着头脑。

"我说，法医这个专业挺有意思吧？"安喆黑亮的眼眸专注地看着林蕾。

"有，有啊……"林蕾被安喆盯得心脏漏跳了一拍。

"是啊，法医学虽然只是一门课，但是在实践操作中涉及了很多的东西，有时候我觉得法医其实不应该仅仅归类在医学里，也应该归类在社会学、心理学里。总之，就是一名好的法医多数都是个杂家，更是一个现实生活中的大家……"

电话铃声打断了安喆的话，安喆朝林蕾摇了摇手机，林蕾看到屏幕上显示着董浩楠的名字，瞬间激动起来，安喆挑眉，直接打开了免提，董浩楠的大嗓门响彻了整个专案组的办公室，"摸着那孙子了！这回准没错！"

"安哥，你真神了！这孙子每次抛尸的时候用的床单或者被单和他们纺织品公司当年生产的产品样式都能对上！"董浩楠也特别激动。

"是谁？"安喆和林蕾齐声问道。

"兴盈纺织品公司现在的技术总监孙宏伟！"董浩楠恶狠狠地说出这个名字，仿佛恨不得每次咬字都把他碎尸万段，"刚才我们就去这公司找他们老总，问他这公司里有没有人哪年在哪里，哪年在哪里。这一问就把这孙子挖出来了啊！这孙子经济能力不错，就是这公司的高层，以前是负责技术的，每个厂区都要去视察，而且他们公司待遇不错，去到哪里都给他们租房子住，然后因为在市区里离厂区远还给他配车！安哥，和你说的都对上了！"

"没错！"安喆应声，"那这几年的空档呢？"

"高升了呗，2014 年他从技术主管升任技术总监，然后就再也没离开过荆安……"董浩楠说道，"安哥，小蕾子，我们得再去趟河南，这孙子昨天请假回老家了，我估计他是怕了……小蕾子，等着哥的好消息啊！等哥回来了，必须得给哥弄个接风宴！"

"必须的！董哥，我也豁出去了，给您要两盘手切羊肉！"林蕾咧着嘴忍不住地咯咯直笑。

安喆放下电话，和林蕾相视而笑，这个孙宏伟符合了所有客观条件上的刻画，现在他们就等着人到案了。

"安老师，您说这孙宏伟的作案动机是什么？"林蕾看着把双手枕到脑后，闭目养神的安喆。

"等董浩楠把人带回来，咱们听听讯问呗！"安喆的眼睛睁开，静静地看着林蕾，仿佛两潭深渊一般吸引着林蕾。

"好！"林蕾重重地点头，"我要知道他究竟对婷婷做了什么！"

"好！"安喆也重重地点头，然后又合上了双眼。

三天后，孙宏伟到案，面对确凿的DNA证据，孙宏伟显得很是冷静，也对自己的犯案事实供认不讳。

林蕾和安喆就站在审讯室的镜面玻璃后，看着眼前斯文儒雅的男子，难以想象这样一副斯文俊秀的皮囊下装着一颗丧心病狂的兽心，不过他们也理解了，面对这样的皮囊为什么张雨会动心，防卫意识很强的孟欣然会没有警觉。

"安哥我这次真是太佩服你了！"董浩楠从审讯室走出来，朝安喆拱了拱手，"安哥说得真是神准，我们这次去扑这孙子的时候，正经又认真了解了一下这孙子。这孙宏伟他妈以前是村子里出了名的破鞋，可能是精神方面也不太正常，反正男女关系特别乱。这孙宏伟连自己亲爹是谁都不知道，全村的人都打他骂他，欺负他嘲笑他。但是这孙宏伟挺聪明，书读得也挺好，直接考到了县里的高中，你们猜我们在他们学校的毕业照里找到了谁？"

"谁？"林蕾永远是董浩楠最好的捧眼手。

"白婷婷！也可以说是孟欣然！或者说是任何一个死者都行！"董浩楠翻出手机，调出那张黑白照片，里面的女孩清秀可人，"这个女孩叫林小艾，他们班上有一个男同学叫王峰，就是当地的派出所所长。我们去了解情况的时候，他就说原来上学的时候他俩人关系可好了，班上的同学还老起哄架秧子，笑话俩人是班对，结果后来听说是林家知道了孙宏伟的家境，强逼着两个人分了手，后来这个林小艾居然嫁到国外去了。"

"这样啊……"林蕾叹道，"所以孙宏伟受了刺激！"

"刺不刺激的我不知道，反正这孙子一直就没结婚，也没女朋友，倒是工作上顺风顺水的！"董浩楠哼道，"而且，我跟你说，这人你们一点看不出来，长得斯斯文文的，长相也挺精神，不过我们去抓他的时候，感觉这孙子好像松了一口气似的。"

"为什么？"林蕾问道。

董浩楠打开观察室的麦克风，审讯室里的声音就传了出来。

"你们抓我的时候……"那个孙宏伟竟然朝着镜子笑了一下，"我觉得终于解脱了，我就是控制不住自己，只要是见到长得像小艾的，我就觉得小艾回来了，我们能在一起了，可是她们都不是小艾！"

"所以你就杀了她们？"负责讯问的侦查员问道。

"是啊！不然留着干吗？"孙宏伟又笑了一下，那个笑让林蕾背脊发冷，"女人都是贱货，你对她们好一点，她们就恬不知耻了！"

"你说说吧！"讯问的警察拍了拍桌子，打断了孙宏伟对女人侮辱的语言，"说说你都是怎么作案的？"

"董哥，我想知道婷婷……"林蕾抓住董浩楠的袖子，有些乞求的意思。

"嘘……"董浩楠指指屋里，"小蕾子，你仔细听吧，哥我都交代好了，你想知道的，我都给他们列提纲了！"

"谢谢哥！"林蕾感激地说。

"涮羊肉啊！"董浩楠笑着胡噜了两下林蕾的脑袋。

"嗯！"林蕾点头应着。

"你问的是 2009 年荆安的那个吧？"孙宏伟接着警察的话说，"那个女孩叫婷婷，她跟我说的，呵呵，还真是亭亭玉立的……我记得那天下雪来着，小姑娘不知道为什么哭红了眼睛，特别像小艾离开我的那天，于是我就忍不住了。我从三宝乐面包房就一直跟着她，直到她下了公交车，我装着去问路。这些女孩子吧，不知道是不是因为我长得帅，都特别热心，还带着我走，我一看那小腰，跟我的小艾一模一样呀，当时我就想着弄两回得多舒服……"

"混蛋！"林蕾忍不住握紧了拳头，安喆扶住了她的肩膀，感觉她明显的颤抖渐渐地平缓下来。

"那小丫头也不怎么反抗，就是哭，一直哭，求我放她走，说实话，这几个里面，我还真是最喜欢这个婷婷，特别的乖巧！"孙宏伟仿佛陷入了一种美妙的回忆。

"那你为什么杀了她？"讯问的警察叩叩桌子，提示孙宏伟继续回答。

"嗯，为什么？"孙宏伟挑眉，轻蔑地看着警察，仿佛他问了一个十分可笑的问题，"当然是因为她不是我的小艾呀，我的小艾怎么可能跟我的时候老是哭哭啼啼的？每次她都可享受了，可这小丫头老是哭，太败我兴致了！"

"你怎么杀死白婷婷的？"警察继续问道。

"掐死的，一边干她一边掐死的，我都是这样的，你不知道那小脖子在手底下的感觉，细致嫩滑，那小脸儿就一点一点地变紫……"

"啪"董浩楠把麦克风关了，这个孙宏伟真的是变态，他不想让林蕾再听了，他看到安喆的眼睛里也满是赞同，"小蕾子，咱们走吧，哥都饿了，你得把欠我的涮羊肉补上呀！"

"等一下！"林蕾拿起电话，拨通了一个号码，上面显示的竟然是白婷婷父亲的电话，"叔叔，婷婷找到了，杀害婷婷的凶手也已经到案了！……"林蕾异常平静地和白父通着电话。电话那边一片寂静，突然白父显然是压抑下自己所有情感后，努力镇静地说："好，好，好！婷婷现在在哪儿？……"

又是一个下雪的日子，白婷婷的父母来接婷婷回家了。林蕾一直担心当白父白母看到已经面目全非的女儿时会受不了。但是一切都没有像她想象的那样，当柜门拉开，尸袋解开，白父白母看见自己心爱的女儿的时候，白父无声地流下两行热泪；白母用手轻轻地抚摸了女儿的脸，一如她活着的时候一样，她甚至用自己的额头轻轻地触在女儿的额头上，充满慈爱地念叨着："婷婷啊，你冷不冷啊？跟妈妈回家吧！"

一旁的林蕾早已泪流满面，这是她完全释然的眼泪，是告别从前恐惧、偏执的痛苦岁月的眼泪，她将把那一段痛彻心扉的回忆和这眼泪一起留在过往的岁月中……

时间流逝，转眼三个月过去了，电视里大肆报道着孙宏伟连环侵害杀害少女案。齐大红带着林蕾和安喆接受了公安部的表彰，法医中心的事迹也在新闻报章中宣传开了。周围的居民不再绕道而行，有些居民甚至每天都要专门从法医中心门口走过，甚至还有不少住在远处的百姓专门跑到法医中心，和中心解剖楼门前的"魂安"石合影。他们想看看破了奸杀少女连环案的地方究竟是什么样儿，弄不好还能碰见破案的法医们，那是他们心里的英雄。

三个月的窗口期最后一次验血的日子终于来了，林蕾和安喆一起像等待宣判一样等待着结果，扫码、输机、回车，屏幕上显示出一行字："您的检验结果还没有出来！"……

终于，试过三次之后，一张检验单子终于扭扭捏捏地从机器里打印了出来。安喆一把抓在手里，捂在胸前，呼吸显然开始急促。

林蕾抢了过来，捂在自己胸口，紧张地问安喆："如果是阴性，你要干什么？"

"我每天都笑，不管遇到什么糟心、难过的事情我都不会再悲伤，还有我要做一件这辈子最想做而不敢做的事情，无论成功失败，都要试一试。"

"如果是阳性呢？"林蕾眼含热泪地问道。

"那我就继续工作，今后所有的艾滋病死者都归我解剖，我一直工作到生命的最后一息……在我死之前，把我毕生的知识和经验都教给你！如果你还愿意继续做法医的话。"

林蕾很用力地点了点头。

她低下头，把检验单子翘了一个缝儿，两手止不住地哆嗦起来，她猛地把检验单子打开来，上面密密麻麻的字儿，让她有点头晕，终于在结论项，两个芝麻一样大小的字映入她的眼帘"阴性"！

林蕾猛地蹿到安喆身上，安喆突然受力，差点被她带个跟头，他迅速调整重心，结结实实地将林蕾抱在了怀中。林蕾将头深深地埋在他的颈部，突然抬起头，望向有点发懵的安喆，"安老师，祝贺你，您中奖了！阴性！"

安喆从迷茫中清醒过来，明白了这句话的意思，他一改平时拒人于千里之外的冷漠表情，发疯似的抱着林蕾不停地转啊转啊，两个人的笑声让医院里的人来人往都忍不住投来探究的目光！也许是同样感受到他们的欢乐，很多人也露出了会心的微笑……

"林老师，还有一件事情，你还做法医吗？"安喆激动地问林蕾。

"如果你要我做，我就做！我要一辈子都做一名让人嫌弃的女法医，万一以后嫁不出去，我就再找一个男法医……"

两人的笑声，回荡在医院的走廊里，大厅里……